SUTTON
VERLAG

Gunnar Kunz

ORGANISATION C.

Ein Kriminalroman
aus dem Berlin der Weimarer Republik

SUTTON KRiMI

Sutton Verlag GmbH
Hochheimer Straße 59
99094 Erfurt
http://www.sutton-belletristik.de

ISBN 978-3-86680-215-5

Gestaltung: Markus Drapatz
Druck: CPI books GmbH, Leck

Website des Autors: www.gunnarkunz.de

Prolog

Obwohl er es hätte besser wissen sollen, schöpfte Hartmut Gensch keinen Verdacht. Nicht einmal, als sie vom Weg abbogen und sich durch das von dichtstehenden Bäumen verdunkelte Unterholz schlugen, wurde er misstrauisch, sondern glaubte an eine Abkürzung.

Lag es am Alkohol? Einer Einladung zum Trinken hatte er noch nie widerstehen können, erst recht nicht, seit er von der Hand in den Mund lebte. Trotzdem, als Erklärung genügte es nicht. Er hatte viel gebechert, sicher, aber er vertrug auch einiges, und sein Schritt war immer noch fest. Hätte ihm die Gefahr, in der er schwebte, nicht klar sein müssen? Hätte er nicht zumindest mit irgendeiner Feindseligkeit rechnen sollen?

Falls ihm ein solcher Gedanke je gekommen war, so war er im Laufe des Abends jedenfalls wieder geschwunden. Alkohol machte ihn gefühlsduselig. Gefühlsduselig und vertrauensselig. Wer einen zum Bier einlud, konnte einem doch nichts Böses wollen, oder?

Von Ferne rief ein Käuzchen.

Hartmut Gensch lachte leise über eine Erinnerung, die ihm im selben Augenblick schon wieder entglitt, und fing an, vor sich hinzusummen. Eine alte Soldatenweise über ein Mädchen, das daheim auf seinen Liebsten wartet.

Er bekam nicht mit, wie die Schritte neben ihm sich plötzlich veränderten, erst langsamer wurden und über Laub scharrten, als ob sich jemand nach allen Seiten umsieht und vergewissert, dass sie allein waren, dann ihm nachsetzten, fest, eilig, entschlossen.

Der kalte Lauf einer Pistole drückte sich in seinen Hinterkopf und machte ihn schlagartig nüchtern. Aber da zerriss auch schon eine Explosion die Nacht, übertönte Blätterrascheln, Schritte und Käuzchen, ließ einen Blitzschlag durch sein Gehirn zucken und setzte seinem Leben ein Ende.

1.

Samstag, 6. Mai bis Sonntag, 4. Juni 1922

Marschieren ist die deutscheste aller Gangarten.
Kurt Tucholsky zugeschrieben

1

Die Aussicht war atemberaubend. Hendrik Lilienthal lehnte sich auf die Brüstung aus glasierten Ziegeln und ließ seinen Blick über die nahe Havel und die Pfaueninsel schweifen. Das Wetter an diesem Mainachmittag war kühl, aber der Himmel überwiegend klar. Wenn er die Augen zusammenkniff, konnte er sogar die Türme von Potsdam erkennen.

Er drehte sich zu seinem Bruder um. Gregor stand am nördlichen Ende des Kaiser-Wilhelm-Turms und ließ sich von einer begeisterten Diana das Häusermeer von Berlin, den Dom und die Kuppel des Reichstagsgebäudes zeigen, als sähe er das alles zum ersten Mal. Hendrik war froh, dass er ihn überredet hatte, Berlins Unterwelt für ein paar Stunden sich selbst zu überlassen und sich wenigstens den Samstagnachmittag freizunehmen.

In der „Roten Villa", dem Polizeipräsidium am Alexanderplatz, ging es derzeit drunter und drüber. Anscheinend hatten sich sämtliche Verbrecher Berlins verschworen, den Polizeibeamten das Leben schwer zu machen. Zum einen waren da die überhand nehmenden Hoteldiebstähle und die bewaffneten Banden, die bei Nacht Leitungsmasten erstiegen und die wertvollen Kupfer- und Bronzedrähte der Telefonleitungen stahlen. Zum anderen gab es mehr Morde als früher, nach Gregors Ansicht eine Folge der Verrohung durch den Großen Krieg. Ein Menschenleben zählte heutzutage nichts mehr. Und als wäre das nicht genug, mussten auch noch die Wettbetrüge von Max Klante aufgearbeitet und der Prozess gegen Carl Großmann, der seine Haushälterinnen vergewaltigt und ermordet hatte, vorbereitet werden. Von der Zuarbeit für das geplante Reichskriminalgesetz ganz zu schweigen. Ja, Gregor hatte sich einen freien Nachmittag mehr als verdient! Wenn er so weitermachte, würde er eines Tages noch zusammenklappen.

Diana war eine gute Ablenkung von seinen Sorgen. Die Eindrücke des Ausflugs sprudelten nur so aus ihr heraus und führten seinen Blick bald hierhin, bald dorthin. Gutmütig ließ Gregor alles über sich ergehen. Auch wenn er nie so recht wusste, wie er sich ihr gegenüber verhalten sollte, weil er einfach nicht glauben mochte, dass sie und Hendrik lediglich gute Freunde waren, auch wenn er immer noch darauf bestand, sie zu siezen, es war doch unverkennbar, dass er sich in ihrer Gesellschaft wohl fühlte.

Hendrik schmunzelte, als er die beiden ungleichen Gestalten da stehen sah. Sein Bruder wirkte wie ein Ministerialerlass, von Kopf bis Fuß korrekt. Diana dagegen sah aus wie ein Küken, das in einen Topf voll Farbe gefallen war. Im letzten Jahr hatte sie sich das Haar, der Mode entsprechend, zu einem Bubikopf schneiden lassen, dazu trug sie eine blassgelbe Bluse aus billiger Kunstseide, einen grasgrünen Rock und knallrote Schuhe. Was die Zusammenstellung ihrer Garderobe betraf, war bei ihr einfach Hopfen und Malz verloren. Hin und wieder versuchte Hendrik ihr klarzumachen, dass ein Herrensakko sich nicht mit einem üppigen Paillettenkleid vertrug oder die schlanke Modelinie eines Hemdrockes nicht zu Fledermausärmeln passte, aber es war vergebliche Liebesmüh. Sie zog an, was ihr gerade gefiel, und scherte sich nicht um die Wirkung. Eine von vielen Eigenschaften, die ihn für sie einnahmen.

Gregor fing seinen Blick auf. „Gehen wir?"

Hendrik nickte. Diana hakte sich bei ihm ein und erklärte ihm, was sie über gotischen Baustil, den Grunewaldsee und das Nistverhalten von Buchfinken wusste, und das alles derart übergangslos, dass man unweigerlich den Eindruck bekam, das eine sei die direkte Folge des anderen.

Während sie die eisernen Stufen des Turms hinabstiegen, spürte Hendrik, wie es in seinem Bauch rumorte. Die fettige Grützwurst vom Frühstück lag ihm schwer im Magen. Ein begüterter Studienkollege hatte ihn eingeladen, um über alte Zeiten zu plaudern, und angesichts der Tatsache, dass es Monate her war, seit er das letzte Mal ein Glas Wein oder ein anständiges Stück Fleisch genossen hatte, hatte er der Einladung einfach nicht widerstehen können.

Auch dreieinhalb Jahre nach dem Krieg war die Ernährungssituation in Deutschland alles andere als rosig. Das lag an den Folgen des Friedensvertrages mit seinen Gebietsabtretungen und Reparationslasten, aber auch an der fortschreitenden Geldentwertung. Vor dem Krieg kostete ein Whiskysoda in einem Café eine Mark achtzig oder höchstens zwei Mark fünfzig. Heute waren es fünfunddreißig bis sechzig Mark. Und für ein Pfund Schweineschinken musste man zweiundvierzig Mark auf den Tisch legen. Wegen der Dürre im vergangenen Sommer gab es nicht genug Winterfutter für die Milchkühe, sodass die Bauern ihre Tierbestände reduzierten, was Probleme bei der Milchversorgung zur Folge hatte. Vor dem Zentralviehhof, wo an bestimmten Tagen verbilligtes Fleisch angeboten wurde, gab es regelmäßig Warteschlangen. Skorbut war in Großstädten keine Seltenheit. Die Wenigsten konnten sich satt essen. Aber man durfte nicht klagen; anderswo sah es noch schlimmer aus. In Russland, zum Beispiel.

„Ist euer Schriftgelehrter wieder krank?“, fragte Hendrik seinen Bruder, als sie unten angelangt waren.

„Ja. Woher …?“

Hendrik deutete auf Gregors Zeigefinger, auf dem sich der Überrest eines Tintenflecks abzeichnete. „Ich weiß doch, wie ungern du Schreibarbeiten machst. Wenn du es trotzdem tust, muss schon ein besonderer Grund vorliegen.“

„Der Kerl ist notorisch unzuverlässig und ständig krank.“

„Vielleicht solltet ihr ihn nicht so von oben herab behandeln.“

„Bedauere ihn auch noch! Wir machen die Drecksarbeit, und er lässt sich’s gutgehen. Die letzten Tage bin ich zu gar nichts gekommen.“

„Na, immerhin haben Sie es geschafft, Ihr Fahrrad zu reparieren“, meinte Diana.

Gregor drehte sich zu ihr herum und musterte sie stirnrunzelnd.

„Die Kettenschmiere an Ihrer Hose!"

„Verflixt!" Er bückte sich und versuchte, den Fleck zu entfernen, aber alles, was er erreichte, war, dass sich der Ölfilm verteilte.

Als er sich wieder aufrichtete, hatten sich seine Augenbrauen dichter zusammengezogen. „Ihr könnt es nicht lassen, mit euren deduktiven Fähigkeiten zu prahlen, was? Tintenflecke. Kettenschmiere. Was kommt als nächstes? Verdächtige Fasern auf meiner Jacke? Eine Analyse meiner Nasenhaare?"

„Wie wär's mit einer Beschreibung dessen, was du da im Picknickkorb trägst?", meinte Hendrik unschuldig.

„Oh ja", fiel Diana ihm ins Wort, „zum Beispiel die leckeren Kirschkuchen."

„Oder die Brezeln."

„Nicht zu vergessen die hartgekochten Eier."

Gregor machte den Mund auf, schloss ihn aber wieder, ohne etwas entgegnet zu haben.

„Na, komm, das war nun wirklich nicht schwer", sagte Hendrik. „Man erkennt es deutlich an der Art, wie sich das Tuch über dem Korb ausbeult."

Gregor starrte den Picknickkorb in seiner Hand an, und für eine Sekunde war er bereit, Hendriks Erklärung für bare Münze zu nehmen. Dann riss er den Kopf herum und sah seinen Bruder strafend an, dass Hendrik und Diana nicht anders konnten, als in Lachen auszubrechen.

„Du hast es geglaubt", japste Hendrik. „Gib's zu: Einen Moment lang hast du es geglaubt!"

„Ihr habt reingeguckt, als ich die Fahrkarten besorgt habe!"

„Hunger macht neugierig", sagte Diana.

„Die Klugheit eines Menschen lässt sich aus der Sorgfalt ermessen, mit der er das Künftige bedenkt", dozierte Hendrik. „Georg Christoph Lichtenberg."

„Klugscheißer!"

„Was ist – essen wir jetzt?"

Sie suchten sich ein Wiesenstück nahe einer Gruppe Kiefern und machten sich über das mitgebrachte Essen her. Hendrik hielt sich dabei zurück, weil sein Magen immer noch kollerte. Er genoss das Picknick auch so. Es war einfach schön, mit Gregor und Diana den Tag zu verbringen. Dieser Ausflug zu dritt, immer wieder aufgeschoben, war seit langem geplant gewesen. Fast hatte er schon nicht mehr daran geglaubt, dass es dieses Jahr noch klappen würde.

Er lehnte sich an einen Kiefernstamm, rückte seine Brille gerade und beobachtete eine Eidechse, die zwischen zwei Steinen aufgetaucht war und misstrauisch zu ihnen herüberlugte. Wenn er ehrlich war, konnte auch er selbst ein bisschen Erholung vertragen. Seine Studenten interessierten sich nicht mehr für Platon, Kant und Hegel, sondern nur noch für Spengler, Sombart und Krawalle, so kam es ihm jedenfalls vor. Manchmal hatte er gut Lust, alles hinzuwerfen.

Diana dagegen hatte es anscheinend mit ihrer Assistentenstelle bei Professor Planck gut getroffen. Trotz der vielen Arbeit war sie in den vergangenen beiden Jahren aufgeblüht. Er verstand zwar nicht die Bohne, worum es ging – anscheinend versuchten sie irgendwie, mehr über den Aufbau von Atomen herauszufinden – aber sie sprach mit Leidenschaft über ihre Arbeit, und das war die Hauptsache. Hendrik gönnte es ihr. Sie hatte es verdient.

Wenn die Physik ihr dazu Zeit ließ, arbeitete sie nebenher als Sekretärin. Sie sparte für eine Überfahrt nach London, um ihre Schwester zu besuchen. Für ein ehemals verwöhntes Mädchen aus wohlhabender Familie erwies sie sich als erstaunlich zäh. Nie hörte er, dass sie sich über etwas beklagte.

Auch nach nunmehr zwei Jahren, in denen sie auf freundschaftlicher Basis Leben und Wohnung miteinander teilten, war er ihrer Gesellschaft nicht überdrüssig. Ein Gespräch mit Diana war so anregend, so spritzig, so vergnüglich wie eh und je.

Hendrik nahm einen herabgefallenen Zweig und ritzte eine Karikatur von ihr in den Boden, löschte sie jedoch gleich wieder aus, ehe sie entdecken konnte, was er da tat. Aber sie achtete ohnehin nicht auf ihn, weil sie in eine Diskussion mit Gregor vertieft war.

Vor dem Picknick hatten sie ausgemacht, heute ausnahmsweise einmal nicht über Wucherpreise, Reparationslasten oder die Situation in Oberschlesien zu reden. Stattdessen schimpfte Gregor darüber, dass die Kriminalkommissare mit ihrer Besoldungsgruppe 8 schlechter gestellt waren als die Schutzpolizei. Und jetzt sollten den Beamten auch noch die Straßenbahnfreikarten entzogen werden!

Der Wind frischte auf, dunkle Wolken sammelten sich am Himmel. Da das Picknick mit Stumpf und Stiel vertilgt war, brachen sie auf und wanderten entlang der Moorwässer des Pechsees zum Bahnhof Grunewald, um mit der Bahn nach Hause zurückzukehren.

Kaum hatten sie sich jedoch der Eingangshalle auf ein paar Hundert Schritt genähert, als auch schon ein Schutzmann winkend auf sie zugelaufen kam.

„Herr Kommissar“, japste er, „endlich! Wir brauchen Ihre Hilfe.“

„Wachtmeister Bruck!“, sagte Gregor entgeistert.

„Wir haben eine Leiche entdeckt, nicht weit von hier. Sie müssen sofort mitkommen; hier ist der Teufel los, sage ich Ihnen.“

„Woher wissen Sie, dass ich hier bin?“

„Im Präsidium hieß es, Sie machen einen Ausflug in den Grunewald. Das ganze Revier ist ausgeschwärmt, Sie zu suchen.“

„Ich bin nicht im Dienst. Warum hat man Ihnen nicht Werneburg oder Trettin geschickt?“

„Die sind anderweitig beschäftigt. Sie waren als Einziger verfügbar.“

Gregor murmelte etwas darüber, dass man nicht einmal an seinem freien Tag Ruhe hatte, und drehte sich zu seinen Begleitern um. „Es bleibt mir wohl nichts übrig, als mitzugehen. Tut mir leid, dass unser Ausflug ein vorzeitiges Ende nimmt.“

„Och …“, sagte Hendrik.

„Eigentlich …“, ergänzte Diana.

Unbeteiligt sahen die beiden zu Boden.

„Nein“, erwiderte Gregor, „kommt nicht infrage!“

„Haben wir dir je im Weg gestanden?“

„Oder Ärger gemacht?"

„Komm schon, du weißt, dass auf unsere Verschwiegenheit Verlass ist! Und es kann nützlich sein, eine Sache von einem anderen Blickwinkel aus zu betrachten. Denk an Schopenhauer!"

„An wen?"

„Schopenhauer. *Eine gefasste Hypothese gibt uns Luchsaugen für alles sie Bestätigende und macht uns blind für alles ihr Widersprechende.*"

„Klugscheißer!" Gregor wandte sich um und folgte dem Schutzmann, erhob aber keinen Einwand, als die beiden ihm folgten.

Hendrik musste sich ein Grinsen verkneifen. Er wäre jede Wette eingegangen, dass sein Bruder in Wahrheit nichts dagegen hatte, dass sie mitkamen. Seit sie ihn vor zwei Jahren bei der Aufklärung des Mordes an Max Unger unterstützt hatten, waren sie stillschweigend zu Hilfskräften mutiert. Nicht, dass er ihnen erlaubte, sich in seine Arbeit einzumischen. Aber die Kriminalpolizei war notorisch unterbesetzt, und so half Hendrik gelegentlich als Schreiber aus oder zeichnete Tatortskizzen. Und wenn Gregor einmal feststeckte, besprach er sich gern mit ihnen beiden. Vielleicht war es auch nur ein Vorwand, um Diana zu sehen.

„Wenn ich mir die Bemerkung erlauben darf: Die Leiche ist in keinem guten Zustand. Muss monatelang da gelegen haben", sagte Wachtmeister Bruck mit Blick auf Diana.

Gregor zuckte die Achseln und schwieg dazu.

Der Schutzmann führte sie etliche Minuten lang in den Grunewald zurück. Schließlich bog er vom Weg ab und drang in das Unterholz ein. Fingerkraut und Sauerklee blühten hier, es roch übel nach Ruprechtskraut.

Zwischen zwei Ginsterbüschen blieb Gregor stehen und sah sich aufmerksam um, nicht, als ob er etwas Bestimmtes zu finden hoffte, mehr, als wolle er die Atmosphäre des Ortes in sich aufsaugen. „Ich kann mir nicht vorstellen, dass sich jemand die Mühe macht, eine Leiche so weit durch unwegsames Gelände zu schleppen", sagte er nachdenklich. Auch als er sich wieder in Bewegung setzte, blieb seine Stirn gefurcht. „Wer immer hier ermordet wurde, muss auf eigenen Füßen hergekommen sein."

Schon von weitem konnte man die Stätte des Verbrechens erahnen, weil sich trotz der versteckten Lage bereits ein Dutzend Neugieriger eingefunden hatte. Ein Schutzmann bewachte den Tatort und hielt die Leute in angemessener Entfernung. Edgar Ahrens, Gregors Assistent, war ebenfalls vor Ort und untersuchte den Waldboden.

„Da hinten steht der Herr, der die Leiche entdeckt hat“, erklärte Wachtmeister Bruck. „Besser gesagt, sein Hund war es.“

„Ich rede gleich mit ihm.“ Gregor nickte Edgar und dem zweiten Schutzmann zu und schüttelte Simon Weinstein, einem Beamten der Spurensicherung, die Hand. „Gut, dass ihr da seid!“

„Schon seit einer Stunde. Ich hoffe, du nimmst es mir nicht übel, dass ich deinen Ausflug ausgeplaudert habe. Aber nach allem, was ich hörte, als die Meldung reinkam, wirst du hier dringend gebraucht.“ Er gab Diana einen altmodischen Handkuss. „Fräulein Escher, welche Freude, Sie zu sehen! Professor Lilienthal! Dr. Pauly ist da hinten.“

Er deutete auf einen Mann, der sich über ein ausgehobenes Loch im Boden beugte und mit seinem Backenbart und seinem Körperumfang einem Walross nicht unähnlich sah. Jeden Augenblick erwartete man, ihn untertauchen und prustend an einer anderen Stelle wieder an die Oberfläche kommen zu sehen.

Der Gerichtsmediziner wurde auf sie aufmerksam und winkte ihnen zu. „Guten Tag, Gregor! Ach, Fräulein Escher und der Herr Professor sind ja auch da! Kommen Sie nur; ein überaus lehrreicher Fund, ja wirklich, überaus lehrreich!“

Gregor ging zu ihm hinüber, gefolgt von Hendrik und Diana, die beide eine wichtige Miene aufsetzten, als gehörten sie dazu.

Ein halb verwester Körper erwartete sie, grün und grau verfärbt, mit deutlichen Fäulnisspuren. An einigen Stellen hatte sich Schimmel auf der Haut gebildet. Die Überreste von Hemd und Uniformhose waren zerfressen, die Gliedmaßen eingetrocknet und geschrumpft. Auch von Nase und Augen war nicht viel übrig geblieben; Insektengänge zogen sich kreuz und quer durch das Gesicht, Käferlarven verstopften die Körperöffnungen.

Hätte ich bloß nicht die fette Grützwurst gegessen, konnte Hendrik gerade noch denken, ehe er ins nächstgelegene Gebüsch stürzte und sich übergab.

Als er zurückkam, blinzelte Gregor, was, wie Hendrik wusste, seine Version eines Grinsens war. Hendrik achtete auf gebührenden Abstand zwischen sich und der Leiche und vermied jeden Blick auf den Toten. Diana dagegen ging sogar näher heran, um die Einzelheiten in Augenschein zu nehmen. Wie hielt sie das bloß aus?

Simon Weinstein machte sich an der Leiche zu schaffen und schaltete einen batteriebetriebenen Haartrockner ein, den er so umgebaut hatte, dass er damit mikroskopisch kleine Teile von Kleidung und Haut des Toten sammeln konnte. An der Stelle, wo die Luft angesaugt wurde, war ein Trichter angebracht, und dort, wo die Luft wieder austrat, befand sich ein Baumwollsäckchen, das sämtliche Fasern und Partikel auffing.

Auch Dr. Pauly beugte sich wieder über den Leichnam.

„Kannst du mir schon etwas über den Toten sagen, Oliver?", fragte ihn Gregor. „Es ist doch ein Mann, oder?"

„Ja. Er liegt hier seit mindestens einem halben Jahr, vielleicht länger. Wurde vermutlich gleich nach Eintritt des Todes vergraben. Ich hab' den Körper noch nicht im Detail untersucht, aber ich würde mich sehr wundern, wenn der Tod von etwas anderem verursacht wurde als hiervon." Er deutete auf ein daumengroßes Loch in der Stirn, das entweder die Eintritts- oder die Austrittsöffnung einer Schusswunde sein musste.

Hendrik ließ sich von Dr. Paulys Worten verleiten, wieder hinzusehen, und bereute es sofort. Er wandte den Kopf zur Seite und bemühte sich, durch gleichmäßiges Atmen seinen Magen zu beruhigen.

Gregor ging in die Hocke, betrachtete sinnend die Ausmaße der Grube. Dann richtete er sich auf und blickte in jene Richtung, in der der Bahnhof Grunewald liegen musste. Seiner Miene war nicht zu entnehmen, was ihm durch den Kopf ging. „Was meintest du eben mit lehrreich?", fragte er stattdessen.

„Siehst du das hier?" Dr. Pauly deutete auf die ledrig braun aussehende linke Hand des Toten. „Mumifizierung. Geschieht normalerweise durch schnellen Wasserentzug an trockener Luft. Die Hand hat höher gelegen als der Rest des Körpers, das Blut ist in tiefere Regionen geflossen. Möglicherweise ist auch Dauerfrost dafür verantwortlich. Wenn du dir dagegen den Bauch- und Unterleibsbereich ansiehst – Adipocire. Fettwachs, im Volksmund. Und das gibt's vor allem bei Feuchtigkeit und Sauerstoffmangel. Beides an derselben Leiche, das ist was für meine Studenten."

Tatsächlich hatte sich das Körperfett des Toten an vielen Stellen in eine schmierige, bröckelige Masse umgewandelt, die grauweiß glänzte, beinahe wie Seife.

Dr. Pauly betastete eine Fäulnisblase am linken Unterbauch. Es knirschte, als würde jemand einen Schneeball formen.

Hendrik stürzte wieder ins Gebüsch.

2

Diana bemühte sich, flach zu atmen und sich auf das Geschehen auf dem Seziertisch zu konzentrieren. Sie und ihr vorlautes Mundwerk! Hendrik hatte wohlweislich darauf verzichtet, der Leichenöffnung beizuwohnen, aber sie musste ja unbedingt die Abgeklärte spielen. Vorhin im Wald hatte sie nicht mal mit der Wimper gezuckt. Da war es ihr gelungen, den Toten nicht als Menschen zu sehen, sondern als wissenschaftliche Herausforderung. Hier jedoch …

Diana zwang sich, die von Stoffresten befreite und von den Ohren bis zum Nabel y-förmig aufgeschnittene Leiche anzusehen. Die Hautlappen waren auseinandergefaltet und das Innere des Rumpfes freigelegt, die Kopfhaut abgezogen und die Schädeldecke geöffnet. Dr. Pauly beschäftigte sich mit dem Gehirn, während sein Assistent dem Leichnam Organe entnahm, diese abspülte und zum Wiegen in eine Schale legte. Ein Protokollant notierte die Kommentare des Gerichtsmediziners.

Weil sie spürte, dass Gregor sie beobachtete, setzte Diana ein gleichmütiges Gesicht auf. Sie würde nicht vor seinen Augen schlapp machen! Sie würde nicht schwach werden!

Es war nicht einmal der Anblick des aufgeschnittenen Körpers, der ihr zu schaffen machte. Es waren die schmatzenden Geräusche, wenn Dr. Pauly mit entblößten Armen in den Torso hineingriff und Organe beiseite schob oder ihnen Flüssigkeitsproben entnahm. Und vor allem der Gestank. An der frischen Luft war er erträglich gewesen, hier dagegen, im Sektionssaal der Charité, trafen sie die geballten Verwesungsdünste.

„Stört Sie der Geruch?“, fragte Dr. Pauly, während er mit einer Hakenpinzette in den Innereien herumstocherte. „Das sind nur Ammoniak und Tyramin. Ptomaine, wissen Sie, Eiweißabbau bei Fäulnis.“

Sie machte ein zustimmendes Geräusch, als würde seine Erklärung etwas ändern, und versuchte, durch den Mund zu atmen.

Gregor war wohl zu der Überzeugung gelangt, dass sie den Innereien des Toten nicht ihren eigenen Mageninhalt hinzufügen würde, denn seine Aufmerksamkeit wandte sich den Erklärungen des Gerichtsmediziners zu.

„Die Todesursache ist eindeutig“, sagte der gerade und deutete auf eine Schale, in der eine von Blut und Gewebeteilen befreite Kugel lag, abgeplattet und verformt. „Es wurde dreimal auf ihn geschossen. Die erste Kugel, die tödliche, drang am rechten Hinterkopf ein, wurde nach schräg oben in das Gehirn getrieben und trat durch die Stirn aus.“

Zur Demonstration setzte er die Schädeldecke auf, schob einen dünnen Stab in den Schusskanal und stieß ein paar Mal hindurch. „Es handelt sich um einen aufgesetzten Schuss. Mit ein wenig Mühe kann man noch die Einschussöffnung mit der sternförmigen Platzwunde erkennen, außerdem eine Stanzverletzung von der Mündung des Laufs. Pulverschmauch und unverbrannte Pulverkörner sind in den Wundkanal eingedrungen und unter die Haut gelangt. Einige Partikel sind bis in die Lederhautschicht gekommen.“

„Wenn der Mörder sich dem Opfer so weit nähern konnte, dürften die beiden sich gekannt haben.“

„Schlüsse ziehen ist deine Aufgabe, ich beschreibe nur. Wo war ich? Äh, ja. Der zweite Schuss erfolgte ebenfalls aus nächster Nähe und traf ihn, vermutlich im Fallen, hinter dem Ohr. Der dritte Schuss kam aus größerer Entfernung und drang in die rechte Schläfe; eine Art Fangschuss, würde ich sagen, um auf Nummer sicher zu gehen. Obwohl das Opfer zu dem Zeitpunkt bereits tot war."

„Über die Möglichkeit eines Selbstmordes müssen wir uns jedenfalls keine Gedanken machen."

„Stimmt. Weiter: Der erste Schuss hat eine ziemliche Verwüstung im Gehirn angerichtet, Arterien zerrissen und dergleichen. Der Hinterhauptslappen ist förmlich explodiert. Eine echte Sauerei."

Er nahm die Schädeldecke wieder ab und tippte nachdrücklich gegen Knochensplitter und Hirngewebe, als sei seine Erklärung nicht weiß Gott plastisch genug. Diana richtete ihren Blick starr auf die Metallbeine des Seziertisches und wünschte, der Tag möge schnell vorübergehen.

„Ist der Fundort der Leiche zugleich der Tatort?", wollte Gregor wissen.

„Ich denke schon. Unwahrscheinlich, dass der Tote lange an der Luft gelegen hat, der Art der Verwesung nach zu urteilen. Außerdem hat Simon Patronenhülsen gefunden, und die wird ja niemand durch die Gegend geschleppt haben, um sie dem Mann mit ins Grab zu legen."

„Also umgebracht und an Ort und Stelle verscharrt."

„So ist es."

„Was kannst du mir über den Toten sagen?"

„Männlich, einsneunundsiebzig groß, Rechtshänder. Dunkelbraune Haare. Die Weisheitszähne sind voll ausgebildet, andererseits gibt es keine nennenswerten Alterungserscheinungen wie Abnutzung der Kauflächen, Zurücktreten des Zahnbettes und so weiter, ich würde also sagen: Anfang zwanzig. Genaueres, sobald ich mir das Gebiss im Detail vorgenommen habe. Interessant sind auf jeden Fall die Gebissreparaturen: Nicht so sehr die Emailleplomben rechts, aber in der Brücke am linken Oberkiefer besteht die Kappe des hinteren Molaren aus Silber. Ungewöhnlich. Weiter: Keine Tätowierungen oder ähnliche Auffälligkeiten, aber eine alte Schussverletzung an der linken Schulter, möglicherweise aus dem Krieg. Verschiedene geheilte Knochenbrüche und Stichnarben; ein Raufbold, wenn du mich fragst. Und das tust du ja. Die rechte Kniescheibe muss ihm Probleme bereitet haben."

„Du bist wie immer ein Quell an Informationen", sagte Gregor, der sich die ganze Zeit Notizen gemacht hatte.

„Nicht ich – er." Dr. Pauly deutete auf die Leiche. „Sie reden alle mit mir, ununterbrochen. Ich bin nur ein guter Zuhörer, das ist alles."

„Und was sagt er dir über den Zeitpunkt seines Todes?"

„Wenn man die ausgedehnte Fettwachsbildung bedenkt, schätze ich, dass er schon eine ganze Weile da gelegen hat. Die Muskulatur ist bereits in die Fettwachsbildung einbezogen, das geschieht etwa nach fünf, sechs Monaten. Dann die Leichenfauna: Käfer, Regenwürmer, Ameisen, Tausendfüßler, Asseln ... Wir untersuchen die Viecher noch, haben einige lebende Exemplare eingefangen, die –"

„Lass die Einzelheiten beiseite", unterbrach Gregor mit Seitenblick auf Diana. „Wann?"

„Immer dasselbe mit euch Kriminalisten, immer nur Ergebnisse, Ergebnisse. Keinen Sinn für die Kunst der Forschung."

„Nenn mir einfach eine Zahl."

„Naja, also ... acht, neun Monate. Nagele mich nicht auf den Tag fest."

„Das wäre ... September letzten Jahres."

„So in etwa."

„Dann lasse ich meine Leute die Vermisstenmeldungen von, sagen wir, Juli bis Dezember durchgehen. Was ist mit den Überresten der Kleidung? War nichts in den Taschen, das uns Aufschluß über seine Identität geben könnte?"

„Nichts. Keine Geldbörse, gar nichts."

„Möglicherweise Raubmord."

„Wie gesagt: Schlüsse zu ziehen, überlasse ich dir. Aber wenn du dich ein paar Tage geduldest, können wir vielleicht den Zeitpunkt des Todes weiter eingrenzen, je nachdem, was unser Freund hier gegessen hat." Er machte sich an einer der Organschalen zu schaffen, während sein Assistent den Darm aufschnitt. „Die graugrüne Farbe der Schleimhaut und die Einrisse haben nichts zu bedeuten, das ist bloß die angedaute Magenwand."

Diana bekam weiche Knie und kämpfte gegen einen säuerlichen Geschmack an.

„Die Einzelheiten lese ich dann in deinem Bericht", hörte sie Gregor sagen. Dann fassten sie zwei Hände an der Schulter und führten sie hinaus. Sie hatte nicht die Kraft, sich dagegen zur Wehr zu setzen.

„Sie sind ganz käsig im Gesicht", meinte Gregor.

Gierig sog sie frische Luft in ihre Lungen. „Ich … bin in Ordnung."

„Sie können einfach keine Schwäche zugeben, was? Wem versuchen Sie, etwas zu beweisen?"

Diana war außerstande zu antworten. Sie wusste genau, wenn sie jetzt den Mund öffnete, würde sie sich übergeben. Eine volle Minute lang tat sie nichts weiter, als gleichmäßig zu atmen und sich auf das Geräusch der ein- und ausströmenden Luft zu konzentrieren. Sie musste sich an der Wand des Hauses abstützen, um nicht zu Boden zu sacken. Und vielleicht gerade, weil sie so hilflos war, fand sie den Mut, mit dem Rest ihrer Stimme zu fragen: „Warum … bestehen Sie eigentlich darauf … mich zu siezen?"

„Ihre Gedanken sind sprunghaft, wie immer."

„Das ist … keine Antwort."

Gregor rieb sich den Arm, als ob er friere, räusperte sich, rückte seine Krawatte zurecht. „Ich bringe Sie nach Hause."

Und diesmal war Diana zu keinem weiteren Widerspruch in der Lage.

3

„Tür zu, es zieht!"

Hendrik ließ Diana vorbei und schloss die Tür. „Dir auch einen guten Morgen", erwiderte er.

Gregor brummte etwas, das man mit viel gutem Willen als „Morgen" interpretieren konnte. Normale Umgangsformen würde er wohl nie annehmen. Er stand auf einem Stuhl und war eben dabei, sein Büro mit Fotos der Leiche aus dem Grunewald zu tapezieren. Die ständige Präsenz der Bilder half ihm angeblich, sich auf einen Fall zu konzentrieren, auch wenn Hendrik eher fand, dass sie einem dabei half, schlank zu bleiben. Er jedenfalls hätte angesichts der verfaulten Körperteile kein Frühstück herunterbekommen. Aber man musste vermutlich schon dankbar sein, dass sein Bruder auf Bilder der Obduktion verzichtete.

Gewohnheitsmäßig begab sich Hendrik zur Fensterbank und warf einen Blick in die Blumentöpfe, um zu sehen, ob erste Hilfe noch möglich war. Die Ackerminze war zerrupft, die Begonien sahen aus, als habe jemand die Blätter abgefressen, und die Gartenkresse bestand nur noch aus Stielen. „Kannst du dir keine Frühstücksstulle leisten?"

„Das war nicht ich – die Läuse sind daran schuld."

Vorsichtig drehte Hendrik ein übrig gebliebenes Blatt um. Tatsächlich war darunter alles schwarz. „Sieht aus, als würdest du Läusekolonien züchten und keine Pflanzen."

„Hab' schon alles probiert, die kommen immer wieder." Gregor stieg vom Stuhl und bot seinen Besuchern mit einer Geste Platz an. „Was führt euch her?"

„Wir waren gerade in der Nähe", meinte Diana, „da dachten wir, wir sagen mal guten Tag."

„Die Sedanstraße liegt in Weißensee, nicht in der Nähe", erwiderte Gregor mit Blick auf Dianas linken Mundwinkel. Ein Rest Blaubeersaft verriet, dass sie und Hendrik Agnes Lilienthal besucht hatten, Hendriks und Gregors Tante, die eine legendäre Blaubeertorte backte.

Hendrik grinste. „Klugscheißer."

Sein Bruder blinzelte und lehnte sich im Stuhl zurück. „Ihr seid also neugierig, ob es etwas Neues über den Toten im Grunewald gibt."

Diana konnte sich nicht länger beherrschen. „Gibt es etwas?"

„Dr. Paulys Obduktionsbericht ist da." Gregor nahm eine Mappe von seinem Schreibtisch und blätterte durch die darinliegenden Papiere. „Seine Beobachtungen lassen wie immer an Klarheit und

Genauigkeit nichts zu wünschen übrig. Es ist eine Freude, mit dem Mann zusammenzuarbeiten."

„Und? Was sagt er?"

„Im Wesentlichen bestätigt er seine vorläufige Einschätzung von vorgestern. Drei Kugeln, deren erste bereits tödlich war. Zeitpunkt: Ende September, Anfang Oktober, plusminus ein paar Wochen." Gregor legte den Bericht beiseite. „Der Mageninhalt hat nichts gebracht, außer der Erkenntnis, dass der Tote lange nichts gegessen, dafür aber umso mehr getrunken hatte. Der Chemiker wollte sich zwar nicht festlegen, glaubt aber, Alkohol nachgewiesen zu haben, der nicht durch Fäulnisbildung entstanden ist, vermutlich Bier. Schwierigkeiten bereitet uns immer noch die Identifizierung der Leiche. Meine Männer sehen gerade die Vermisstenkartei durch." Er griff nach einer weiteren Mappe. „Dann haben wir noch die ballistische Untersuchung ..."

„Ballistik – dabei geht es um Kugeln und Pistolen und so, nicht wahr?", fragte Diana.

„Richtig. Sollten wir bei einem Verdächtigen eine Waffe finden, können wir möglicherweise sagen, ob die tödlichen Schüsse daraus abgegeben wurden oder nicht."

„Das geht?"

„Einfach ist es nicht. Und leider laufen jede Menge Scharlatane herum, die vor Gericht als Sachverständige auftreten, aber keine Ahnung haben, was sie eigentlich tun. Doch im Prinzip: Ja, es geht. Jede Waffe hat ihre charakteristischen Merkmale. Sie haben sicher von den Anarchisten Sacco und Vanzetti gehört, drüben in Amerika. Die wurden aufgrund eben dieser Merkmale ihrer Waffen verurteilt."

„Was sind das für Merkmale?"

„Bei der Fabrikation werden spiralartige Rillen in die Läufe geschnitten, um die Kugeln beim Abschuss in Rotation zu versetzen. Soviel ich davon verstehe, erhöht das die Reichweite und die Zielgenauigkeit. Keine Rille gleicht der anderen, dafür sorgen schon Unregelmäßigkeiten durch die Schneidewerkzeuge bei der Herstellung. Jedenfalls verursacht jeder Lauf Schrammen im Geschoß, die so individuell sind wie Fingerabdrücke. Es gibt einen Franzosen, der behauptet, dass auch die Schlagbolzen unverwechselbare Spuren auf den Böden der Patronenhülsen hinterlassen. Unter dem Mikroskop kann man all diese Spuren gut erkennen, allerdings ist ein direkter Vergleich schwierig. Man müsste ein Mikroskop erfinden, mit dem man die Bilder von Kugel und Vergleichskugel übereinander legen kann … oder wenigstens nebeneinander …"

Er starrte an die Decke und dachte eine Weile über seine Bemerkung nach. Dann schüttelte er den Kopf und vertiefte sich wieder in den Inhalt des Papiers in seiner Hand. „Kaliber 9 Millimeter … Länge … Gewicht … Die Tatwaffe ist vermutlich eine Mauser C/96, die so genannte Besenstiel-Mauser. Eine typische Militärpistole. Aber das will nichts heißen, bei den Mengen an Waffen, die derzeit verschoben werden."

„Verschoben?"

„Die Hälfte der Waffen, die nach den Bestimmungen des Versailler Vertrages vernichtet werden sollen, verschwindet in dubiosen Kanälen. Wird in geheimen Waffenlagern gehortet oder ins Ausland verkauft, nach Irland oder Finnland."

Gregor trommelte mit den Fingern auf der Schreibtischplatte und sah aus dem Fenster. Dann schüttelte er den Kopf. „Wenn ihr jemanden umgebracht hättet, draußen, im Grunewald – was würdet ihr anschließend tun?"

„Du meinst, um nicht erwischt zu werden?", fragte Hendrik.

Gregor nickte.

„Ich weiß nicht. Zusehen, dass ich von dort verschwinde, nehme ich an."

„Ich würde vorher die Taschen des Opfers durchsuchen, ob er auch nichts bei sich trägt, das auf mich schließen lässt", ergänzte Diana. „Jedenfalls, wenn ich nicht kopflos vor Panik wäre."

„Und dann?"

„Abhauen. In eine andere Stadt ziehen."

„Nein, im Gegenteil: mich so unauffällig wie möglich benehmen. Nach Hause fahren, Tee trinken, Zeitung lesen, einkaufen gehen."

„Ihr würdet nicht auf den Gedanken kommen, die Leiche verschwinden zu lassen, damit man sie nicht so schnell findet?"

Hendrik grübelte. „Wenn ich einen Wagen in der Nähe hätte … aber nein, dazu ist die Stelle zu abgelegen. Ich müsste die Leiche endlos durchs Gelände schleppen, dabei könnte mich jemand sehen."

„Vielleicht war es Nacht."

„Trotzdem. Es gibt immer späte Spaziergänger. Oder Zecher, die in den frühen Morgenstunden heimkehren. Zu riskant."

„Und vergraben?"

Diana schüttelte den Kopf. „Mit bloßen Händen?"

„Vielleicht mit einem Messer … aber das dauert ewig. Und jederzeit kann jemand vorbeikommen."

Gregor nickte, als habe er etwas bestätigt bekommen. „Ein Loch auszuheben, wie das, in dem wir die Leiche fanden, braucht Zeit. Nur mit einem Spaten könnte man so etwas einigermaßen zügig bewerkstelligen. Aber würde der Täter nach Hause fahren, einen Spaten holen, und dann nach einer, zwei, drei Stunden zurückkehren, um sein Werk zu vollenden? In der Zwischenzeit hätte sonstwer über den Toten stolpern können."

„Er hat es aber getan", wandte Diana ein.

„Eben."

„Was glaubst du?", wollte Hendrik wissen.

„Ich glaube, er hatte den Spaten dabei. Oder vorher an der betreffenden Stelle versteckt. Weil es eben keine Tat im Affekt war. Weil er den Mord von Anfang an geplant hat."

„Du meinst, das Opfer ist brav mitgegangen und hat nichts gemerkt?"

Gregor wurde einer Antwort enthoben, weil die Tür aufging und ein Kriminalbeamter hereinkam. „Wir haben die Vermisstenanzeigen durch."

„Und?"

„Nichts." Er legte einen Stapel Registerkarten auf den Tisch. „Die hier wiesen eine gewisse Übereinstimmung auf. Aber wir haben sie überprüft: Fehlanzeige."

„Dann sucht zwei Monate vorher und nachher."

„Zeitverschwendung. Der Mann wurde nicht als vermisst gemeldet. Und alle Spuren sind kalt. Das Ganze ist ein totgeborener Fall."

„Sucht trotzdem! Wenn uns die Vermisstenmeldungen nicht weiterbringen, bleibt immer noch die öffentliche Leichenschau. Vielleicht kann man auch einen Aufruf in diesem Blatt vom Zahnärzteverband veröffentlichen und hoffen, dass der Zahnarzt, der die Gebissreparaturen vorgenommen hat, sich meldet. Dr. Pauly meint, die sind ungewöhnlich."

Der Kriminalbeamte zuckte die Achseln und verließ das Büro.

„Wer war das?", fragte Diana.

„Arthur Nebe. Ein ehemaliger Oberleutnant, der es jetzt bei der Polizei versucht. Ist durch die Kriminalkommissar-Anwärterprüfung gerasselt, aber er will sie unbedingt wiederholen. Ehrgeizig ist er ja."

„Du magst ihn nicht?"

Gregor zuckte die Achseln. „Der wird nie ein guter Kriminalist. Wenn seine Schwester nicht im Innenministerium arbeiten würde …" Er betrachtete sinnend die Registerkarten.

„Was sind das für komische Laschen da am Rand?", wollte Diana wissen.

„Die stehen für verschiedene Registermerkmale. Wenn sich eine Vermisstenanzeige nach vier Monaten nicht aufklärt, werden die Daten auf solche Karten übertragen und katalogisiert. Die Laschen dienen dem leichteren Auffinden, wenn man nach etwas Bestimmtem sucht."

„Also: ‚große Nase' oder ‚Tätowierung' oder ‚Warze am Daumen'?"

„So ähnlich." Gregor war mit seinen Gedanken nicht bei der Sache. „Totgeborener Fall!", murmelte er. „So lange ich hier Kommissar bin, gibt es keine totgeborenen Fälle."

4

Hendrik gab sich Mühe, seinen Triumph nicht allzu deutlich zu zeigen. Dass Gregor von sich aus zur Universität kam und ihn um Hilfe bat, hatte er vermutlich einer komplizierten Mischung aus Gewohnheit, Rivalität und Bequemlichkeit zu verdanken. Sein Bruder benahm sich in dieser Hinsicht äußerst widersprüchlich. Einerseits lehnte er „die Einmischung von Amateuren“ ab, andererseits genoss er es, Hendrik als Vertrauten an seiner Seite zu haben, wenn er einen Fall entwirrte. Zudem glaubte er immer noch, ihm beweisen zu müssen, dass an der Polizeiarbeit nichts Anrüchiges war. Nicht zuletzt mangelte es an Hilfskräften. Das Polizeipräsidium stand Kopf, sämtliche Kriminalbeamte schoben Doppelschichten; was lag also näher, als auf Hilfe innerhalb der Familie zurückzugreifen?

„Hast du deinen Skizzenblock dabei?“

Hendrik nickte und überzeugte sich davon, dass er einen Stift in der Tasche trug.

„Was ist denn das für ein Stummel? Bist du so arm, dass du dir keinen neuen Bleistift leisten kannst?“

„Wieso? Der hier tut's doch noch.“

Gregor schüttelte den Kopf, startete den Wagen und fuhr über die Friedrichstraße nach Tempelhof.

„Wer ist denn nun der Tote?“, wollte Hendrik wissen.

„Ein gewisser Hartmut Gensch. Ein junger Mann aus bürgerlichem Elternhaus, mehr weiß ich im Augenblick auch nicht.“

„Ihr seid doch wochenlang im Dunkeln getappt. Wodurch seid ihr weitergekommen?“

„Sein Zahnarzt hat sich auf unseren Aufruf in den *Zahnärztlichen Mitteilungen* gemeldet und seine Gebissarbeit wieder erkannt.“

„Und jetzt fahren wir zu seinen Eltern?“

„Zur Mutter, der Witwe eines Ministerialbeamten. Sie hat ihren Sohn bereits im Leichenschauhaus identifiziert.“

„Identifiziert? Aber er war doch …“

„Der Bestatter hat ihn vorher … bearbeitet.“

Hendrik wollte sich das lieber nicht vorstellen. Auch die beste Kosmetik konnte neun Monate im Waldboden und eine Obduktion nur bedingt kaschieren. „Wie hat sie den Anblick verkraftet?“

„Als würde sie so was jeden Tag sehen. Die Frau ist aus Eisen.“

Am Hohenzollernkorso wohnten überwiegend gut situierte Mieter, das sah man nicht nur an der sauberen Straße, sondern auch an den verzierten Fassaden. Gregor stellte den Wagen ab und betrat mit Hendrik einen pompösen Hauseingang. Es roch nach Seife und Preußentum. An der Wand hing ein Schild: *Musizieren streng verboten*. Sie stiegen in den zweiten Stock und betätigten den Klingelzug.

Kürzlich hatte Hendrik ein Buch über ägyptische Mumien gelesen; die Frau, die ihnen öffnete und sie einließ, erinnerte ihn daran. Er hätte nicht zu sagen vermocht, woran das lag, denn ihre Haut war zwar bleich und faltig, aber nicht vertrocknet. Vielleicht hing es mit ihrem fehlenden Mienenspiel und den geräuschlosen Bewegungen zusammen, die einem das Gefühl gaben, sich in einem Mausoleum zu befinden. Und mit den Augen! Die hatten etwas Unheimliches an sich. Unterstützt wurde diese Wirkung noch durch ihre Art zu sprechen. „Das Mädchen hat Ausgang", erklärte sie, und es klang wie das Rascheln von Laub.

Hendrik bezweifelte, dass es ein Mädchen gab. Nicht, wenn man den Staub auf Fensterbänken, Vasen, Bildern berücksichtigte. Frau Gensch sah nicht aus wie jemand, der seinen Bediensteten Schlampereien durchgehen lassen würde. Sie selbst war über und über mit Schmuck behängt: Ohrringe, Halsketten, Armreifen, Ringe an den Fingern. Hendrik kannte sich mit dergleichen nicht aus, aber er hätte gewettet, dass die Edelsteine falsch waren.

Die Wohnung bestätigte seinen Verdacht, dass hier mehr auf Schein als auf Sein Wert gelegt wurde. Zwar hing an der Garderobe ein Pelz, aber der hatte schon bessere Tage gesehen. Wieso überhaupt ein Pelz? Jetzt, Ende Mai? Um Besucher darauf hinzuweisen, dass Frau Gensch sich einen leisten konnte?

Der Salon, in den Hendrik und Gregor geführt wurden, sollte ebenfalls den Eindruck von Reichtum erwecken: Musselingardinen (abgegriffen), ein teures Sofa (mit abgerissenen Troddeln), eine antike Kommode (verschrammt). Die Teppiche waren an einigen Stellen so dünn, dass man den Boden durchschimmern sah. Die spanische Wand verdeckte eine schadhafte Stelle in der Tapete, wie Hendrik sich durch einen raschen Blick überzeugte, als Frau Gensch gerade nicht hersah. Die Sesselpolster waren geflickt, auch wenn eine darübergeworfene Decke diese Tatsache zu verbergen suchte. An einer Stelle der Wand zeichnete sich ein dunkles Rechteck ab; hier musste einmal ein Bild gehangen haben. Vielleicht war es verpfändet oder verkauft worden wie das fehlende Tafelsilber. Sogar die Kristallgehänge des Lüsters wiesen Lücken auf.

Auf einer Kommode standen drei Fotos. Eines zeigte eine jüngere Ausgabe der Frau mit einem steif wirkenden Herrn, vermutlich ihr Ehemann. Die beiden berührten sich nicht, nicht einmal mit den Fingerspitzen.

Daneben befand sich das Bild eines jungen Mannes in Uniform. Hendrik nahm es in die Hand. „Ist er das?"

Sie bewegte kaum den Kopf beim Nicken.

Das Foto musste schon ein paar Jahre alt sein, denn die Person darauf war kaum älter als sechzehn oder siebzehn. Gewehr bei Fuß, Hacken zusammengeschlagen, ein siegessicheres Grinsen im Gesicht, so präsentierte sich Hartmut Gensch dem Betrachter. Hendrik dachte an seine eigene Zeit als Soldat. Auch von ihm existierte ein Foto aus jenen Tagen, aber darauf verriet jeder Muskel, wie unwohl er sich in der Uniform gefühlt hatte.

Das dritte Foto zeigte Hartmut Gensch zusammen mit zwei weiteren jungen Männern. Die Familienähnlichkeit war unverkennbar. „Ihre anderen Söhne?"

Wieder diese beinahe reglose Bestätigung.

„Wo sind sie jetzt?", fragte Gregor.

„Gefallen."

„Tut mir leid."

Mit einer unwirschen Bewegung wischte sie die Bemerkung beiseite. „Früher waren sie meine Freude. Jetzt sind sie mein Stolz."

Hendrik schauderte und stellte das Foto an seinen Platz zurück.

„Welches war das Zimmer Ihres Sohnes?", wollte Gregor wissen.

Die Frau bewegte den Kopf zu einer der Türen.

Gregor drückte die Klinke. Die Tür ließ sich nur zur Hälfte öffnen, dann stieß sie gegen die Seitenkante eines Schreibtisches. An dessen Rückfront in der Ecke des Zimmers stand ein Kachelofen ohne Ofenrohr. In der Lücke zwischen Wand, Ofen und Schreibtisch, gleich hinter der Tür, stapelten sich Briketts.

Der Raum vermittelte einen merkwürdig zwiespältigen Eindruck von der Persönlichkeit seines Bewohners. Einerseits schien Hartmut Gensch besessen von rechten Winkeln. Geradezu zwanghaft hatte er Brieföffner, Tintenfass und Papiere an der Kante des Schreibtisches ausgerichtet und Stühle in Reih und Glied positioniert, wie Soldaten in Hab-Acht-Stellung. Andere Dinge zeugten von einer Nachlässigkeit, die nicht recht dazu passen wollte, angefangen bei der Tür, die man kaum aufbekam, bis zu den aufgehäuften Briketts.

Überhaupt enthielt der Raum wenig Persönliches, keine Briefe, keine Notizen, keine Erinnerungen, wenn man von einer Vitrine absah, in der Kriegssouvenirs ausgestellt waren: Abzeichen, Feldpostkarten, Uniformknöpfe, alle gewissenhaft beschriftet, daneben dreißig oder vierzig geschnitzte Figuren.

„Haben Sie hier viel verändert?“

„Ich hab’ alles so gelassen“, sagte Frau Gensch tonlos. „Weil ich dachte, mein Junge kommt bald zurück.“

Das war unzweifelhaft die Wahrheit, denn es roch so muffig, als sei monatelang nicht gelüftet worden.

„Wie alt war er?“

„Einundzwanzig.“

Hendrik suchte auf dem überfüllten Schreibtisch vergeblich nach einer Möglichkeit, seine Skizzenmappe abzulegen. An der Wand war ein Regal angebracht, unpraktischerweise über jener Seite des Schreibtisches, an der man nicht sitzen konnte, weil die Schubfächer dort bis zum Boden reichten. Man musste aufstehen, wenn man etwas vom Regal holen oder darauf zurückstellen wollte. Hendrik lehnte seine Skizzenmappe gegen ein Bein des Schreibtisches und setzte sich auf den Stuhl. Nein, so ging das nicht! Er kehrte dem Zimmer ja den Rücken zu! Er drehte den Stuhl herum, legte seine Zeichenutensilien zurecht und fing an, den Raum zu skizzieren: Stühle, Schreibtisch, Vitrine.

Gregor nahm eine der geschnitzten Figuren in die Hand. „Von Ihrem Sohn?“, fragte er, um die alte Frau zum Reden zu bringen.

Sie nickte.

„Warum haben Sie keine Vermisstenanzeige aufgegeben?“

„Ich dachte, er kommt bald zurück", wiederholte sie.

„Ist es öfter vorgekommen, dass er ohne Nachricht verschwand?"

„Ein- oder zweimal. Ich wusste dann, dass er wieder über die Stränge schlägt. Aber es hat nie lange gedauert."

Hendrik konnte es nicht lassen, seinen karikaturistischen Neigungen nachzugeben, und zeichnete Frau Gensch als Mumie. Eine sonderbare Frau. Dass sie nicht zur Polizei gegangen war ... Zwei Söhne gefallen, der dritte vermisst ... Vielleicht war es ihre Art, die Wirklichkeit nicht wahrhaben zu wollen. Trotzdem blieb ihm ihre Haltung unbegreiflich.

„Hatte ihr Sohn Feinde?"

„Jeder, der ihn kannte, mochte ihn."

„Und seine Freunde? Wer waren seine Freunde?"

„Ein Haufen Taugenichtse. Ich hab's nicht gern gesehen, dass er sich mit denen rumtrieb. Früher war er auch mal so. Aber ich habe ihm Disziplin beigebracht. Ihn Respekt gelehrt. Der Krieg hat einen Mann aus ihm gemacht, auf den ich stolz sein konnte."

„Wer waren seine Freunde?", insistierte Gregor, während er die Figur zurückstellte.

Frau Gensch zählte ein halbes Dutzend Namen auf.

Neugierig ging Hendrik zur Vitrine, um sich die Figuren anzusehen. Sie waren gar nicht mal schlecht: grob gearbeitet, aber ausdrucksvoll. Vermutlich war es die Langeweile in den Feldlagern gewesen, die Hartmut Gensch dazu gebracht hatte, sich der Schnitzerei zuzuwenden. Schade, dass er kriegerische Motive bevorzugte: Soldaten, Wikinger, Landsknechte. Bäcker, Schornsteinfeger, Tänzer kamen in seiner Welt nicht vor. Geschweige denn Frauen, Kinder, Tiere. Halt, da gab es einen Schäferhund, der auf etwas zu lauschen schien! Und ein Fabelwesen mit Hörnern, Schwingen und einer dämonenhaften Fratze. Furchteinflößend, aber geschickt gearbeitet. Siegfrieds Drache?

„Ich weiß, wer es war", sagte Frau Gensch plötzlich.

Überrascht sahen die Brüder Lilienthal sie an.

„Der Erwin war's. Der Overbeck."

„Was bringt Sie zu dieser Vermutung?", fragte Gregor.

„Der war hinter der Ada her."

„Wer ist Ada?"

„Hartmut und sie waren verlobt. Ich hab' ihn immer vor dem Flittchen gewarnt. Die ist nichts für dich, hab' ich gesagt. Aber er wollte ja nicht auf mich hören."

„Ada – und wie weiter?"

„Bredow. Die Tochter von diesem Uhrmacher am Ende der Straße."

„Wie lange kannten sich ihr Sohn und Fräulein Bredow?"

„Ein Jahr. Er hat sie bei so 'nem Tanzvergnügen kennengelernt." Sie schürzte abfällig die Lippen. „Wie die schon rumlief! Billig, das konnte man gleich sehen. Aber Hartmut … er wollte nichts Schlechtes über sie hören. Ich hab' immer gewusst, dass sie sein Unglück ist."

„Vielleicht hat sie ihn geliebt?"

„Ausgenutzt hat sie ihn! Sich von ihm ausführen und beschenken lassen. Und was ist der Dank? Seit Hartmut verschwunden ist, war sie kein einziges Mal hier, um sich nach ihm zu erkundigen. Die hat ihm keine Träne nachgeweint. Nicht mal vier Wochen hat es gedauert, da hat sie sich schon dem Erwin an den Hals geworfen."

Während Gregor die Befragung fortsetzte, ging er im Raum umher, untersuchte die Vitrine, öffnete Schreibtischfächer und blätterte in den Papieren, die er dort fand. Es machte einen beiläufigen Eindruck, aber Hendrik wusste, dass sein Bruder das Zimmer systematisch untersuchte.

„Dieser Erwin Overbeck – waren er und Ihr Sohn miteinander bekannt?"

„Die haben ständig zusammengehangen, als seien sie dicke Freunde. Kannten sich von der Front. Aber sobald die Ada da war, hatte der Erwin nur noch Augen für sie. Wie der immer um sie rumscharwenzelt ist! Verhaften Sie den Erwin, Herr Kommissar! Der ist es gewesen."

„Wir werden Ihrem Hinweis nachgehen." Gregor machte sich Notizen. „Wann haben Sie Ihren Sohn zuletzt gesehen?"

„Am 1. September. Er hat den ganzen Tag versucht, Arbeit zu bekommen, und wollte abends noch … unter die Leute."

Sich besaufen, übersetzte Hendrik in Gedanken.

„Mit dem Overbeck. Der hat es getan, wegen der Ada."

„Erzählen Sie uns mehr über diesen Tag. Was genau hat Ihr Sohn gemacht? Wo hat er vorgesprochen?"

„Bei einer Reederei. Hat sich um eine Anstellung als Schreiber bemüht." Ihre Miene nahm einen verbitterten Ausdruck an. „Um Arbeit angestanden, wie ein gewöhnlicher Proletarier. Wir, die wir seit Generationen in kaiserlichen Diensten standen!"

„Ihr Mann war Ministerialbeamter, wenn ich richtig informiert bin?"

„Im Finanzministerium. Ein treuer Diener des Kaisers. Der Kaiser hat ihn einmal selbst belobigt. Und plötzlich sind wir nichts mehr wert. Es gibt keinen Anstand mehr auf der Welt."

„Ihr Sohn hat die Arbeit also nicht bekommen?"

„Natürlich nicht. Wer kein Jude oder Bolschewist ist, hat ja keine Chance. Die nehmen uns die ganzen Arbeitsplätze weg. Heutzutage darf doch jeder Bergarbeitersohn studieren, wo kommen wir denn da hin? Aber was kann man schon erwarten, mit einem Sattler als Reichspräsident!"

„Nun, ich denke –"

„Die Genschs waren immer eine Stütze der Krone. Auf unseren Schultern ruhte die Verwaltung des Reiches. Jetzt hat man uns einfach vergessen. Auf die Müllhalde geworfen. Seit die Sozialisten an der Macht sind, geht es nur noch bergab. Die Arbeiter machen den ganzen Tag Revolution, und trotzdem geht's denen besser als unsereinem, ist das etwa gerecht?"

„Sie bekommen doch sicher eine Witwenrente."

„Witwenrente, dass ich nicht lache! Kein Mensch kann davon standesgemäß leben. Mein Sohn hat versucht, eine Erhöhung durchzusetzen, aber er wurde nur höhnisch abgewiesen. Das hätte es unter dem Kaiser nicht gegeben. Als der Kaiser noch auf dem Thron saß, ging's uns gut."

„Mit Ihren finanziellen Verhältnissen steht es also nicht zum Besten?"

„Wie denn? Rücklagen verlieren an Wert, Sparkonten und Reichsanleihen werden von der Inflation aufgefressen. An allem sind nur der Rathenau und der Wirth Schuld."

„Und ein kleines bisschen der verlorene Krieg."

„Wenn uns die Juden und die Kommunisten nicht das Messer in den Rücken gestoßen hätten, würden wir jetzt als Sieger über die Champs-Élysées flanieren. Stattdessen verscherbelt der Rathenau unser Land an die Polen und sieht zu, wie polnische Verbrecherbanden ehrliche Deutsche terrorisieren."

„Kommen wir zurück zu Ihrem Sohn. Wenn Ihre Familie keine nennenswerten Geldmittel besitzt und er selbst ohne Arbeit war – wie hat er dann die Geschenke für Fräulein Bredow finanziert? Mit Schulden?"

„So etwas würde er nie tun. Wir sind doch keine Bettler!"

„Irgendwo muss das Geld ja hergekommen sein."

„Manchmal hat er für kurze Zeit Arbeit gehabt. Er war eben ein sparsamer Junge."

Hendrik fand diese Antwort unbefriedigend, aber Gregor ritt nicht weiter darauf herum. Er stellte noch ein paar Fragen zu Hartmut Genschs Freunden und gab dann das Zeichen zum Aufbruch. Hendrik war frustriert. Sie waren jetzt noch ratloser als vor dem Gespräch mit Frau Gensch, fand er. Der Besuch hatte nichts erhellt, nicht einmal die Persönlichkeit des Toten.

„Stimmt", gab Gregor zu, „der Mann ist nicht zu greifen. Was mich am meisten irritiert, ist, dass ich keine Briefe oder Notizen gefunden habe, keinerlei Schriftstücke. Ungewöhnlich. Normalerweise findet man immer etwas."

„Vielleicht hat seine Mutter die persönlichen Dinge an sich genommen."

„Möglich. Aber wenn du bedenkst, dass sie nicht einmal lüftet ..." Gregor schüttelte den Kopf. „Hat keinen Zweck, lange darüber nachzugrübeln. Sehen wir lieber, ob Fräulein Bredow daheim ist."

5

Auf den ersten Blick war Ada Bredow eine adrette Erscheinung. Hendrik wusste zuerst nicht, woran es lag, dass sie trotzdem aufdringlich wirkte. Erst beim zweiten Blick merkte er, dass sie kein Gespür für das rechte Maß besaß. Alles an ihr war eine Spur zuviel: zuviel Schmuck, zuviel Rouge, zuviel Blond.

„Polizei? Was gibt es denn?"

„Dürfen wir hereinkommen?"

„Ja, äh, natürlich."

Die Wohnung war deutlich kleiner als die von Frau Gensch. Der Flur wurde von einem Wandspiegel dominiert, ein monströses, rostiges Ding. Am Kleiderhaken hingen Herrenjacken und -mützen, was darauf schließen ließ, dass Ada Bredow nicht allein lebte. Auf dem Herd in der Küche blubberte eine übel riechende Flüssigkeit vor sich hin.

„Was ist das?", wollte Hendrik wissen.

„Nikotinbrühe. Gegen Blattläuse."

„Das hilft?", fragte Gregor interessiert.

„Bei mir jedenfalls."

„Wie wird das gemacht? Einfach Kippenreste ins Wasser, und dann …?"

„Aufkochen. Aber machen Sie vorher das Papier ab."

Hendrik verzog das Gesicht zu einer Grimasse. Er konnte sich lebhaft vorstellen, wie Gregor in den nächsten Tagen mit stinkenden Substanzen experimentieren würde. Er machte sich eine mentale Notiz, das Büro seines Bruders mindestens bis zum Wochenende zu meiden.

Fräulein Bredow stellte den Ofen aus und führte die beiden Männer ins Wohnzimmer, das einem Uhrenmuseum glich. Nicht nur standen, hingen oder lagen überall Taschenuhren, Standuhren und Wanduhren herum, nein, auf Tischen, Stühlen und sogar auf dem Boden waren darüber hinaus Zifferblätter und Zahnräder, Uhrengläser und Springdeckel, Drahtösen, Gewichte, Pendel, Zeiger, Schlagwerke und Schrauben in allen Größen ausgebreitet. Richtig, Ada Bredows Vater war ja Uhrmacher!

„Wie kann ich Ihnen helfen, Herr Kommissar?"

„Wir ermitteln im Fall Hartmut Gensch."

„Gibt es etwas Neues von ihm?"

„Tut mir leid, aber ... er ist tot."

„Tot? Nein!" Ada versuchte, sich betroffen zu zeigen, was ihr gründlich misslang. Der Griff ans Herz war zu gewollt, und ihre Stimme hatte eindeutig zuviel Tremolo, um echt zu sein. „War es ... ein Unfall?"

„Mord. Deshalb sind wir hier."

„Mord? Aber wer ...?"

Hendrik entdeckte eine geschnitzte Figur auf der Kommode und hob sie hoch. „Von ihm?"

Ada nickte zerstreut.

Es handelte sich um einen Hund, der Männchen machte und eine Zeitung im Maul trug. Das linke Vorderbein war ein Stück zu kurz und die Rasse nicht zu identifizieren, aber die Figur hatte unbestreitbar einen lebendigen Ausdruck.

Die Tür des Nebenzimmers ging auf, ein Mann kam herein. „Dachte ich mir doch, dass ich Stimmen gehört habe!"

„Das ist die Polizei", erklärte Ada hastig. „Denk dir, Hartmut ist tot!"

Der Mann hatte offenbar keine Lust, ihr Spiel mitzuspielen, denn er zuckte nur die Achseln.

„Er wurde ermordet, sagt der Kommissar."

Gregor machte einen Schritt auf ihn zu. „Darf ich fragen, wer Sie sind?"

„Erwin Overbeck."

Hendrik hatte es bereits vermutet. Er sah sich den Mann, den Frau Gensch als Mörder ihres Sohnes bezeichnet hatte, genauer an. Er trug einen gebrauchten Anzug, einen Selbstbinder und Halbschuhe aus Leder. Die kleinen Risse darin waren notdürftig mit einer Art Politur kaschiert worden. Anscheinend konnte er sich kein Hemd leisten, stattdessen hatte er eine gestärkte Hemdbrust vorgeschnallt und ebensolche Manschettenröllchen unter die Ärmel seines Anzugs geschoben. Es machte ihn dennoch nicht zu einem Beamten. Erwin Overbeck war das Muster eines Soldaten: wachsame Augen, angespannte Muskeln, vorgebeugte Schultern – er sah aus, als stünde er unter Sperrfeuer.

Besitzergreifend legte er seinen rechten Arm um Adas Taille. Hendrik stellte fest, dass der Ringfinger verstümmelt war.

„Hab' ich aus'm Krieg", erklärte Erwin, als er den Blick bemerkte.

„Ich würde Ihnen gern ein paar Fragen stellen, Fräulein Bredow", sagte Gregor.

„Sie hat nichts damit zu tun", fuhr Erwin dazwischen.

Gregor ignorierte ihn. „Können wir uns irgendwo setzen?"

Mit rotem Kopf sammelte Ada Zugfedern, Räderwerke und Uhrengehäuse von den Sitzgelegenheiten, deutete auf die Sessel und ließ sich selbst auf dem Sofa nieder. Nach kurzem Zögern setzte Erwin sich so, dass er zwischen ihr und Gregor saß. Hendrik holte seinen Skizzenblock hervor und fing an, eine Karikatur der beiden als Kanarienvogel und Krebs anzufertigen und zwischendurch stichwortartig ihre Antworten mitzuschreiben.

„Arbeiten Sie?"

„Ich bin Verkäuferin bei Tietz."

„Noch", mischte Erwin sich ein.

Gregor ignorierte ihn auch diesmal. „Am Alexanderplatz?"

„Dönhoffplatz."

„Schon lange?"

„Seit drei Jahren."

„Mögen Sie die Arbeit?"

„In diesen Zeiten kann man froh sein, wenn man nicht auf der Straße sitzt. Natürlich will ich das nicht ewig machen. Sobald ich einen netten Mann kennenlerne …" Kokett blinzelte sie Erwin unter halb gesenkten Lidern an.

„Wird Zeit, dass du aufhörst", maulte der.

„Es ist eine gute Arbeit."

„Ich mag nicht, dass du für diesen Juden schuftest. Ein deutsches Mädchen sollte sich nicht so erniedrigen."

„Wir brauchen das Geld, das weißt du genau. Außerdem geht's mir da gut. Es gibt eine Pensionskasse und eine Leihbücherei, und als Mitarbeiter bekommt man günstige Darlehen."

„Geld verleihen, typisch Jude!"

„Sind Sie dort auf der Lehrlingsschule?", unterbrach Gregor.

„Ja. In Warenkunde und Rechnen bin ich ganz gut, aber Buchführung fällt mir schwer."

„Wie haben Sie Hartmut Gensch kennengelernt?"

„Beim Tanzen. Er fiel mir auf, weil er so schneidig aussah."

Erwin schnaubte.

„Komm, du musst zugeben, dass er eine gute Figur gemacht hat. Und tanzen konnte er auch."

Erwin Overbeck offensichtlich nicht, das jedenfalls war die unterschwellige Botschaft, die Hendrik heraushörte.

„Wie war Ihr Verhältnis zu dem Ermordeten?"

„Rein platonisch. Wir waren … naja, wir mochten uns."

„Sie waren nicht verlobt?"

„Wie kommen Sie darauf? Natürlich nicht. Ab und zu sind wir miteinander ausgegangen, das stimmt schon, tanzen, ins Café, solche Dinge. Manchmal hat er mich auch von der Arbeit abgeholt. Aber das war nichts Ernstes. Vielleicht hat Hartmut sich mehr erhofft. Ich glaube, er fand mich attraktiv." Sie drehte sich nicht zu Erwin um, aber ihre Worte waren zweifellos für ihn bestimmt.

„Die Mutter von Herrn Gensch behauptet etwas anderes."

„Ich wette, die alte Schachtel hat Ihnen erzählt, ich hätte es getan", sagte Erwin.

Diesmal wandte Gregor sich ihm zu und sah ihn durchbohrend an. „Zu Ihnen kommen wir gleich. Im Augenblick unterhalte ich mich mit Fräulein Bredow."

Erwin hielt seinem Blick, wenn auch mühsam, stand.

Ada fing an, nervös an ihrer Perlenkette zu nesteln.

„Ein Geschenk von Herrn Gensch?", fragte Gregor.

Sie ließ die Kette los, als habe sie sich verbrüht. „Nein, sie … sie ist von Erwin."

„Herr Gensch hat Ihnen Geschenke gemacht, nicht wahr?"

„Ein- oder zweimal. Kleine Aufmerksamkeiten, mehr nicht."

„Keinen Schmuck? Kleider?"

„Ich glaube … es kann sein, dass ein Kleid darunter war."

„Unter den ein, zwei Dingen, die Sie von ihm bekommen haben?"

„Sie hat doch schon gesagt, dass Sie nichts mit ihm hatte. Also hören Sie auf, sie zu belästigen", fuhr Erwin Overbeck auf.

Der Blick, mit dem Gregor ihn bedachte, war reines Eis. Hendrik fragte sich, warum sein Bruder den Mann nicht hinauskomplimentierte. Andererseits war es natürlich aufschlussreich, wie das Paar während der Befragung aufeinander reagierte.

„Sie haben zwei Möglichkeiten", sagte Gregor. „Erstens: Sie verhalten sich ruhig, bis Sie an der Reihe sind. Zweitens: Sie verlassen dieses Zimmer."

„Und wenn ich weder das eine noch das andere tue?"

„Dann gibt es als dritte Möglichkeit noch ein Apartment in der ‚Roten Villa', mit Aussicht auf Gitterstäbe."

Ada versuchte, die Wogen zu glätten. „Ja, gut, vielleicht waren es auch ein paar mehr Geschenke. Es war mir unangenehm. Er war ein netter Kerl, meistens jedenfalls. Aber ich war nicht an ihm interessiert."

„Es hat kein … Austausch von Zärtlichkeiten stattgefunden?"

Sie zögerte mit der Antwort. Diesmal zuckten ihre Augen in Erwins Richtung, auch wenn sie sie rasch wieder unter Kontrolle brachte. „Er … hat mich einmal geküsst."

Gregor sagte nichts.

„Na gut, vielleicht auch ein paar Mal mehr. Er konnte ganz süß sein. Aber es war immer harmlos."

„Es blieb also bei Küssen? Sie haben sich nicht verlobt? Keine Pläne für die Zukunft gemacht?"

Sie schüttelte energisch den Kopf. „Ich bin doch nicht blöd. Hartmut *hatte* keine Zukunft. Er wurde überall gefeuert, wegen seiner großen Klappe. Er dachte immer, die Welt schuldet ihm was. Einmal habe ich ihn bei Tietz untergebracht, aber das fand er unter seinem Niveau und hat das auch deutlich gezeigt. Bei den Albatros-Werken ist er ebenfalls rausgeflogen."

„Warum?"

„Er hat einem Buchhalter den Kieferknochen gebrochen. Angeblich ging es um die Ehre der Armee."

„Wenn er keiner geregelten Arbeit nachging – und nach allem, was ich mitbekommen habe, sind die Genschs nicht so reich, dass sie von Erspartem zehren können – wovon hat er dann gelebt?"

„Keine Ahnung. Stimmt schon, es ist ein bisschen seltsam. Zumal er sein Geld nie beisammenhalten konnte. Wenn er mal was verdient hat, war's im Nu weg."

„Haben Sie sich keine Gedanken gemacht, wovon er Ihre Geschenke bezahlt hat?"

Sie machte eine unbestimmte Kopfbewegung.

Gregor ließ es dabei bewenden und wandte sich Erwin zu, dem man ansah, dass er wie auf glühenden Kohlen saß. „Nun zu Ihnen! Zunächst einmal: Was tun Sie hier, wenn ich fragen darf?"

„Ich mache die Abrechnungen für Herrn Bredow, den Vater von Fräulein Ada, wenn Sie nichts dagegen haben."

„Aha. Was tun Sie beruflich?"

„Ich arbeite in einer Bank."

„Und woher kannten Sie Hartmut Gensch?"

„Aus dem Krieg. Später waren wir zusammen beim Oberschlesischen Selbstschutz."

„Wie sah Ihr Verhältnis zueinander aus?"

„Wir waren Kameraden. Sind gemeinsam durch so manche Scheiße gegangen, erst an der Marne, dann in Schlesien."

„Wenn Sie befreundet waren – hat er Sie mal um Geld angepumpt?"

„Nee. Ich hätt' ihm auch keins gegeben. Hab' selber nischt."

„Und wann haben Sie und Fräulein Bredow sich kennengelernt?"

„Hartmut hat sie mitgebracht, zu einem Hoffest."

„Hier?"

„Nebenan. Heiko hat das organisiert. Heiko Brehm. Wir waren zusammen in Frankreich, ehe ihn eine Kugel erwischte."

„Sie drei waren in derselben Einheit?"

„Nur kurz. Heiko hat's erwischt, gleich nachdem Hartmut kam. Aber die beiden kannten sich von früher."

„Wann war dieses Hoffest?"

„Im Sommer letzten Jahres. Juni, glaube ich."

„Am zwölften", sagte Ada und errötete.

„Und da haben Sie sich ineinander verliebt?"

Erwin zuckte die Achseln.

Gregor sah Ada an.

„Wir haben uns gut verstanden."

„War Herr Gensch nicht eifersüchtig?"

„Und wie! Er hat mir eine Szene gemacht. Es war peinlich. Ich habe ihm ganz schön den Kopf zurechtgesetzt."

„Wie hat er es aufgenommen, dass Sie sich von ihm ab- und Herrn Overbeck zuwandten?"

„Hab' ich ja nicht. Ich bin nicht so eine, die jedem gleich um den Hals fällt. Wir sind ein paar Mal spazieren gegangen, und einmal hat Erwin mich in den Lunapark eingeladen, mehr war nicht. Richtig kennengelernt haben wir uns erst später, nachdem Hartmut verschwunden war."

„Was dachten Sie, als Herr Gensch nicht wieder auftauchte?"

„Wie meinen Sie das?"

„Na, Sie müssen doch irgendeine Vermutung gehabt haben, was passiert ist."

„Zuerst hab' ich angenommen, er hätte endlich eine Stelle angetreten. Bei seiner Mutter anrufen wollte ich nicht. Die mag mich nicht. Aber als er dann immer länger wegblieb … ich dachte, er hätte vielleicht Schwierigkeiten und ist untergetaucht."

„Schwierigkeiten?"

„Na ja, wegen Geld. Oder weil er sich wieder mit wem geprügelt hat."

„Und Sie?" Diese Frage ging an Erwin.

„Warum sollte ich mir darüber Gedanken machen? Hartmut war sei eigener Herr."

„Die Mutter von Herrn Gensch behauptet, Sie wären in der Nacht vor seinem Verschwinden mit ihm zusammen gewesen."

„Na ja, das stimmt wohl. Wir sind durch die Wirtshäuser gezogen."

„Gab es einen besonderen Grund?"

„Wir haben den Tod von Erzberger gefeiert."

„Sie haben – was?"

„Tun Sie doch nicht so! Das ganze Land hat aufgeatmet, als dieses Schwein endlich weg war. Wir haben darauf getrunken, dass Deutschland einen seiner Schädlinge los ist."

Fassungslos ließ Hendrik den Skizzenblock sinken. Sicher, der frühere Finanzminister Erzberger war nicht beliebt gewesen, und gewissenlose Zeitungsschmierer hatten sogar seine Ermordung noch mit Genugtuung kommentiert, aber eine solche Verrohung ... „Warum dieser Hass?“

„Na, hören Sie mal! Der Erzberger, dem verdanken wir das Reichsnotopfer. Und für den Zusammenbruch 1918 war er auch verantwortlich, da können Sie jeden fragen, das sagt Ihnen jeder.“

„Und bereichert hat er sich“, stimmte Ada zu, „und Steuern hinterzogen und Meineide geschworen.“

„Lesen Sie Helfferichs Schriften, da steht alles genau drin! Jetzt hat der Kerl seinen Lohn. Der wird kein Unheil mehr anrichten. Kugelrund, aber nicht kugelfest.“ Erwin lachte. „So wie dem muss es allen Volksverrätern ergehen. Mit Stumpf und Stiel muss man dieses Schieberpack ausrotten. Den Wirth, den Scheidemann, den Rathenau und wie sie alle heißen.“

„Aufsichtsrathenau!“, spottete Ada, auf die Beteiligung des Außenministers an einer schier unüberschaubaren Anzahl Firmen anspielend.

Erwin Overbeck fixierte Hendrik mit scharfem Blick. „Das passt Ihnen wohl nicht? Sie sind auch so’n Bolschewist, wie? Hab’ ich mir schon gedacht.“

„Kommen wir zum Fall zurück“, sagte Gregor.

Erwin grinste, lehnte sich provozierend auf der Couch zurück und summte den Kehrreim eines Liedes. Hendrik kannte es. Im Oberschlesischen Selbstschutz waren die Soldaten angeblich im Takt dazu marschiert, und auch in den Straßen Berlins konnte man es immer wieder hören: *Knallt ab den Walther Rathenau, die gottverdammte Judensau ...*

„Wo waren sie überall?“, fragte Gregor scharf.

Hendrik schrieb die Namen der Gaststätten mit, die Erwin nannte.

„Nicht in Halensee? Oder Schmargendorf?“

„Was sollen wir denn da?“

„Das hoffte ich, von Ihnen zu erfahren. Immerhin ist Ihr Kamerad im Grunewald gefunden worden. Alkoholisiert.“

„Wir haben uns irgendwann getrennt. Er war schon ziemlich abgefüllt, aber er wollte unbedingt noch weiter. Sie wissen schon, die neue Polizeistunde ausnutzen."

Richtig, September letzten Jahres! Da durften die Gaststätten ihren Schankbetrieb zum ersten Mal bis ein Uhr nachts ausdehnen.

„Und Sie?"

„Ich hatte genug. Es war ja nicht mal Wochenende, und ich musste am nächsten Morgen wieder früh raus."

„Wie spät war es, als sie sich von ihm verabschiedeten?"

„Weiß nicht. Muss so gegen elf gewesen sein."

„Wie war Herr Gensch den Abend über? Benahm er sich ungewöhnlich?"

„Nee. Eigentlich wie immer."

„Worüber sprachen Sie?"

„Über Politik." Erwin grinste wieder. „Wird Ihnen nicht gefallen, was wir sagten."

„Hat er Andeutungen gemacht, dass er vorhatte zu verschwinden? Oder sich mit jemandem zu treffen?"

„Nee. Kann ich mir auch nicht vorstellen, so voll wie der war."

„Das heißt also, an jenem Abend gegen elf haben Sie ihn zuletzt gesehen?"

„Wie Sie das wieder erfasst haben …"

„Und Sie, Fräulein Bredow?"

„Am Tag vorher. Er hat mich von der Arbeit abgeholt."

„Irgendwelche besonderen Zwischenfälle? Zerstreutheit, Furcht, Zukunftspläne?"

„Nein. Nur, dass … na ja, er sagte, er würde mir einen Pelzmantel schenken."

„Einen Pelzmantel? Bei seinen finanziellen Verhältnissen?"

„Deswegen habe ich ihn auch nicht ernst genommen. Aber er hat nicht aufgehört damit. Immerzu Andeutungen gemacht: ‚Bald bin ich wieder flüssig' und so."

„Haben Sie eine Ahnung, auf welche Weise er zu Geld kommen wollte?"

„Nein. Aber ich würde nicht viel auf sein Gerede geben. So was hat er andauernd gesagt. Er war ein netter Kerl, aber ein Angeber."

War es wirklich nur Angeberei? Oder ein wertvoller Fingerzeig? Bloßes Geschwätz oder eine Spur, die zu krummen Geschäften führen konnte, zu Raub, Betrug, Unterschlagung? Hendrik fuhr sich durchs Haar, ohne zu merken, dass er es dabei zerzauste. Neun Monate war der Mord bereits her, und sie hatten nichts in der Hand als Vermutungen!

6

Heiko Brehm war anders, als Hendrik ihn sich vorgestellt hatte. Er erwartete einen weiteren aufgeblasenen Wichtigtuer, einen typischen Frontkämpfer, einen Mann wie ein Marschtakt. Doch der Mann, der ihnen die Tür öffnete, war eher ein Volkslied: brummige Stimme, schaukelnder Gang, Vollmondgesicht. Jemand, von dem man erwartete, dass er im nächsten Augenblick eine Torte hinter seinem Rücken hervorzauberte und einem alles Gute zum Geburtstag wünschte.

Als er hörte, dass sie wegen Hartmut Gensch gekommen waren, nahm sein Gesicht einen besorgten Ausdruck an. „Ist er wieder aufgetaucht? Hat er … ist ihm etwas zugestoßen?"

„Er wurde ermordet."

Heiko nickte. „Hab' mir schon so was in der Art gedacht. Einfach sang- und klanglos zu verschwinden, sah ihm gar nicht ähnlich."

„Nein? Seine Mutter sagt –"

„Ach, seine Mutter! Nehmen Sie's mir nicht übel, aber seine Mutter ist die Letzte, auf deren Meinung ich was geben würde."

„Wie meinen Sie das?"

„Sie ist … naja, sie gehört eher in ein vergilbtes Foto als ins wirkliche Leben, wenn Sie verstehen, was ich meine. Hartmut hielt es nie lange zu Hause aus. Wann immer er konnte, hat er sich davongemacht. Nichts war seiner Mutter gut genug, immer sollte er schneller, weiter, besser sein als die anderen."

„Warum ist er nicht ausgezogen?"

„Kein Geld. Vielleicht auch aus Pflichtgefühl."

„Nun, bevor wir weiter über die Genschs reden, erzählen Sie uns doch bitte etwas über sich. Was sind Sie von Beruf, wenn ich fragen darf?"

„Ich arbeite bei der Reichspost, am Schalter. Nichts Besonderes, aber man hat sein Auskommen."

„Leben Sie allein?"

„Kann ich mir nicht leisten. Ich hab' zwei Kostgänger, Brüder. Sind im Augenblick allerdings wegen einer Familiensache in Regensburg."

Hendrik sah sich in der Wohnung um. Bei Heiko Brehm hatte ebenfalls alles seine Ordnung, aber das lag wohl eher daran, dass er nicht viel sein Eigen nannte. Die dürftige Garderobe, die spärlichen Möbel, das zusammengewürfelte Geschirr – alles deutete auf finanzielle Probleme hin. Vielleicht setzte er aber auch nur andere Prioritäten, denn auf dem Küchentisch standen Gläser mit exotischen Gewürzen und vier Sorten Wein, und auf einer Anrichte befand sich ein Grammophon.

„Herr Gensch und Sie kennen sich seit Ihrer Kindheit?", fragte Gregor.

„Sind zusammen zur Schule gegangen. Später waren wir in derselben Kompanie."

„Was war er für ein Mensch?"

„Unkompliziert. Geradeheraus, das war es, was mir an ihm gefiel. Manchmal ein bisschen grob."

„Grob?"

„Naja, er leistete sich schon mal den einen oder anderen Scherz mit den Jungen in der Schule. Aber ich hatte in der Hinsicht nie Probleme mit ihm."

„Könnten Sie diese Scherze näher erläutern?"

„Er hat gern mit Waffen hantiert, schon als Bub. Manchmal benutzte er Mitschüler als lebende Zielscheiben. Er war ein guter Schütze, es bestand keine Gefahr, aber das wussten die ja nicht. Einmal hat er einen Streit dadurch beendet, dass er seinen Gegner zu einem Spiel auf Leben und Tod zwang."

„Wie meinen Sie das?"

„Also, er besaß so einen Trommelrevolver, da hat er alle Patronen bis auf eine rausgenommen und dann die Trommel gedreht, so dass keiner wusste, wo die Kugel steckte. Dann musste jeder der beiden die Waffe an seine Schläfe halten und abdrücken. Man nennt das ‚Russisches Roulette', hab' ich mir sagen lassen, warum auch immer. In Wahrheit war natürlich keine Kugel im Lauf, aber der andere hat sich vor Schiss fast in die Hose gemacht."

„Verstehe. Standesdünkel waren ihm auch nicht eben fremd, oder?"

„Das trifft auf die meisten von denen zu."

„Denen?"

„Die Truppe. Die Kriegskameraden."

„Gehören Sie denn nicht dazu?"

„Ach, wissen Sie, Herr Kommissar, ich bin ein schlichter Mensch. Gut essen und trinken, dazu ein bisschen Musik und Tanz, schon bin ich zufrieden. Das Politisieren liegt mir nicht. Bei den meisten Jungs geht es doch den ganzen Tag nur um Politik."

„Sie waren so was wie ein Außenseiter?"

„Das nun nicht gerade. Ich mag Leben in der Bude. Hab' für Stimmung gesorgt, und dass wir immer was zu lachen hatten, selbst in den schwersten Stunden."

„Sie meinen, im Krieg?"

„Klar. In irgend so'm Dorf an der Front hab' ich zum Beispiel Wein und Wurst organisiert und einen Franzosen gefangengenommen, der Quetschkommode spielen konnte. War eine Riesengaudi. Der eine oder andere hat ein bisschen blöd geguckt, als ich dem Franzen auch was vom Wein spendiert habe, aber sie haben mich nicht gehindert. Leben und leben lassen, ist mein Motto."

Hendrik, der die Aussagen mitprotokollierte, beugte sich über seinen Skizzenblock und entwarf eine Karikatur von Heiko Brehm mit dem Kopf eines Bären, der sich Honig von der Schnauze leckt.

„Ja, und dann natürlich Weihnachten 1914 – aber das war, bevor der Hartmut dazukam."

„Sie meinen die Verbrüderungen an der Front? Ist an den Gerüchten etwas dran?"

„Gerüchte?" Heiko lachte. „Naja, die Herren Offiziere hören das nicht so gern, jedenfalls die meisten. Haben versucht, die Vorfälle zu vertuschen. Aber, ja, ich war dabei. In Flandern. Erst haben wir Lichter aufgestellt entlang der Frontlinie und dann gesungen: *Die Wacht am Rhein, Stille Nacht* ... Von drüben gab's plötzlich *Silent Night*. Irgendwann sind wir rausgeklettert und haben uns im Niemandsland getroffen. Tabak getauscht, Konserven, Schals. Und Souvenirs: Rangabzeichen, Uniformknöpfe. War wie ein Alpdruck, der einem von der Seele genommen wird. Kein Robben im Dreck mehr, kein Kriechen über Leichen, kein Verhaken im Stacheldraht. Aufrechter Gang." Er lachte wieder. „Die Schotten hatten einen Fußball dabei, und dann ging's los. Wir haben 3:2 gewonnen. Eine Riesengaudi, sag' ich Ihnen."

„Ich habe davon gehört. Aber ich dachte ..." Gregor schüttelte den Kopf, wie um sich zur Besinnung zu rufen. „Es war von einem Hoffest die Rede, das Sie veranstaltet haben sollen – waren da viele Kriegskameraden anwesend?"

„Nee. War eben ein Hoffest. Hauptsächlich Leute aus'm Haus, ein paar Nachbarn, vielleicht noch zwei, drei Freunde. Der Hartmut halt."

„Stimmt es eigentlich, dass Herr Gensch Geldschwierigkeiten hatte?"

„Wundern würd's mich nicht. Wenn der mal was besaß, ist es ihm gleich wieder durch die Finger gerutscht. Er war immer überzeugt, jeden Moment einen gut bezahlten Posten im Finanzministerium zu bekommen wie sein Vater. Irgendwie hat er nie kapiert, dass die Zeiten sich geändert haben."

„War er beliebt?"

„Er war nicht gerade der Mittelpunkt jeder Gesellschaft, aber auch kein Einzelgänger. Den einen oder anderen hat er sicher mit seiner hochfahrenden Art vergrätzt. Doch im Allgemeinen kam er klar."

„Und Freunde? Hatte er Freunde?"

„Den Erwin, natürlich, Erwin Overbeck. Ich würde mich auch zu seinen Freunden zählen, obwohl wir uns nicht oft sahen. Ich hab' in meiner Welt gelebt, und er in seiner. Seine, das waren die alten Kameraden. Wie gesagt, immerzu politisieren und auf die Regierung schimpfen. Ich bin auch kein Freund dieser Novemberverbrecher. Die Republik ist ein korrupter Sumpf, der zum Himmel stinkt. Aber lasse ich mir deswegen das Leben vergällen? Nee, dazu isses zu kurz."

„Erzählen Sie mir etwas über Herrn Overbeck. Kennen Sie ihn gut?"

„Gut ist übertrieben. Ich weiß bloß, dass sein Vater Offizier war. Einer von denen, die nach dem Krieg wegen dem Versailler Vertrag entlassen wurden. Der Erwin ist dann nach Berlin, weil er hoffte, hier bessere Chancen zu haben. Hat studiert, Jura. Er hat's nicht leicht gehabt, ganz ohne finanzielle Unterstützung. Eine Zeitlang hat er in einem Bretterschuppen gehaust, hab' ich gehört, hinter einer Militärbaracke. Um Geld zu sparen. Im Sommer auch mal im Freien. Später ist er von Wartesaal zu Wartesaal vagabundiert, bis die Polizei ihn aufgriff. Inzwischen wohnt er billig irgendwo zur Untermiete und erledigt dafür alle anfallenden Reparaturarbeiten. Mit dem Essen lief es ähnlich: Er hat einen Sport daraus gemacht, seinen Hunger auszuhalten. Hat sich so diszipliniert, dass er nur einmal am Tag was brauchte."

„Das muss ihm schwergefallen sein."

„Nicht wirklich. Er ist so ein Typ, wissen Sie. Einer, der sich selbst an die Zügel nehmen kann. Ich glaube, was er am drückendsten fand, waren die sozialen Unterschiede zu den reichen Studenten. Er musste halt nebenbei arbeiten. Das hat ihm zu schaffen gemacht. Das mit dem Essen ... ich glaube fast, er hält das auch heute noch so. Will sein Leben nicht von der Nahrungsmittelknappheit bestimmen lassen, verstehen Sie? Na ja, wer Feldküchenessen gewohnt ist, dem macht das vermutlich nichts aus. Obwohl ..." Er schlug mit der flachen Hand auf seinen Bauch. „Für mich wär' das nichts. Zu viel Pflicht, zu wenig Genuss. Ich brauch' meinen Wein, meine Kartoffeln, meine Wurscht."

„Jetzt arbeitet er in einer Bank, habe ich gehört?"

„Sein Vater hat ihm den Posten verschafft."

„Waren Sie mit Herrn Overbeck in Oberschlesien?"

„Nee. Ich hatte die Schnauze voll vom Kämpfen. Dass die verdammten Polen eins aufs Maul kriegen, finde ich gut, aber das sollen man die Jüngeren machen, die noch voller Saft und Kraft sind. Ich glaub', der Erwin war auch nicht lange dabei. Als die Stelle bei der Bank frei wurde, hat er Oberschlesien und Studium sausen lassen und mit beiden Händen zugegriffen. Jeder muss heute sehen, wo er bleibt."

„Wie war das nun mit dem Hoffest? Wie kam es überhaupt dazu?"

„Das Ganze war meine Idee. Die Stimmung hier im Haus war ja kaum noch zu ertragen. Überall laufen die Leute mit so 'ner Fresse rum, und es wird und wird nicht besser. Wundert einen ja auch nicht. Mein Nachbar hat seine Stellung verloren und weiß nicht, wie er seine siebenköpfige Familie durchbringen soll. Die Söhne der Witwe von oben sind im Krieg gefallen, und ihre kümmerliche Rente reicht hinten und vorne nicht. Unterernährung, Tuberkulose, Kinder, die an Skorbut leiden – na ja, was erzähle ich. Ist Ihnen ja nischt Neues. Wenn man hier ins Haus reinkam, hatte man das Gefühl, auf 'ner Beerdigung zu sein. Bei so was geh' ich ein wie 'ne Primel. Also hab' ich ein bisschen gewirbelt. Erst waren alle skeptisch, aber dann sind sie doch gekommen. Der eine hat ein Brot rausgerückt, der andere ein paar Gläser eingemachte Gurken. Die Witwe hat sogar 'ne Kartoffeltorte gebacken. Wir haben Girlanden aufgehängt und Lampions, die Kinder kamen mit Laternen … Ich hab' mein Grammophon runtergebracht, und nach einer halben Stunde hatten alle vergessen, wie schlecht es ihnen ging, und lachten und tanzten um die Wette. Selbst der olle Griesgram aus'm zweiten Stock mit seinem Holzbein hat 'ne flotte Sohle hingelegt und immerzu geschluchzt, er kann nicht glauben, dass er wieder tanzt."

„Und Hartmut Gensch war auch da."

„Nicht gleich. Er kam ein paar Stunden später, als wir alle schon einen sitzen hatten."

„Allein?"

„Er brachte seine neue Braut mit, die Ada."

„Wissen Sie, ob die beiden verlobt waren?"

„Keine Ahnung. Aber so, wie die aneinander geklebt haben, würd' ich mal sagen, die waren schwer verschossen."

„Sie waren also nicht zurückhaltend, was den Austausch von Zärtlichkeiten betrifft? Befangen, wegen der vielen Leute?"

„Befangen? Mann, wenn Sie die Knutscherei gesehen hätten ..." Er lachte.

„Erwin Overbeck war auch auf dem Fest?"

„Ja."

„Hat er sich amüsiert?"

„Er macht sich nicht viel aus Feiern. Aber, ja, im Laufe des Abends ist er dann doch aufgetaut."

„Bevor oder nachdem Fräulein Bredow kam?"

„Ach, darauf wollen Sie hinaus. Naja, was soll ich sagen, Sie wissen sicher, dass die beiden ein Paar sind. Ja, der Erwin hat sich um sie bemüht."

„Und sie?"

„Es hat ihr gefallen. Es ist nichts Unschickliches vorgefallen, verstehen Sie, kein Kuss oder eine unrechte Berührung oder so was. Es war nur ... wie sie aufeinander reagiert haben."

„Und Herr Gensch?"

„War ziemlich geladen. Er wollte gehen, sie wollte nicht, schließlich hat er sie angebrüllt, sie hat zurückgebrüllt, und da musste ich dazwischengehen. Sie haben sich aber wieder versöhnt und sind bis zum Schluss geblieben. Und, bevor Sie fragen, der Zwischenfall hat der Freundschaft zwischen Hartmut und Erwin keinen Abbruch getan."

„Wann haben Sie Herrn Gensch zuletzt gesehen?"

„Irgendwann im Sommer. So etwa Juli, schätze ich. Es war jedenfalls heiß. Wir sind uns auf der Straße begegnet, haben ein paar Minuten gequatscht. Wir wollten uns mal wieder treffen, aber es ist nie was draus geworden. Er war dauernd auf Achse."

„Wieso? Was hat er gemacht?"

„Keine Ahnung. Arbeit gesucht, nehme ich an."

Gregor stellte noch ein paar belanglose Fragen und ließ sich den Namen des Schülers geben, den Hartmut Gensch zu Russischem Roulette gezwungen hatte, dann verabschiedeten er und Hendrik sich.

Unten, auf der Straße, sah der Kommissar seinen Bruder herausfordernd an. „Und? Wie ist deine Meinung zu dem Fall?"

„Also, ehrlich gesagt, ich kann überhaupt keine klare Linie entdecken. Für mich ist das alles Kraut und Rüben."

„Das beruhigt mich ja. Ich hätte gewettet, dass du irgendeine Sentenz von einem deiner Philosophen parat hättest, mit der sich der Fall im Handumdrehen aufklärt."

„Hör schon auf! Du weißt genau, dass ich deine Fähigkeiten als Kriminalist nicht in Zweifel ziehe. Sagen wir: Von Zeit zu Zeit kann es hilfreich sein, die Dinge von einer Außenseiterposition zu betrachten."

„Und was sagt der Außenseiter?"

„Es deutet alles darauf hin, dass Erwin Overbeck es getan hat. Aber warum sollte er Hartmut Gensch aus dem Weg räumen, wo Fräulein Bredow doch klar gemacht hat, wo ihre Prioritäten liegen?" Hendrik kratzte sich am Kopf. „Was ist mit dir? Glaubst du, dass er es war?"

„Er bleibt natürlich mein Hauptverdächtiger. Schon, weil ich zurzeit keinen anderen habe. Aber, ehrlich gesagt: Ich habe schon viele Morde aus Eifersucht gesehen. Was da im Grunewald geschehen ist, kommt mir eher wie eine Hinrichtung vor."

7

Humorvoll? Metaphorisch? Sachlich?

Frustriert legte Hendrik seinen Federhalter beiseite und schloss das Tintenfass. Wie sollte das letzte Kapitel seines Buches aussehen? In welcher Stimmung wollte er die Leser entlassen? So lange er sich darüber nicht im Klaren war, hatte es keinen Sinn weiterzuarbeiten. Dabei wünschte er sich nichts sehnlicher, als dieses Werk, dem er drei Jahre seines Lebens gewidmet hatte, endlich abzuschließen.

Was will die Philosophie? erzählte die Geschichte des Denkens von der Antike bis heute und trat leidenschaftlich dafür ein, die Thesen berühmter Philosophen als Sprungbrett zur eigenen Auseinandersetzung mit den großen Lebensfragen zu nutzen, ein Ansatz, der, so fand Hendrik, angesichts der obligatorischen Klassikerverehrung durchaus Sprengkraft besaß. Als Leitmotiv hatte er einen Satz von Voltaire vorangestellt: *Die nützlichsten Bücher sind diejenigen, die den Leser zu ihrer Ergänzung auffordern.*

Einen Franzosen zum Mottogeber zu wählen, würde dem Verkauf seines Buches natürlich nicht gerade förderlich sein. Aber darüber konnte er sich später Gedanken machen. Erst einmal hatte er andere Sorgen. Wie sollte er sein Werk beenden? Mit einem Appell, sich nicht von großen Namen einschüchtern zu lassen und keine vorgefertigten Antworten zu übernehmen? Wenn die Leser das im Laufe der Kapitel nicht von selbst begriffen hatten, war ohnehin alles zu spät. Mit einer Art Zusammenfassung und einem Ausblick in die Zukunft? Furchtbar akademisch!

Wenn nur Diana schon zu Hause wäre! Vielleicht hatte sie eine zündende Idee.

Hendrik sah aus dem Fenster zur Matthias-Kirche hinüber. Ob die Schäden des Blitzeinschlags vom Sonntagabend schon repariert waren? Kaplan Lampe hatte erzählt, dass der Blitz aufgrund des Eisens im Glockenturm vom Blitzableiter abgesprungen war und zwei Löcher ins Mauerwerk geschlagen hatte. Alle elektrischen Sicherungen und Zähler waren beschädigt. Hör auf, du willst dich ja nur von deinem Problem ablenken!

In der Hoffnung auf einen Fingerzeig blätterte Hendrik sein Manuskript durch. Er war zufrieden mit dem, was er bisher geleistet hatte. Sein Sokrates, sein Leibniz, sein Schopenhauer waren keine verstaubten Denkmäler, sondern Menschen, die nach Antworten suchten. Er hatte von Epikur erzählt, der mit 14 in der Schule hörte, dass am Anfang der Welt das Chaos entstand, und wissen wollte, woraus. Von Augustinus, dem sein ausschweifendes Leben nicht mehr genügte, der sich selbst zum Rätsel wurde. Von Montaigne, der sich aus der Öffentlichkeit in einen Turm zurückzog, um dort neun Jahre lang seine Seele zu erforschen. Von Initialzündungen, die Menschen dazu brachten, um Erkenntnis zu ringen. Er glaubte an

Kierkegaards Satz: *Nur von Verwandelten können Wandlungen ausgehen.* Es war ein sehr persönliches Buch geworden. Ein Buch voller Leidenschaft und Sehnsucht. Vermutlich würde die akademische Welt es verreißen.

Zurück zum Problem! Humorvoll? Metaphorisch? Sachlich? Vielleicht konnte ihn ein Blick in ein Philosophielexikon inspirieren. Hendrik griff nach einem der Bücher im Regal über dem Schreibtisch – und verharrte mit seinem Arm in der Luft.

Das Regal!

Geschlagene fünfzehn Sekunden blieb er in dieser unnatürlichen Position sitzen, ohne auch nur einen Muskel zu regen. Selbst seine Augen standen still und fixierten einen Schatten an der Wand. Das einzige, was sich bewegte, war sein Verstand. Der jedoch jagte um Ecken, probierte aus, verglich, verwarf.

Als endlich alles zusammenpasste, lief ein Zittern durch seinen Körper, der Arm sank herab. Äußerlich ruhig schob Hendrik seinen Stuhl zurück, stand auf, ging zur Tür. Der Grad seiner Aufgeregtheit war daran abzulesen, dass ihm nicht einmal in den Sinn kam, eine Jacke überzuziehen.

Zum Glück war es draußen mild, trotz vorgerückter Stunde und eines frischen Nordwestwindes. Aber selbst bei zwanzig Grad Minus wäre Hendrik nicht umgekehrt. Die Schlussfolgerungen, zu denen er gelangt war, zwangen ihn vorwärts. Sollte er auf die Bahn warten? Nein, dazu fehlte ihm die Geduld! Er schnappte sich sein Fahrrad und trat in die Pedale.

Am Potsdamer Platz verursachte er beinahe einen Unfall mit einem Elektromobil der Meierei Bolle, weil er weder nach rechts noch nach links sah, als er über die Kreuzung jagte. Er war viel zu sehr damit beschäftigt, im Geist jeden Quadratzentimeter der Gensch'schen Wohnung abzusuchen, um noch Kapazitäten für so profane Dinge wie Verkehrsregeln freizuhaben.

Erst, als das Polizeipräsidium vor ihm auftauchte, kam ihm der Gedanke, dass er vorher hätte anrufen sollen, um herauszufinden, ob sein Bruder nicht schon Feierabend hatte. Einerlei, jetzt war es ohnehin zu spät.

Er hatte Glück: Gregor war da.

„Das Regal“, keuchte Hendrik.

„Dir auch einen guten Abend. Zivilisierte Umgangsformen sind dir wohl fremd?“

Zu einer anderen Zeit hätte Hendrik sich über diese Retourkutsche amüsiert, aber im Augenblick machte ihn alles ungeduldig, was die praktische Umsetzung seines Geistesblitzes verzögerte. „Der Schreibtisch! Das Licht!“

„Gib mit Bescheid, wenn du soweit bist, dich auch für gewöhnliche Sterbliche verständlich auszudrücken.“ Gregor beugte sich wieder über eine Akte.

„Warum sollte ein Schreibtisch an der Türseite stehen statt am Fenster, mit dem Rücken zum Licht? Noch dazu wenn das bedeutet, dass man jedes Mal aufstehen muss, um ans Regal heranzukommen? Warum sollte jemand Briketts horten, wenn das Ofenrohr fehlt und der Ofen nicht benutzt werden kann?“

„Jetzt, wo du es sagst … das ist in der Tat eigenartig.“

„Ich wette –“, setzte Hendrik an, doch Gregor hatte bereits Hut und Mantel geschnappt und unterbrach ihn: „Die Wette gewinnst du. Komm!“

Entweder vergaß auch Gregor gelegentlich, dass es Telefone gab, oder er zog es vor, Frau Gensch zu überraschen. Sie fuhren jedenfalls zum Hohenzollernkorso, ohne vorher anzurufen.

Frau Gensch war zu Hause und blickte missbilligend auf Hendriks zerknittertes Hemd, das seit der letzten Wäsche kein Bügeleisen mehr gesehen hatte.

„Wir müssen noch einmal in das Zimmer Ihres Sohnes“, sagte Gregor. Mit der Autorität des Gesetzes schob er sich an der verdutzten Frau vorbei, gefolgt von Hendrik.

Ein paar Sekunden lang standen sie schweigend vor dem Schreibtisch. Dann, ohne dass sie sich abgesprochen hätten, packte jeder von ihnen an einer Ecke an, und mit vereinten Kräften rückten sie das Möbelstück beiseite. Wieder hielten sie inne, und eine Art lautlose Kommunikation lief zwischen ihnen ab.

„Der Fußboden?“

Gregor schüttelte den Kopf. „Der Ofen!“ Er fing an, die Kacheln am Fußende abzuklopfen, an jener Stelle, die der Schreibtisch vorher verdeckt hatte.

„Versuch es auf der anderen Seite! Vorn der Schreibtisch, seitlich die Kohlen; ideale Tarnung.“

„Darf ich fragen, was Sie suchen?“ Frau Gensch war sichtlich empört über die Unordnung, die sie veranstalteten.

„Ein Geheimversteck. Wissen Sie etwas darüber?“

„Geheimversteck? Wozu sollte Hartmut ein Geheimversteck haben?“

„Das werden wir hoffentlich gleich erfah – ah, das ist es ja!“ Tatsächlich ließ sich eine der Eckkacheln ohne große Mühe herausnehmen und legte einen Hohlraum offen, in dem allerlei Papiere und andere Utensilien lagen. Gregor machte die Schreibtischplatte leer und breitete ihren Fund darauf aus.

„Das sehe ich zum ersten Mal“, meinte Frau Gensch. „Was ist das?“

Hendrik, der über Gregors Schulter spähte, erkannte mehrere in Druckbuchstaben verfasste Texte und ein Abzeichen, vermutlich von einer Uniform abgetrennt. Es stellte ein Wikingerschiff dar. Die Brigade Ehrhardt, eine der zahllosen Freikorpsorganisationen, die nach dem Krieg das Auffangbecken für Soldaten ohne Perspektive bildeten, hatte ein solches Schiff am Ärmel getragen. Aber die sollte es eigentlich nicht mehr geben. Seit ihrer Auflösung vor zwei Jahren, um genau zu sein. Nach dem gescheiterten Kapp-Putsch. Natürlich wusste alle Welt, dass Hermann Ehrhardt eine Nachfolgeorganisation ins Leben gerufen hatte, die Organisation Consul, kurz OC genannt, deren offizielles Publikationsorgan wiederum *Wiking* hieß. Doch auch die OC sollte spätestens seit der Verhaftung von Manfred von Killinger als mutmaßlichem Anstifter des Mordes am ehemaligen Reichsfinanzminister Erzberger zerschlagen sein.

„Ihr Sohn war bei den Freikorps?“, forschte Gregor, während er weitere Papiere aus dem Geheimfach holte.

„Hartmut hat eine Zeitlang geholfen, Oberschlesien zu verteidigen“, entgegnete Frau Gensch stolz.

„Hat er anschließend den Kontakt zu seinen Mitkämpfern aufrecht erhalten?“

„Natürlich. Hin und wieder gab es ein Treffen, einen Kameradschaftsabend, nehme ich an. Alles gute Jungs. Patrioten, die bereit sind, ihr Leben für das Vaterland einzusetzen.“

Gregor breitete die nächsten Fundstücke aus. Es handelte sich dabei um Zeitungsausschnitte: *Deutsche Zeitung, Alldeutsche Zeitung, Schlesische Tagespost, Stahlhelm.* Sie stammten von August und September letzten Jahres und beschäftigten sich mit der Ermordung des Zentrumspolitikers Matthias Erzberger.

Unter den Ausschnitten lag ein zusammengefalteter Zettel. Gregor öffnete ihn. Eine Liste von Namen stand darauf:

Matthias Erzberger
Friedrich Ebert
Philipp Scheidemann
Joseph Wirth
Walther Rathenau
Richard Lipinski
Oskar Cohn
Hellmut von Gerlach
Theodor Wolff
Max Warburg

Erzbergers Name war durchgestrichen.

„Lauter gute Jungs“, murmelte Gregor.

Frau Gensch reckte trotzig das Kinn vor, erwiderte aber nichts.

„Hatte Ihr Sohn seine Finger da drin?“ Er hielt einen der Zeitungsausschnitte hoch.

„Davon weiß ich nichts.“

Hendrik beobachtete ihr Mienenspiel, kam aber zu keinem Schluss. Log sie oder nicht?

„Um den ist es nicht schade“, sagte Frau Gensch. „Deutschland ist ohne so einen Erzlumpen besser dran.“

Hendrik musste an eine Äußerung von Walther Rathenau denken, dass der sterbende Mittelstand das gefährlichste Gift im Organismus des Staates sei. Beamte, Handwerker, Geschäftsleute – Menschen wie Hartmut Gensch. Aufgewachsen im Bewusstsein, einem geachteten Stand anzugehören, standen sie plötzlich vor dem Nichts und wurden damit nicht fertig. Eine Generation ohne Perspektive wuchs da heran, erdrückt von Reparationslasten, bedroht von Arbeitslosigkeit und Geldentwertung, gedemütigt von den Siegern des Krieges. Eine Generation ohne Zukunft, ohne Hoffnung. Und Menschen ohne Hoffnung waren zu allem fähig.

Hendriks Blick fiel wieder auf den Zettel mit den prominenten Namen.

Zu allem.

8

Der Speisesaal des Reichstags war fast leer, daher hatten sie keine Schwierigkeiten, den Abgeordneten Carl Diez zu finden. Er erhob sich von seinem Tisch, um ihnen die Hände zu schütteln.

„Vielen Dank, dass Sie sich für uns Zeit nehmen", sagte Gregor.

„Ich hatte sowieso in Berlin zu tun. Und wenn ich dazu beitragen kann, einen Mord zu verhindern … Aber kommen Sie, gehen wir in den Lesesaal der Bibliothek, da redet es sich besser!"

Sie verließen den getäfelten Raum mit dem alles überragenden Reichsadler an der Decke und folgten dem Abgeordneten durch die Wandelhalle zur Handbibliothek im Nordostturm. Nur vereinzelt begegneten ihnen Menschen in den Gängen; die meisten Abgeordneten und Angestellten waren bereits am Mittwoch in die Pfingstferien gegangen.

Die Bibliothek mit ihren Wandregalen voller Bücher strahlte eine wohltuende Atmosphäre der Ruhe aus. Die drei Männer setzten sich an eines der Arbeitspulte nahe der Wendeltreppe zur Galerie.

„Am Telefon sagten Sie, Sie bearbeiten einen Fall, der mit dem Tod von Matthias Erzberger zusammenhängt."

„Das ist richtig. Kürzlich fanden wir im Grunewald die Leiche eines Mannes, der ungefähr zu jener Zeit erschossen wurde, als das tödliche Attentat auf Herrn Erzberger verübt wurde. In seiner Wohnung entdeckten wir Papiere, die ihn mit dem Anschlag in Verbindung bringen."

„Verstehe. Was wollen Sie wissen?"

„Wenn ich das nur selber wüsste! Ehrlich gesagt, wir tappen völlig im Dunkeln. Alle Spuren sind kalt. Das Einzige, woran ich mich halten kann, ist der vage Verdacht, der Tote im Grunewald könnte etwas mit dem Attentat zu tun haben. Also, wenn es Ihnen nichts ausmacht, erzählen Sie uns einfach, wie der Überfall vonstatten ging. Wir kennen natürlich die Zeitungsberichte, und ich habe auch mit den Kollegen gesprochen, die damals die Untersuchung leiteten, aber eine Schilderung aus dem Munde eines Tatzeugen ist etwas völlig anderes."

„Natürlich, natürlich. Tja, es ... es fällt mir nach wie vor nicht leicht, darüber zu reden. Matthias war mein Freund. Ein guter Mann, als Mensch wie als Politiker. Fleißig, entschlussfreudig, vorausblickend. Manchmal denke ich: Diese Nation hat sich selbst gerichtet, indem sie eine solche Schandtat zulässt. Ich tröste mich damit, dass der Fluch des ersten Menschenmordes auf den Mördern aller Zeiten lastet: ‚Unstet und flüchtig sollst du sein', schrie die Stimme Gottes an Kains Ohr, nachdem er seinen Bruder ermordet hatte."

Diez räusperte sich. „Ja, also die Tat. Ich besuchte Matthias in Bad Griesbach, wo er mit seiner Familie Urlaub machte. Besser gesagt, mit seiner Frau und seiner jüngeren Tochter. Maria, die Ältere, war ja wenige Tage zuvor in ein Kloster eingetreten. Ein Ereignis, das seine Gedanken beherrschte. Er hat nicht darüber gesprochen, aber man konnte es spüren. Normalerweise war er nicht sehr melancholisch veranlagt."

„War er gegen diesen Schritt?"

„Nein, als guter Katholik hat er seiner Tochter keine Steine in den Weg gelegt. Aber es schmerzte ihn, sie zu verlieren."

„Verstehe."

„Wir machten einen Spaziergang, den Kniebis hinauf, nur wir beide. Seine Frau und die kleine Gabriele waren am Packen. Dem Schöpfer sei Dank, sonst hätte das Kind womöglich mitansehen müssen, wie sein Vater gemeuchelt wurde!"

„Worüber unterhielten Sie sich?“

Ein schwaches Lächeln überzog das Gesicht des Abgeordneten und glättete für einen Augenblick die Furchen um seine Augen. „Über Politik selbstverständlich. Politiker reden über nichts anderes. Wir sprachen über Möglichkeiten zur Behebung der Wohnungsnot. Und auch über die infame Verleumdungskampagne gegen Matthias, das ließ sich kaum vermeiden. Unterwegs überholten uns zwei gut gekleidete Herren in strammer Haltung, ohne zu grüßen. Wanderer wie wir, nahmen wir an, deshalb beachteten wir sie nicht weiter. Es handelte sich natürlich um die Mörder, Schulz und Tillessen. Ich nehme an, sie wollten uns weiter oben auflauern. Doch der Weg war durch das Unwetter der Nacht zuvor und den Nieselregen rutschig, deshalb beschlossen wir umzukehren.

Plötzlich waren die beiden Männer wieder da. Ohne Vorwarnung zogen sie ihre Pistolen und schossen aus nächster Nähe auf uns. Ich versuchte, sie mit meinem Schirm abzuwehren, aber ich wurde getroffen und stürzte zu Boden.“ Diez betastete seine linke Seite, als könne er die Wunde immer noch spüren. „Die Kugel durchschlug meinen Oberarm, Brust und Lunge und kam unmittelbar an der Wirbelsäule zum Stillstand“, fuhr er fort. „Matthias, obschon schwer verwundet, versuchte, seitwärts zu entkommen. Er rutschte einen Hang hinab, während die Mörder weiter auf ihn feuerten. Am Fuße einer Tanne blieb er liegen. Einer der Attentäter stand neben ihm und … und schoss ihm mehrmals in den Kopf.“ Die Stimme des Zentrumsabgeordneten schwankte. „Niedergeschossen wie ein Tier. Ein solches Ende hat er nicht verdient.“

Hendrik und Gregor schwiegen. Was gab es auch zu sagen?

„Er hat gewusst, dass es so kommen würde, wissen Sie. ‚Die Kugel, die mich treffen soll, ist schon gegossen‘, sagte er einmal zu Maria. Er hat Drohbriefe erhalten, vor allem, als bekannt wurde, dass er in die Politik zurückkehren wollte. Es war ja nicht der erste Anschlag auf sein Leben. Sechsmal hat man versucht, ihn zu ermorden. Sechsmal! Können Sie sich vorstellen, welche Kraft nötig ist, um mit ganzer Seele für ein Land zu arbeiten, dessen Bevölkerung einen am liebsten tot sähe?“

Hendrik rechnete nach. „Sechs Attentate? Wirklich sechs?“

„In Weimar wollten ihn Angehörige der Reichswehr an einer Laterne aufknüpfen, weil sie ihn für die Annahme der Friedensbedingungen verantwortlich machten. Sein Arbeitszimmer im Finanzministerium wurde beschossen und der Raum, den man für sein Schlafzimmer hielt, durch eine Handgranate verwüstet. Nach einer abgesagten Rede zum Völkerbund wollte ihn ein wild gewordener Mob, der erst durch eine Hundertschaft der Polizei vertrieben werden konnte, aus seiner Wohnung holen. Während des Kapp-Putsches suchte die Brigade Ehrhardt nach ihm – warum, können Sie sich denken – und er überlebte nur, weil er sich in einem Tempelhofer Kloster verbarg. Den Anschlag dieses aufgehetzten Oberprimaners während des Gerichtsverfahrens haben Sie sicher noch in Erinnerung. Eine Kugel in die Schulter – die zweite wäre in die Lunge gegangen, wäre sie nicht an der Uhrenkette abgeprallt und in Papieren in seiner Brusttasche steckengeblieben – und dafür lächerliche achtzehn Monate Gefängnisstrafe! Jetzt, beim sechsten Mal, haben sie es endlich geschafft.“

Carl Diez sah vor sich auf das Pult und betastete wieder unbewusst die Stelle, an der er verwundet worden war. „Sie haben ein Phantom getötet, nicht einen realen Menschen. Den Erzberger, den sie sich zusammenphantasierten, hat es nie gegeben.“ Er strich über seinen ergrauten Bart und schüttelte den Kopf, als könnte er es immer noch nicht fassen. „Schulz und Tillessen sind in Freiheit, und der Organisation Consul, die zweifellos hinter dem Attentat steckt, ist nichts nachzuweisen. Ein Mann wurde ermordet, aber niemand scheint begierig, die Hintergründe aufzudecken. Nächste Woche beginnt der Prozess gegen Kapitänleutnant von Killinger, den Leiter der Mordzentrale – ich rechne nicht damit, dass er eine angemessene Strafe erhält. Sie?“ Er schien keine Antwort zu erwarten, denn er fuhr fort: „Ich habe meinen Glauben an die deutsche Justiz verloren.“

Hendrik auch, aber das sagte er nicht laut.

„Matthias war der meistgehasste Mann der Republik. Ich glaube, sie konnten ihm nicht verzeihen, dass er gern lebte. ‚Erst mach dei’ Sach’, dann trink und lach’, war sein Wahlspruch. Ein ehrenhafter

Mensch, einer der ehrenhaftesten, die ich kannte. Glauben Sie mir, ich bin der Letzte, der nicht zugeben würde, dass es schwarze Schafe unter den Abgeordneten gibt. Aber nicht Matthias. Er nicht. Er hatte zweifellos seine Fehler, auch in Bezug auf ihm anvertrautes Geld. Aber er war nicht korrupt. Allzu sorglos vielleicht, aber nicht korrupt. Das Gerichtsverfahren hat es bewiesen. Bis auf Bagatellen haben die Richter ihm nichts vorwerfen können. Und, glauben Sie mir, die haben mit der Lupe gesucht. Inbrünstig haben sie gehofft, etwas zu finden, das sie ihm anhängen können. Eine groteske Verkehrung von Recht und Unrecht war das: Der Abgeordnete Helfferich, der Matthias mit Dreck beworfen und den Hass der Bevölkerung gegen ihn geschürt hat, kam in dem Beleidigungsprozess mit einer lächerlichen Geldstrafe davon, während Matthias gebrandmarkt wurde, obwohl er sich nichts vorzuwerfen hatte. Genau wie bei der späteren Anklage wegen Steuerhinterziehung und Meineid."

„Ach ja, die Steuerhinterziehung! Ich vermute, seine Feinde haben nach einer Möglichkeit gesucht, ihn weiter zu diskreditieren, nachdem ihm im ersten Prozess nichts nachzuweisen war?"

„Sie haben seine Steuererklärung gestohlen und in der Zeitung veröffentlicht. Diesen Leuten ist nichts zu schmutzig. Natürlich sind sämtliche Anschuldigungen wie ein Kartenhaus zusammengestürzt, aber hat das etwas an der öffentlichen Meinung geändert? Nicht das Geringste. Bewirf jemanden nur oft genug mit Dreck, irgendetwas wird schon hängenbleiben! Was schert die Leute, dass Matthias rehabilitiert wurde? Sie wollen auch weiterhin einen Sündenbock, den sie für jeden Schicksalsschlag verantwortlich machen können, der sie trifft."

Hendrik dachte an Erwin Overbeck und Hartmut Gensch, die den Tod dieses Mannes gefeiert hatten. Und mit ihnen die halbe Nation. Erzberger war ein Blitzableiter für die Frustrationen eines Volkes gewesen, das nicht gewillt war, die Folgen von Kriegstreiberei und militärischen Fehlentscheidungen zu tragen. Sie kreideten ihm die harten Friedensbedingungen von Versailles an, als habe er sie selbst erfunden. Dabei hatte Erzberger den Waffenstillstand auf ausdrücklichen Wunsch unter anderem von Hindenburg unterzeichnet, also im Auftrag jener „Helden", die die Niederlage verschuldet hatten, aber zu feige waren, die Verantwortung dafür zu tragen.

„Die Polizei hat damals, während die Fahndung nach den Mördern lief, ein mit Hakenkreuzen versehenes Schreiben bekommen", erzählte Gregor. „Eins von vielen. Ob wir denn nichts Besseres zu tun hätten, als Leuten nachzustellen, die doch nur eine Wohltat begangen und einen Schuft aus der Welt geschafft hätten. Und jeder Polizist, der die Hand nach den Tätern ausstrecke, solle doppelt so viele Kugeln erhalten wie Herr Erzberger."

„Das wundert mich nicht. Selbst nach seinem Tode haben die Menschen nicht aufgehört, ihn zu hassen. Noch als Witwe hat seine Frau Briefe erhalten, in denen Matthias auf wüsteste Art beschimpft wurde. Und Helfferich ist der Schlimmste von allen. Er ist der eigentliche moralische Urheber des Attentats."

„Woher stammt eigentlich der Hass dieses Mannes gegen Herrn Erzberger?"

„Das ist eine uralte Fehde, die bis auf das Kaiserreich zurückgeht. Etliche Jahre vor dem Krieg hat Matthias gegen die Machenschaften der Kolonialverwaltung und der hochsubventionierten Kolonialgesellschaften angekämpft, vielleicht erinnern Sie sich."

„Dazu waren wir damals noch zu jung."

„Ah ja, richtig. Um es kurz zu sagen, es gab Bodenspekulationen, Bestechungsaffären, Veruntreuungen – Skandale ohne Ende. Matthias scheute sich nicht, Ross und Reiter beim Namen zu nennen. Helfferich musste seinen Führungsposten in der Kolonialabteilung des Auswärtigen Amtes aufgeben, das hat er ihm nie verziehen. Die späteren Gegensätze der beiden über den uneingeschränkten U-Boot-Krieg waren nur ein Ausdruck ihrer Rivalität."

„Hat Herr Erzberger ihn nicht mal den leichtfertigsten aller Finanzminister genannt?"

„Und das zu Recht. Helfferich hat es sich während des Krieges als Staatssekretär des Schatzamtes sehr einfach gemacht: Die Kriegskosten sollten durch Reparationsleistungen der Feinde nach einem späteren Sieg beglichen werden, das war seine ganze Strategie. Also genau dieselbe Vorgehensweise, die er jetzt den Franzosen vorwirft und unserer

Regierung, die gezwungen ist, solche Bedingungen anzunehmen. Was für eine Heuchelei! Abgedrückt haben die Meuchelmörder Schulz und Tillessen, aber die Pistole geladen und auf Matthias gerichtet hat er. Und ungeachtet der furchtbaren Wirkung seiner Worte hetzt dieser Mann weiter, gegen Wirth, gegen Rathenau …"

Hendrik fiel das Stück Papier ein, das sie in Hartmut Genschs Wohnung gefunden hatten, ein Papier, auf dem dieselben Namen standen, die der Abgeordnete soeben genannt hatte, und ein eisiger Schauer überlief seinen Rücken. Wie die Vorahnung kommenden Unheils.

9

„Was macht ihr denn hier?" Unwillig sah Gregor von einem der vier Aktenordner auf, die seinen Schreibtisch bedeckten.

„Es muss schön sein, einen Bruder mit so vollendeten Manieren zu haben", meinte Diana zu Hendrik.

„Oh ja! Du solltest ihn erst erleben, wenn ihn jemand nach dem Weg fragt!"

Gregor blinzelte nicht. Er schien nicht zu Scherzen aufgelegt.

„Wir waren verabredet, Sie erinnern sich? Den unterbrochenen Ausflug nachholen."

„Du warst nicht zu Hause, da dachten wir uns, du würdest bestimmt hier zu finden sein. Schließlich ist ja Pfingstsonntag, und wo solltest du an einem Pfingstsonntag sonst sein, wenn nicht bei der Arbeit?"

Kein Blinzeln, nicht einmal ein kurzes Zucken der Augenlider. Gregor musste wirklich einen schlechten Tag haben! „Tut mir leid, ich … das habe ich total vergessen."

„Was stinkt denn hier so? Sag bloß …" Hendrik trat an die Fensterbank. Er hatte es ja gewusst! Sämtliche Blumentöpfe schwammen in einer dunkelbraunen Flüssigkeit.

„Was ist das?", wollte Diana wissen.

„Nikotinbrühe."

„Gut gegen Blattläuse“, verteidigte sich Gregor.

„Du rauchst doch gar nicht.“

„Ich habe die Kollegen gebeten, mir ihre Zigarettenreste zu bringen, und, äh …“

„Klar, was auch sonst! Du solltest nicht allzu überrascht sein, wenn dich niemand mehr besucht.“

Diana hatte Erbarmen und wechselte das Thema. „Ihre Vermieterin sagt, Sie sind gestern nicht nach Hause gekommen. Macht Ihnen der Fall Gensch zu schaffen?“

„Wir kommen einfach nicht weiter. Die Aussagen von Frau Gensch und den anderen sind ohne jeden Nutzen. Das sichergestellte Material aus dem Ofenversteck verrät uns wenig Neues. Die Informationen des Abgeordneten Diez geben auch nicht viel her. Jede Spur führt in eine Sackgasse.“ Wie immer, wenn eine Untersuchung ins Stocken geriet, verbiss sich Gregor in seine Akten und vergaß die Welt um sich herum. Den dunklen Augenrändern nach hatte er letzte Nacht nicht geschlafen. „Tut mir wirklich leid, dass ich unsere Verabredung vergessen habe.“

„Wir werden über Ihren Fauxpas großzügig hinwegsehen, wenn Sie uns erzählen, was Sie bis jetzt erreicht haben.“

„Tja, äh … das ist die zweite schlechte Nachricht. Es gab Ärger wegen eurer Anwesenheit am Leichenfundort. Und weil ich dich am Donnerstag zur Wohnung der Genschs mitgenommen habe, Hendrik.“

„Ohne mich hättest du von dem Versteck doch gar nichts geahnt!“

„Weiß ich ja. Das habe ich denen auch gesagt, aber … Amateure haben bei so was nun mal nichts zu suchen. Ich musste mir eine Standpauke anhören, erst von Hagemann, dann auch noch von Hoppe.“

Oberregierungsrat Hoppe war, wie Hendrik wusste, der Leiter der Kriminalpolizei und Dr. Hagemann sein Stellvertreter. „Wir könnten uns im Hintergrund halten.“

„Tut mir leid, aber die Antwort lautet: Nein. Ihr seid raus.“

„Komm schon! Das kannst du uns nicht antun! Wir sind doch gewissermaßen Beteiligte.“

„Erzählen Sie uns wenigstens, was Sie bis jetzt erreicht haben! Was ist mit den Drohbriefen an Erzberger? Haben Sie Erwin Overbecks Vergangenheit unter die Lupe genommen? Und die von Fräulein Bredow?"

„Tut mir leid."

Hendrik wusste, dass es zwecklos war, weiter zu insistieren. Wenn sein Bruder sich einmal entschieden hatte, gab es nichts, was man dagegen tun konnte.

„Dass ich euch versetzt habe, ist mir unangenehm. Ich mache es wieder gut, sobald der Fall ausgestanden ist."

Verstimmt ging Diana zur Tür. „Reißen Sie sich bloß kein Bein aus!"

Jetzt war sie ungerecht! Auch Hendrik frustrierte es, von einer Sekunde zur anderen von jeder Information im Fall Gensch abgeschnitten zu sein, aber sein Bruder war nun wirklich unschuldig daran. Man konnte kaum von ihm verlangen, dass er seinen Beruf aufs Spiel setzte, nur um ihre Neugier zu befriedigen.

Hendrik suchte noch nach beschwichtigenden Worten, da wurde die Tür aufgerissen, und Arthur Nebe kam herein. Anscheinend hatte man ihn zum Pfingstdienst verdonnert. „Haben Sie schon gehört?", rief er.

„Was?"

„Auf Scheidemann wurde ein Attentat verübt. Beim Spaziergang. Dieselbe Methode wie bei Erzberger, aber eine andere Waffe."

„Ist er …?"

„Nein, er lebt."

„Gottseidank! Erzählen Sie, Mann! Spannen Sie mich nicht auf die Folter!"

Hendrik registrierte, dass sein Bruder „mich" gesagt hatte, nicht „uns". Er meinte es wirklich ernst damit, sie aus dem Fall herauszuhalten.

„Scheidemann hat einen Ausflug nach Wilhelmshöhe gemacht –"

„Allein?"

„Mit Tochter und Enkelin, glaube ich. Ein Wanderer hat sie überholt und überraschend einen Spritzball aus Gummi aus der Tasche gezogen. Er spritzte Scheidemann etwas ins Gesicht, Gift oder eine Säure oder so was."

„Und? Weiter!"

„Was ich gehört habe, ist ein bisschen verworren. Einerseits heißt es, Scheidemann habe Krämpfe erlitten, andererseits soll er einen Revolver gezogen und den Angreifer mit Schüssen in die Flucht getrieben haben. Jedenfalls hat er überlebt. Es scheint ihm, den Umständen entsprechend, gut zu gehen." Nebe schnupperte, warf einen Blick zur Fensterbank, rümpfte die Nase und verschwand, um die Neuigkeit im nächsten Büro weiterzuerzählen.

Jetzt also Philipp Scheidemann! Der ehemalige Ministerpräsident und jetzige Kasseler Oberbürgermeister war bevorzugtes Hassobjekt konservativer Kreise. Hendrik wusste auch, warum. Die Monarchisten verziehen ihm nicht, dass er den Kaiser des Wortbruchs bezichtigt hatte, als dieser sein Versprechen, Wahlreformen vorzunehmen, nicht hielt. Seitdem wurde Scheidemann immer wieder angepöbelt und verleumdet. Obwohl er längst keine Rolle mehr in der großen Politik spielte, hetzten die Deutschnationalen unverdrossen gegen ihn. Die Kommunisten übrigens auch.

Gregor griff nach einer Mappe und holte den Zettel hervor, den sie im Kachelofen von Hartmut Gensch gefunden hatten.

Matthias Erzberger
Friedrich Ebert
Philipp Scheidemann

„Glaubst du …?", fragte Hendrik und konnte seinen Satz nicht beenden.

Mit einem Knall schlug Gregor den Aktenordner zu, in dem er gearbeitet hatte. „Ich habe zuviel Zeit mit falschen Spuren verplempert!"

2.

Freitag, 9. Juni bis Dienstag, 20. Juni 1922

In diesem Sinne rufe ich der Regierung zu: Der Feind steht rechts!
(nach links gewendet)
Ich wäre sehr glücklich, wenn ich heute schon sagen könnte, er steht nur rechts.

Philipp Scheidemann
am 7. 10. 1919 in einer Rede vor der Nationalversammlung

10

„Ist denn eine andere Welt möglich?", fragte Hendrik, während er Anton Broscheck eine Tasse heißer Schokolade hinstellte.

Seit beinahe zwei Jahren kam der Junge nun zu ihm, immer freitags, während Diana ihren Onkel im Gefängnis besuchte. Ursprünglich war es nichts als ein verrückter Einfall gewesen, Anton, den Sohn des Fabrikarbeiters Curt Broscheck, privat zu unterrichten. Hendrik wollte einfach nicht einsehen, dass ein so heller Kopf wie er keine Möglichkeit haben sollte, etwas zu lernen, nur weil seine Familie kaum genug Geld für das Lebensnotwendige besaß. War nicht auch Johann Gottlieb Fichte der Sohn eines armen Handwerkers gewesen und verdankte seine Schulbildung einem adligen Gönner?

Hendrik hatte seinen Schritt nie bereut. Tatsächlich genoss er den Gedankenaustausch mit einem so unverdorbenen Geist, der noch keinen Einfall verwarf, bloß weil er abwegig war. Im Gegensatz zum regulären Unterricht in der Universität, in dem er gegen Blasiertheit und Chauvinismus ankämpfen musste, fühlte sich Hendrik nach einer Stunde mit Anton immer erfrischt, als wäre er wieder vierzehn und käme zum ersten Mal in Kontakt mit den essentiellen Fragen des Lebens: Woher? Wohin? Warum?

Ist denn eine andere Welt möglich? So begann er jede Stunde, mit jener Frage, die Anton bei einer ihrer ersten Begegnungen vor zwei Jahren selbst gestellt hatte. Hendrik stand auf dem Standpunkt, dass eine ritualisierte Einleitung das Gehirn disziplinierte. Ein fester Ausgangspunkt machte das Philosophieren weniger beliebig. Anschließend konnte man immer noch jede Richtung einschlagen, die einem gefiel. Anton fand das zuerst langweilig, aber inzwischen ließ er sich von diesem Satz zu den fernsten Sternen katapultieren.

So auch heute. Kaum hatte Hendrik das letzte Wort ausgesprochen, sprudelte es schon aus dem Jungen heraus. „Eine Welt, in der meine Eltern nich' meine Eltern sind? Ich meine: in der ich das Kind von wem anders bin? Und … wär' ich dann trotzdem noch ich?"

Der Unterricht begann keineswegs immer so gewichtig. Manchmal stand am Anfang ein banaler Gedanke wie: Eine Welt, in der es keine Erdbeeren gibt? In der es nie aufhört zu regnen? In der das ganze Jahr über Schulferien sind? Aber immer gelangten sie auf die eine oder andere Weise zu den großen Fragen der Menschheit. Und Antons Ausgangsidee war stets ein Gradmesser dafür, was ihn beschäftigte.

„Was glaubst du? Wärest du derselbe?"

„Naja … ich hätte einen ander'n Namen. Und ich würde woanders wohnen. Und Oskar wär' nich' mein Freund, und ick, äh … ich würde Frau Selchow nich' kennen und den ollen Lehmann. Und auf 'ne andere Schule würde ich auch gehen. Aber ich würde mich doch von innen genauso anfühlen, oder?"

„Vielleicht sollten wir erst einmal herausfinden, was genau es ist, was dich ausmacht."

„Was in mei'm Kopf is'. Was ich denke."

„Ist das alles?"

„Nee. Auch, was ich fühle. Und … was ich tue, glaub' ich. Denn was ich tue, das macht was mit meinen Gefühlen, nich'? Wenn ich im Kino helfe, macht mir die Arbeit Spaß, weil ich Kino toll finde. Aber wenn ich Oskar beim Kohlenschleppen helfen muss, finde ich das richtig Kacke – 'tschuldigung! – richtig mies."

„Also?"

„Also wär' ich bestimmt ein anderer." Anton sah betrübt in die leere Tasse in seinen Händen. „Das fänd' ich aber schade."

„Warum?"

„Weil ich dann nich' solchen Spaß mit Oskar beim Fußballspielen hätte. Ick … ich würde ihn ganz schön vermissen. Und meine Mama erst, und meinen Papa und Helene! Obwohl … ich würde die dann ja gar nich' kennen, nich'? Ich würde nix von denen wissen. Also würd' ich sie auch nich' vermissen." Nach einiger Überlegung fügte er hinzu: „Das wär' noch viel trauriger. Dass ich nich' mal was von ihnen wüsste, mein' ich."

Hendrik schob ihm eine zweite Tasse heißer Schokolade hin.

Anton kämpfte mit sich, bemüht, die Manieren zu zeigen, die seine Mutter ihm beigebracht hatte. Doch sobald die ersten süßen Tropfen seine Zunge erreichten, trank er die Tasse in Sekundenschnelle aus.

„Du hättest andere Freunde. Andere Eltern. Sicher auch anderen Spaß."

„Stimmt!" Antons Gesicht hellte sich auf. „Vielleicht wär' ich das Kind von so ei'm wie dem Unger, dann hätt' ich genug Geld, um jeden Tag ins Kino zu gehen. Oder von Roald Amundsen, dann dürft' ich auf seinen Reisen mit und würde den Südpol sehen und neue Länder entdecken!" Er klatschte vor Begeisterung in die Hände.

Hendrik unterbrach ihn nicht. Er hatte festgestellt, dass Anton sich zwar gern von einer Idee fortreißen ließ, aber jeden Gegenstand, den er betrachtete, anschließend von selbst umdrehte, um herauszufinden, was auf der anderen Seite verborgen lag. Erstaunlich für einen Zehnjährigen!

„Natürlich hätt' ich auch anderen Ärger. Der Unger, das is'n Ausbeuter, sagen meine Eltern. Bestimmt gäb's da nich' viel zu lachen, wenn ich dem sein Kind wär'."

Er rieb seine Nasenspitze zwischen Daumen und Zeigefinger, eine Geste, die Hendrik mittlerweile vertraut war. Anton rätselte über etwas, von dem er nicht wusste, wie er es ausdrücken sollte.

„Wenn ick … wenn ich ein anderer wär' … also, wenn … wenn … ich wüsste dann ja nich', dass es Oskar gibt und meine Mama und meinen Papa, aber … aber … das bedeutet doch, dass ich jetzt, wo ich Anton bin, von schrecklich vielen Menschen gar nich' weiß, dass es sie gibt, nich' wahr?"

„Stimmt."

„Das is' auch traurig."

„Warum findest du das traurig?"

„Na, ich verpasse so viel."

„Andererseits lernst du das Leben als Anton so vollständig kennen wie niemand sonst. Kein anderer kann all die Dinge, die du denkst und fühlst und machst, so denken und fühlen und machen wie du."

„He, stimmt ja! Das is' toll!" Aufgeregt sprang Anton von seinem Stuhl auf. „Wenn ich im Kino einen Film seh', dann seh' ich ihn auf Anton-Art, nich' auf Oskar-Art oder Frau-Selchow-Art. Keiner sieht ihn so wie ich, stimmt's?"

„Stimmt."

„Ich bin echt einmalig!"

„Das kann man wohl sagen", lachte Hendrik.

„Dann find' ich aber blöd, dass wir in der Schule immer alles auf die gleiche Art machen müssen. Wo wir doch alle ganz verschieden sind. Und Helene muss auf'm Bauernhof arbeiten, was ihr total stinkt, obwohl sie doch so schön singen kann. Und Papa muss jeden Tag in die Fabrik, dabei würd' er viel lieber Hufschmied sein. Warum kann man nich' … warum … warum is' keine Welt möglich, in der jeder das macht, was er am besten kann? Wär' das nich' eine tolle Welt?"

„Allerdings, Anton, das wäre sie." Vielleicht gäbe es in einer solchen Welt weniger Hass. Weniger Gewalt. Weniger Attentate. „Lass uns mal ein bisschen herumspinnen. Was könntest du alles sein, wenn du ein anderer wärst?"

„Lokomotivführer. Oder Polizist. Oder Kinobesitzer. Wenn ich groß bin, mein' ich. Jetzt … na ja, wahrscheinlich müsst' ich in jedem Fall zur Schule."

„Aber stell dir mal vor, du wärest nicht nur das Kind fremder Eltern, sondern in einem anderen Land geboren. Oder zu einer anderen Zeit."

„Ja", flüsterte Anton, „das wär' ja noch viel mehr anders!"

„Du könntest der Sohn eines Gladiators aus dem alten Rom sein. Oder eines japanischen Samurai. Oder eines Franzosen."

„Müsste ich dann etwa Französisch sprechen?"

„Das ließe sich wohl nicht vermeiden."

Wieder dachte Anton nach. „Na ja, wenn ich Franzose wär', würd' ich das ja von ganz alleine können. Aber dann würd' ich vielleicht kein Deutsch verstehen."

„Und, würdest du dich anders anfühlen? Anders denken? Was meinst du?"

„Kann man die Dinge, die man auf Deutsch denkt, auch auf Französisch denken?"

„Eine gute Frage! Menschen formen ihre Sprache, aber die Sprache formt auch die Menschen. Ich glaube, man kann schon dieselben Dinge denken, aber nicht auf dieselbe Weise."

„Dann würd' ich mich wohl anders anfühlen. Jedenfalls in mancher Hinsicht. In anderer Hinsicht nich'."

„In welcher nicht?"

„In der Hinsicht, in der ... also, da, wo ich mich speziell antonhaft anfühle. Das eine is' das, was man nach außen is' – Lokomotivführer oder einer, der in Neukölln wohnt – das andere is' das, was man innen drin is'. Wo man nur man selbst is'."

„Unsere Seele, mit anderen Worten. Worüber du gerade nachdenkst, darüber haben sich schon viele Philosophen den Kopf zerbrochen. Ist unsere Seele etwas, das von Geburt an da ist, vielleicht sogar den Tod überdauert, oder nur die Summe dessen, was unsere Umgebung aus uns macht?" Eine gute Stelle, um die Unterrichtsstunde zu beenden! Hendrik entließ Anton lieber mit Fragen als mit Antworten. „Fortsetzung folgt."

Anton grinste. Er las mit Vorliebe Groschenromane und fand es immer komisch, wenn Hendrik sich deren Eigenarten bediente.

„Willst du noch eine Tasse Schokolade?"

Zögernd schüttelte Anton den Kopf.

„Blöde Frage. Klar willst du!" Hendrik leerte den Rest des noch warmen Topfes in die Tasse. „Hast du die Bücher, die ich dir beim letzten Mal mitgegeben habe, schon durch?"

Anton versuchte, gleichzeitig zu nicken und Schokolade zu trinken, was zu einem Hustenanfall führte.

„Gut. Ich habe nämlich etwas Neues für dich. Ich fand es in einer alten Kiste auf dem Dachboden." Genauer gesagt, hatte er zwei volle Stunden danach gesucht. „*Alice im Wunderland*. Wird dir gefallen!"

Anton bedankte sich enthusiastisch und zog schließlich mit seinem neuen Schatz ab. Höchstwahrscheinlich würde er es nicht bis nach Hause schaffen, sondern an irgendeinem Hauseingang anhalten und sich auf die Stufen setzen, um ein paar Seiten zu lesen, nur ein paar, und nicht eher aufhören, bis er das letzte Wort verschlungen hatte.

Nachdem der Junge fort war, wusch Hendrik die Tassen ab und dachte darüber nach, was einen Menschen ausmachte. Kommen wir mit einer Seele auf die Welt, mit einer eigenen Persönlichkeit, oder sind wir nur die Summe unserer Erfahrungen? Was wäre aus ihm geworden, wäre er in eine Familie wie die von Anton hineingeboren worden? Wäre er an irgendeiner Stelle seines Lebens über philosophische Schriften gestolpert? Hätte ihn das Denken, das Weiterfragen, das Sehen-wollen-was-hinter-der-nächsten-Ecke-liegt, wie Diana es nannte, angezogen? Hätte ihn derselbe Heißhunger auf Erkenntnis durchdrungen? Oder wären all diese Gefühle unter der Notwendigkeit, das bloße physische Überleben zu sichern, begraben worden?

Und wenn er stattdessen in die Familie eines Hartmut Gensch, eines Erwin Overbeck hineingeboren worden wäre? Eines Ehrhardt, eines Helfferich, eines Kapp? Eines Erzberger, eines Scheidemann, eines Rathenau? Wenn er an denselben Platz gestellt worden wäre, an den diese Männer gestellt wurden – was hätte er anders gemacht? Hätte er anstelle der Verschwörer auch zur Waffe gegriffen? Oder waren Menschen eben doch mehr als nur mathematische Gleichungen, deren Ausgangsformel sie unweigerlich zu einem bestimmten Ergebnis führte?

Holofernes, Cäsar, Becket, Wallenstein, Marat, Lincoln, Franz Ferdinand – die Liste derer, die einem Attentat zum Opfer gefallen waren, war endlos. Was trieb Menschen dazu, mit der Waffe in der Hand den Lauf der Geschichte ändern zu wollen? Gab es Bedingungen, unter denen eine solche Tat moralisch zu rechtfertigen war? Wenn es gegen einen Tyrannen ging, zum Beispiel? Wenn es galt, einen zu töten, um viele zu retten? Aber wer hatte das Recht, eine solche Entscheidung zu treffen? Glaubte nicht jeder Attentäter an seine Mission? Hatte nicht jeder von ihnen ein gutes Gewissen? Gründe ließen sich immer finden, und dann lief wieder einmal alles bloß auf die rechte Gesinnung hinaus. Voltaire hatte recht: *Alle Fanatiker sind Schurken mit gutem Gewissen und morden in gutem Glauben an eine gute Sache.*

War denn die Prämisse der Attentäter überhaupt richtig – wenn ich diesen oder jenen Machthaber töte, ändere ich den Lauf der Geschichte? Bestimmten Einzelpersonen das Schicksal der Welt? Oder spielte es im Gegenteil keine Rolle, was jemand tat, weil der Einzelne keinen Unterschied machte und wir einem ominösen Getriebe unterworfen waren, das man nach Belieben Gottes Wille, Schicksal oder Klassengesellschaft nennen konnte? Das eine wie das andere erschien Hendrik wie eine bequeme Ausrede, um sich von Verantwortung freizusprechen. Nur eins war sicher: Die Konsequenzen eines Attentats ließen sich nicht vorhersehen, und die erhoffte Wirkung blieb in der Regel aus.

Also: *Ist denn eine andere Welt möglich?* Hendrik lächelte. In dieser einen Frage war die Philosophie der ganzen Welt wie in einem Brennglas gebündelt. He! Und genau deshalb musste das letzte Kapitel seines Buches um diese Frage kreisen. Das war es, natürlich! Besser konnte er sein Buch nicht beenden.

Hendrik stellte die sauberen Tassen in den Schrank zurück. Ja, dachte er, das wird das Thema des letzten Kapitels! Es gibt keine Vorbestimmung, die den Menschen unentrinnbar an sein Schicksal fesselt. Ihn zu einem Attentäter oder einer Zielscheibe macht. Wir sind frei. Frei zu entscheiden, frei zu tun, was wir für richtig halten. Und deshalb ist es an uns, diese andere Welt möglich zu machen.

11

Es kam selten vor, dass Diana ihre Tante Käte und ihren Onkel Hermann besuchte, aber wenn sie es tat, dann immer nach ihrem Besuch im Gefängnis. Wenn sie sich schon den Tag verderben musste, dann am besten in einem Aufwasch.

Joseph, der Diener, öffnete ihr. „Guten Abend, Fräulein Escher! Treten Sie ein; Ihre Tante erwartet Sie schon." Er nahm ihr die Jacke ab und führte sie durch den Korridor.

Von fern erklang Klavierspiel. Irgendein Stück von Brahms, mutmaßte Diana. Aus der Bibliothek des Hauses drangen Stimmen; Hermann regte sich anscheinend über etwas auf. Wie üblich.

„Ihr Onkel hat Besuch", erklärte Joseph.

Umso besser, dann würde sie ihm erst später begegnen. „Ein Geschäftspartner?"

„Herr Hugo Stinnes."

Noch besser; vielleicht bekam sie ihren Onkel überhaupt nicht zu Gesicht! Sie legte keinen gesteigerten Wert auf seine Anwesenheit. Wäre ihre Tante nicht gewesen, hätte Diana einen Bogen um die Unger'sche Villa gemacht. Kein Besuch verging ohne Vorhaltungen von Hermanns Seite. Dass sie mit einem Mann zusammenlebte, ohne mit ihm verheiratet zu sein, überstieg seinen Horizont. Das Wort „Freundschaft" existierte in seinem Vokabular nicht. Ihre Tante war allerdings auch nicht besser. Sie besaß lediglich bessere Umgangsformen.

Diana hatte nicht vor zu lauschen, aber das Gepolter ihres Onkels war beim besten Willen nicht zu überhören:

„... die Valuta zusammengebrochen, der Mittelstand zermalmt. Selbst unsere Kinder und Enkel werden noch für die Reparationsleistungen schuften müssen. Seit diese Verbrecher uns regieren, die den Vertrag von Versailles unterschrieben haben, zieht sich die Schlinge um unseren Hals von Tag zu Tag enger. Und Leute wie Rathenau machen Bücklinge vor den Alliierten."

„Ich muss gestehen, dass es mir Vergnügen bereitet, mich mit ihm zu unterhalten. Auf technischem Gebiet ist er ein Genie. Als Politiker taugt er natürlich nicht viel. Aber das ist ja nicht weiter verwunderlich. Wie soll jemand wie er, mit seiner fremdrassigen Seele, Deutschland würdig vertreten? Was wir brauchen ..."

Diana konnte nichts mehr verstehen. „Danke, Joseph", sagte sie mit zuckersüßem Lächeln, „es ist wirklich nicht nötig, mich zu begleiten. Ich finde den Weg schon allein."

Der Diener verbeugte sich und ging Richtung Küche davon.

Sobald er nicht mehr zu sehen war, schlich Diana zur Bibliothek zurück und legte ihr Ohr an die Tür.

„Man kann ein Volk von 60 Millionen nicht einfach so aus der Welt schaffen", sagte Hugo Stinnes gerade. „Weder Europa noch die Welt kann ohne ein produktives Deutschland genesen, das werden auch die Alliierten einsehen. Deswegen wird Deutschland früher oder später auch in den Völkerbund aufgenommen werden. Das eigentliche Problem liegt darin, dass wir von Leuten regiert werden, denen jedes wirtschaftliche Denken abgeht. Ohne eine gesunde Wirtschaft ist nun mal kein Fortschritt möglich. Um dem deutschen Volk wieder zu essen und Hoffnung zu geben, braucht es eine starke Industrie. Das eine ist die Voraussetzung für das andere."

„Sehr richtig."

„Deshalb bekämpfe ich eine vorzeitige Stabilisierung der Mark und lehne jede weitere Anleihe ab. Selbst eine mögliche Besetzung Deutschlands wäre das geringere Übel –"

„Was?"

„– es würde den Franzosen zeigen, dass sie damit nichts erreichen."

„Sie gehen verdammt weit", brummte Hermann. „Aber ich gebe natürlich zu, auch mir wäre eine starke Inflation nicht unlieb. Sie erleichtert die Reparationslast und sichert den Absatz. Und damit Vollbeschäftigung, das sollten auch die Sozialdemokraten begreifen."

Diana wusste, dass ihr Onkel dabei war aufzukaufen, was sich ihm an Gelegenheiten bot. Natürlich würde er es begrüßen, wenn er seine Investitionen mit wertlosem Geld zurückzahlen konnte.

„Denken Sie noch einmal über meinen Vorschlag nach!", fuhr Stinnes fort. „Wenn der Staat die Eisenbahnen an die Industrie abtritt, beschleunigt das den Ausbau des Schienennetzes und entlastet die Staatsfinanzen. Und wir könnten die Eisenbahnnetze unseren Interessen gemäß anlegen und uns durch entsprechende Tarife für den Transport ausländischer Waren die Konkurrenz vom Halse schaffen."

„Geben Sie denn immer noch nicht auf? In dieser Frage haben Sie verloren, sehen Sie das doch ein! Die sozialistische Presse schreit

Zeter und Mordio, wenn Sie noch einmal davon anfangen. Das Reich gibt seine Eisenbahnen niemals heraus."

„Ich nehme keine Niederlage hin. Nur deswegen bin ich so weit gekommen."

Die Stimmen näherten sich. Da Diana befürchtete, die Männer würden herauskommen, zog sie sich zurück und eilte in den Salon.

„Ach, da bist du ja!" Ihre Tante klappte den Klavierdeckel zu und begrüßte sie mit einer Umarmung. Die Berührung war flüchtig wie eine laue Brise. „Du bist ja immer noch so dürr!", sagte sie. „Isst du auch vernünftig?"

„Ich gebe mir Mühe."

„Diese schrecklichen Kriegsfolgen! Keine Milch, kein Zucker, keine Kartoffeln! Gemüse gibt es auch nicht. Und ab nächste Woche kostet ein Markenbrot sechzehn Mark fünfundzwanzig."

Kaum anzunehmen, dass ihre Tante von solchen Entbehrungen betroffen war. Es kam bereits einem Wunder gleich, dass sie sie überhaupt bemerkte.

„Genug von diesen furchtbaren Dingen. Möchtest du einen Kaffee?"

„Ja, gern."

Käte Unger nahm eine Kanne von einem silbernen Tablett und schenkte zwei Tassen ein. „Hast du endlich eine Antwort von deiner Schwester bekommen?"

„Ja, am Dienstag. Marianne geht es gut. Sie bekommt ihr zweites Kind."

„Wie schön! Will sie denn nicht mal nach Berlin kommen? Das letzte Mal, als ich sie sah, war sie zwölf. Ich kann mir gar nicht mehr vorstellen, wie sie jetzt aussieht."

„Sie hat alle Hände voll zu tun, glaube ich."

„Hat sie es schwer, da drüben? Die behandeln sie doch nicht schlecht, oder?"

„Das schreibt sie nicht. Aber bestimmt ist es besser als im Krieg. Die Engländer haben keinen Grund, ihr zu misstrauen."

„Ich habe nie verstanden, wie sie sich mit dem Feind einlassen konnte."

„Damals war es noch nicht der Feind, Tantchen. Selbst der Kaiser hat seine verwandtschaftlichen Beziehungen dorthin gepflegt."

Käte Unger schüttelte verständnislos den Kopf. „Und du? Wie geht es dir … da?"

Mit „da" meinte sie zweifellos den Sündenpfuhl, den sie sich unter der Wohnung in Schöneberg vorstellte. „Unverändert gut", erwiderte Diana.

Und das war die reine Wahrheit. Wer hätte gedacht, dass ein Mann und eine Frau zusammenleben und dabei so unkompliziert miteinander umgehen, so anregende Gespräche führen, soviel Spaß miteinander haben konnten? Natürlich war eine Freundschaft zwischen Mann und Frau nicht dasselbe wie eine Freundschaft zwischen zwei Frauen, eben das machte es ja so spannend! Bisweilen elektrisierte ein unterschwelliges Kribbeln noch die banalste Plauderei. Und dann … mit einem Mann zu reden, offen über alles zu reden, was sie bewegte, hatte ihr schon so manches Mal einen neuen Zugang zu einem Punkt eröffnet, an dem sie vorher nicht weitergekommen war. Sie sah die Dinge dann plötzlich in einem anderen Licht. Erfrischend!

Ärgerlich war nur der Tratsch im Treppenhaus. Frau Karasch von oben drüber beispielsweise verbreitete Geschichten über „das arme, unschuldige Ding" – niemand, der Diana nahe stand, hätte sie in dieser Beschreibung wiedererkannt – und einen charakterlosen Wüstling namens Hendrik, der sie verführt habe und ausnutze. Hatten die Leute nichts Besseres zu tun, als sie beide für ihre schmutzigen Fantasien zu vereinnahmen?

Käte Unger wollte Dianas Lebensumstände nicht weiter vertiefen und suchte sicheres Terrain. Eine Weile sprachen sie über England, Magenkrankheiten und Brahms. Schließlich erkundigte sie sich beiläufig: „Wie geht es Friedrich?"

„Ganz gut", erwiderte Diana und merkte, wie Anspannung von ihr Besitz ergriff. Sie sprach ungern über ihren einstigen Lieblingsonkel. Sie besuchte ihn nicht mal gern im Gefängnis. Genaugenommen hasste sie es! Aber sie betrachtete es als Sühne, schließlich war es ihre Schuld, dass er hinter Gittern saß. Er hatte es zweifellos verdient, und wenn sie noch einmal vor die Wahl gestellt würde, würde sie wieder so handeln wie vor zwei Jahren, das änderte jedoch nichts an ihrem schlechten Gewissen.

„Hat er nach uns gefragt?"

„Das tut er immer", log Diana.

„Ich habe Hermann schon so oft gebeten, seinen Bruder zu besuchen, aber er ist halsstarrig."

Das Gespräch wandte sich belangloseren Dingen zu. Diana war nie sonderlich aufmerksam, wenn sie ihren Pflichtbesuch bei ihrer Familie absolvierte und dabei oberflächliche Konversation über sich ergehen lassen musste, aber heute war die Ablenkung besonders groß, weil sie immerzu über den Toten vom Grunewald nachdachte. Letzte Woche hatte sie schon die Entdeckung des Geheimfachs verpasst; es musste doch einen Weg geben, sich wieder ins Spiel zu bringen! Hartmut Gensch gehörte zu den Freikorps, hatte Hendrik berichtet. Vielleicht war das ein Punkt, an dem sie einhaken konnte. Da gab es doch diese Verbindung zwischen einem der Rädelsführer des Kapp-Putsches und ihrer Familie …

„Hat Onkel Hermann eigentlich noch Kontakt zu Hauptmann Pabst?" Sie sollte das nicht fragen! Gregor Lilienthal hatte sie von der Ermittlung ausgeschlossen, und sie wollte ihn nicht verärgern. Sie mochte ihn, auch wenn er immer so furchtbar steif war. Aber ein paar harmlose Erkundigungen einzuziehen, konnte ihr doch niemand übelnehmen, oder?

Käte verzog das Gesicht. „Immerzu Politik", seufzte sie. „Du bist genauso schlimm wie er."

„Sie haben also noch Verbindung."

„Ja, wenn du es unbedingt wissen musst. Hermann schickt ihm Geld. Allen schickt er Geld, den Zentrumspolitikern, den Deutschnationalen, sogar den Sozialdemokraten. Was für einen Sinn macht das, frage ich dich?"

Das lag doch auf der Hand! Wer immer an der Regierung saß, würde sich ihrem Onkel verpflichtet fühlen. Aber ihrer Tante diese simple Tatsache begreiflich zu machen, wäre eine Tagesarbeit, also verzichtete Diana darauf. „Auch Kapitän Ehrhardt?"

„Wird der nicht steckbrieflich gesucht?"

„Ja, wegen seiner Beteiligung am Kapp-Putsch."

„Auf so was würde Hermann sich nicht einlassen."

„Hauptmann Pabst wird ebenfalls gesucht."

„Das glaube ich nicht."

„Das hat nichts mit Glauben zu tun, Tantchen. Die Polizei fahndet nach ihm, das ist eine Tatsache."

Käte Unger setzte eine leidende Miene auf und fasste sich an die Stirn. Sie bekam immer eine Migräne, wenn eine Wahrheit so unverfroren war, ihr ins Gesicht zu springen. „Dauernd diese Hetze von allen Seiten! Es verleidet einem das ganze Leben, findest du nicht? Gewalt und Hass und Obszönitäten …"

Wie Diana ihre Tante kannte, war der letzte Punkt in ihren Augen der schlimmste: Dass sich Verbrecher partout keiner gepflegten Sprache befleißigen wollten …

„Immerzu Agitation von Bolschewisten und Ärger mit den Arbeitern", fuhr Käte Unger fort. „Mir ist dieses ganze Politisieren verhasst. Warum können die Leute sich nicht um ihre eigenen Angelegenheiten kümmern?"

„Weil jedes Husten von Onkel Hermann seinen Arbeitern eine Erkältung beschert, Tantchen."

Wenn man vom Teufel sprach … Zu Dianas Leidwesen ging die Tür auf, und ihr Onkel kam herein. Wenigstens schien er gut gelaunt.

„Also dieser Stinnes!", lachte er und rieb sich die Hände. „Ah, guten Abend, Diana! Du bist ja schon da."

„Guten Abend, Onkel Hermann!"

„Gibt's noch Kaffee? Ach was, ich nehme lieber einen Cognac." Er ging zur Anrichte und schenkte sich ein Glas ein.

„Du hattest Hugo Stinnes zu Besuch?"

„Ein weitblickender Mann. Es macht Vergnügen, mit ihm zusammenzuarbeiten." Hermann lachte wieder. „Wisst ihr, was er gesagt hat? ‚Man muss dafür sorgen, dass aus der Suppenterrine der Arbeiterschaft die Fettaugen nach oben kommen.'"

Diana fiel nicht in das Gelächter ein. „Sag mal – gibt es eigentlich die Organisation Consul noch?"

„Wieso fragst du mich das?“

„Komm schon, Onkel! Wir wissen beide, dass du gelegentlich in diesen Kreisen verkehrst.“

Hermann fixierte sie mit einem missbilligenden Blick. „Steckst du deine Nase schon wieder in Dinge, die dich nichts angehen?“

„Ohne diese Nase stündest du noch immer unter Mordverdacht, und deine Geschäftspartner würden einen Bogen um dich machen.“

„Die Organisation Consul existiert nicht mehr. Sie wurde letztes Jahr aufgedeckt, es stand in allen Zeitungen.“

„Und was ist mit dem Anschlag auf Scheidemann?“

„Was soll damit sein? Ein Einzelgänger. Ein Dummejungenstreich.“

„‚Streich‘ nennst du das, wenn jemand mit Säure umgebracht werden soll?“

„Wichtigtuerei! Wahrscheinlich war es Brause.“

„Du bist … ach, egal! Entscheidend ist, dass die Mitglieder dieser Mörderbande nach wie vor frei herumlaufen. Schickst du Ehrhardt Geld?“

„Ich finanziere keine Abenteurer.“

Diana glaubte ihm. Hermann bedachte seine Pläne sorgfältig. Er würde sich auf keine windige Unternehmung einlassen.

„Erzähl mir lieber von dir! Was macht die Forschung?“ Er sagte es mit einem süffisanten Unterton, als sei allein die Vorstellung, eine Frau könne wissenschaftliche Arbeit leisten, absurd. Und doch hörte Diana so etwas wie Respekt heraus. Hermann war Unternehmer, es imponierte ihm zweifellos, dass sie sich aus eigener Kraft auf einem widrigen Terrain behauptete.

„Wir arbeiten an der Quantentheorie“, erwiderte sie begeistert. „Professor Planck glaubt, es gibt eine absolute Entropie.“

„Ah – so.“

Zu dumm, dass niemand außerhalb der Forschergemeinschaft sie verstand. Nie konnte sie mit jemandem über ihre Arbeit sprechen! „Wir klären Grundsatzprobleme der Atomphysik.“

„Wir? Du trägst tatsächlich inhaltlich dazu bei?“

„Professor Planck schätzt mich!“, entgegnete sie hitzig. „Ich bin nächste Woche bei ihm eingeladen, zu einem seiner Musikabende.“

Jetzt fing sie auch schon an, damit zu prahlen, mit wem sie alles verkehrte! Aber, verdammt noch mal, sie war eben stolz darauf, zu dem erlauchten Kreis zu gehören!

Hermann grinste, und erst da merkte sie, dass er sie nur ärgern wollte. „Machst dich ganz gut, was? Und sonst? Brauchst du Geld?"

„Danke, ich komme zurecht." Die Wahrheit war: Sie hätte etwas Unterstützung gut gebrauchen können. Aber eine Frau konnte nicht einerseits auf ihre Unabhängigkeit pochen und andererseits erwarten, dass ihr ein Mann aus der Patsche half, sobald es schwierig wurde. So etwas nannte man nicht Selbstständigkeit, sondern Doppelmoral. Trotzdem, es war hart. Das Geld, das sie sich neben ihrer eigentlichen Tätigkeit mit Sekretärinnenarbeit verdiente, wurde im Handumdrehen von der Geldentwertung aufgefressen. Wie musste es da erst denen gehen, die eine Familie zu ernähren hatten!

„Es ist nicht richtig, die Inflation voranzutreiben und die einfachen Leute die Zeche für den verlorenen Krieg zahlen zu lassen!", sagte sie hitzig und merkte zu spät, dass sie damit verriet, dass sie gelauscht hatte.

Hermann schien es nicht aufzufallen. „Zu allererst muss die Industrie saniert sein, dann werden sich die sozialen Probleme von selbst lösen", sagte er.

„Es geht dir doch nicht um die sozialen Probleme, sondern um puren Eigennutz."

„Das eine schließt das andere nicht aus. Die Wirtschaft entscheidet über Wohl und Wehe eines Volkes. Was uns nützt, nützt letztlich auch dem Staat."

Diana beschloss, nicht weiter darauf herumzureiten. Ihr war gerade ein Gedanke gekommen. „Sag mal, du siehst doch gelegentlich Außenminister Rathenau, nicht wahr?"

„Warum? Worauf bist du jetzt schon wieder aus?"

„Ich dachte nur … vielleicht könntest du ihn dazu bewegen, mit Kommissar Lilienthal zu sprechen. Er versucht seit Tagen, an ihn heranzukommen, aber Rathenau fertigt ihn immer kurz ab." Eine kaum zu begreifende Dummheit, immerhin stand der Minister auf der Abschussliste der OC. „Würdest du ihn fragen?"

„Warum fragst du ihn nicht selbst? Er ist auch nächstes Wochenende bei Planck; er erwähnte es, als wir uns neulich über die Reparationsfrage besprachen."

Diana wurde hellhörig. Rathenau auch? Da könnte sie ja …

12

Die Kapelle spielte einen Shimmy. Paare übten sich in wilden, von Becken und Schultern ausgehenden Schüttelbewegungen, manche übermütig, andere komisch, einige anzüglich. Die Berliner brachten den neuen Modetanz wieder mal auf den Punkt: Es sieht aus, als wenn einen oben der Floh beißt und man unten die Hose verliert.

Hendrik und Diana kamen gern ins *Scala Casino*. Die Musiker waren gut, die Stühle bequem, die Preise zivil. Außerdem schätzten sie das Rauchverbot, das die Behörden wegen der leicht entflammbaren Bausubstanz angeordnet hatten. Asbest war eben heutzutage kaum zu bekommen.

Hendrik verfolgte die grotesken Bewegungen auf der Tanzfläche mit abwesendem Blick. Seine Gedanken waren woanders: *Matthias Erzberger. Friedrich Ebert. Philipp Scheidemann. Joseph Wirth. Walther Rathenau.*

„Wer wird der nächste sein?", fragte Diana. Offenbar dachte sie das gleiche wie er.

„Ich weiß nicht. Wirth, vielleicht. Oder Rathenau. Oder sie versuchen es noch mal bei Scheidemann."

„Sechs Attentate!"

Hendrik, der Dianas sprunghafte Art gewohnt war, wusste, sie sprach von Erzberger. „Eben. Darauf zu hoffen, dass dieses Leute aufgeben, wäre Selbstbetrug."

„Wie geht es Scheidemann, weißt du das?"

„Er hat Glück gehabt. Es war tatsächlich Blausäure, mit der er attackiert wurde. Im entscheidenden Moment hat er gerade ausgeatmet, sonst wäre er wahrscheinlich gestorben. Nur dem starken Wind ist es zu verdanken, dass er so glimpflich davonkam."

„Und die nationalistischen Zeitungen finden das auch noch komisch! Hast du gelesen? Klistierspritzenattentat, nennen sie es. Einen Anschlag mit Himbeerlimonade. Als wäre so ein Mordversuch ein Witz."

„Die *Schlesische Tagespost* stellt Scheidemann sogar als Feigling hin, der aus Angst vor einem Dummejungenstreich in eine Gruppe von Spaziergängern geschossen hätte."

„Konntest du herausbekommen, wie es wirklich abgelaufen ist?"

„In der Hinsicht war Gregor auskunftsfreudig. Scheidemann hat mit Tochter und Enkelin einen Ausflug nach Wilhelmshöhe gemacht, dabei wurde er von den Attentätern verfolgt."

„Es waren mehrere?"

„Zwei, wenn ich richtig informiert bin. Sie haben sich getrennt: Einer nahm einen Parallelweg, der andere, der mit der Blausäurespritze, holte die Familie ein und zielte auf Scheidemanns Gesicht. Spuren davon müssen wohl in Scheidemanns Lunge gelangt sein, und dieses Wenige genügte, um ihn in Krämpfe verfallen und die Besinnung verlieren zu lassen. Vorher konnte er aber noch einen Revolver ziehen und einen Schuss abgeben, der den Attentäter und seinen Spießgesellen in die Flucht schlug."

„Könnten es Einzeltäter gewesen sein?"

„Dazu ähnelt der Anschlag zu sehr dem auf Erzberger: Vorbereitung von langer Hand, zwei Männer, Spaziergang. Und überall Helfer, die die Verbrecher schützen. Für mich gibt es keinen Zweifel, dass die Organisation Consul nach wie vor aktiv ist."

„Es nimmt kein Ende. Damals, nach Kapp, dachte ich ... aber es hört einfach nicht auf. So viele ungesühnte Morde! Liebknecht. Luxemburg. Eisner. Gareis. Erzberger. Und jetzt das Attentat auf Scheidemann."

Hendrik konnte ihr nur zustimmen. Was war das bloß für ein elendes Land, in dem die Leute ihren politischen Überzeugungen mit der Waffe in der Hand Ausdruck verliehen? Aber was konnte man schon von einem Volk erwarten, das dreieinhalb Jahre nach dem schrecklichsten Krieg, den die Menschheit je erlebt hatte, bereits wieder in Scharen in die Kinos strömte, um einem Machwerk wie *Fridericus Rex* mit seinen Paraden und Aufmärschen zuzujubeln?

Diana lachte plötzlich. „Eigentlich sind wir hergekommen, um uns zu amüsieren, und nun sieh uns an! Wir sitzen da wie Trauerklöße und reden über Mord und Totschlag."

„*Du* wolltest herkommen. Mich hast du mitgeschleift."

„Du wärst natürlich lieber in eine Nackttanzrevue gegangen. Oder hättest dir das Nummernfräulein in der *Scala* angesehen."

„Frauenfantasien!" Er piekte Diana in die Seite, dass sie in die Höhe fuhr. „Aber du hast recht: Wenigstens für heute Abend wollen wir die Grübelei sein lassen, ändern können wir ja doch nichts."

Hendrik lehnte sich zurück und beobachtete die tanzenden Paare. Konnte er sich ein Glas Wein leisten? Besser, er blieb beim billigeren Bier, auch wenn er Bier nicht sonderlich mochte.

Eine junge Dame in einem asymmetrischen Abendkleid fiel ihm auf. Sie war ganz Augen und Mund, Letzterer voll wie eine Kirsche – zum Anbeißen! Immer wieder wanderte sein Blick zu ihren Lippen, er konnte nichts dagegen machen.

Ein weiterer Shimmy setzte ein. Die Dame juchzte und fing an, ekstatische Verrenkungen zu vollführen. Normalerweise konnte auch Diana einem Shimmy nicht widerstehen, aber heute war ihr anscheinend nicht danach. Hendrik schielte zu ihr hinüber. Nein, sie schien ganz und gar nicht in der Stimmung für einen Tanz. Vermutlich fand sie es ebenso frustrierend wie er, vom aktuellen Fall seines Bruders ausgeschlossen zu sein. Abgesehen von einem kurzen Telefonanruf hatte er seit Tagen nichts mehr von Gregor gehört, und selbst da hatte der sich geweigert, relevante Informationen preiszugeben.

Weitere Paare wagten sich auf die Tanzfläche. Die Stimmung wurde immer ausgelassener. Schade, dass er Gregor nicht hatte überreden können mitzukommen! Das hier wäre eine wunderbare Abwechslung für ihn gewesen. Man traute es ihm nicht zu, aber er war kein schlechter Tänzer. „Nächstes Mal schleifen wir Gregor mit Gewalt mit, wenn's sein muss."

„Es ist nicht gut für ihn, sich hinter dem Schreibtisch zu vergraben", stimmte Diana zu. „Neulich sah er ganz erschöpft aus. Du hast doch mit ihm telefoniert – hat er irgendwas gesagt? Kommt er voran? Gibt's neue Anhaltspunkte?"

„Ich glaube nicht."

„Wenn man nur wüsste, was dieser Hartmut Gensch mit dem Mord an Erzberger zu tun hatte! Weißt du noch, wann genau er umgebracht wurde?"

„Erzberger? Warte mal … das war im August. Der 25., glaube ich. Nein, der 26. Ja, genau, der 26."

„Hartmut Gensch ist am 1. September verschwunden. Das sind sechs Tage später."

Sie dachten eine Weile darüber nach, jeder für sich.

„Ein Mitwisser zuviel?", schlug Diana vor.

„Möglich. Aber warum war er dann überhaupt eingeweiht? Gab es etwas, das nur er tun konnte? Hatte die Organisation Consul nicht genug Leute?"

Wieder hingen sie ihren Gedanken nach.

„Hat keinen Zweck, ich komme nicht weiter", gab Hendrik schließlich zu.

Diana seufzte. „Es geht uns ja auch nichts an. Wir sind raus aus dem Fall."

„Wir sind raus", bestätigte Hendrik. „Außerdem sind wir hier, um uns zu amüsieren."

Er sah zu der Dame mit den Kirschenlippen hinüber, die nach Atem ringend in einer Gruppe junger Frauen stand und lebhaft diskutierte. Sie bemerkte seinen Blick und erwiderte ihn eine Sekunde lang, ehe sie sich wieder zu ihren Begleiterinnen umdrehte. Ihr Tanzpartner, ein geschniegelter junger Soldat in Uniform, bemühte sich um ihre Aufmerksamkeit. Hendrik fiel ein Abzeichen am Ärmel des Mannes auf. Im ersten Moment glaubte er, es handele sich um ein Wikingerschiff, das Zeichen der Ehrhardt-Leute, aber er hatte sich geirrt. „Weißt du eigentlich, was aus Kapitän Ehrhardt geworden ist?", fragte er Diana.

„Nein. Du?"

Er schüttelte den Kopf. „Ich muss Gregor bei nächster Gelegenheit danach fragen."

„Onkel Hermann steht mit Hauptmann Pabst in Kontakt und schickt ihm Geld, wenn mich nicht alles täuscht. Von Ehrhardt lässt er, glaube ich, die Finger. Ich würde gern mehr rausfinden, aber seit der Sache mit Friedrich ist er mir gegenüber übervorsichtig, dreht jedes Wort drei Mal um, ehe er es ausspricht."

„Außerdem sind wir ja raus aus dem Fall."

„Richtig. Und wir wollen uns amüsieren."

Sie grinsten sich an.

„Scheint schwierig zu sein, sich dem Vergnügen hinzugeben, was?"

„Sieht aus, als hätten wir Probleme, unsere Nasen aus Dingen herauszuhalten, die uns nichts angehen."

„Naja, bei unseren Charakterzinken ..."

Sie brachen in Gelächter aus, dass die Leute an den Nachbartischen sich zu ihnen herumdrehten. Auch die junge Dame mit dem Kirschenmund sah herüber, und diesmal erwiderte sie Hendriks Lächeln. Entzückend!

„Wo guckst du denn dauernd hin?", wollte Diana wissen.

„Zu der charmanten Dame dort drüben."

„Die mit den falschen Wimpern?"

Falsche Wimpern? So was gab es? Hendrik kniff die Augen zusammen, konnte aber nicht erkennen, ob Diana recht hatte. Worauf Frauen alles achteten! Bemerkten falsche Wimpern und übersahen das bezaubernde Lächeln darunter.

Diana war bereits wieder mit anderen Dingen beschäftigt. „Werden diejenigen, die auf der Abschussliste der OC stehen, wenigstens beschützt?"

„Im Prinzip schon, aber man kann nicht die halbe Republik unter Polizeiaufsicht stellen."

„Wenn man bloß wüsste, wer der nächste ist! Dann könnte man sich auf denjenigen konzentrieren."

„Wenn der einen lässt. Nimm nur Rathenau! Er steht ohne jeden Zweifel ganz oben auf der Liste, aber Gregor sagt, er macht den Beamten, die ihn schützen sollen, das Leben schwer."

„Ich möchte auch nicht den ganzen Tag unter Beobachtung stehen und auf Schritt und Tritt von Polizisten verfolgt werden."

„Die Männer halten sich doch im Hintergrund. Es ist einfach leichtsinnig, jede Hilfe abzulehnen."

„Hat Gregor inzwischen mit ihm reden können?"

„Rathenau weigert sich weiterhin, ihn zu empfangen."

„Na ja, ist nicht unser Problem."

„Nein. Wir sind ja raus."

Sie sahen sich an, sagten gleichzeitig: „Und wir wollen uns amüsieren."

Diesmal war das Gelächter so laut, dass auch die Leute an entfernteren Tischen auf sie aufmerksam wurden.

„O Gott, was sind wir bloß für Heuchler!", schnaufte Diana.

„Ich hasse es, dass Gregor mir nichts mehr erzählt", stimmte Hendrik zu. „Ich würde viel dafür geben, wenn ich wieder an den Ermittlungen teilhaben könnte. Aber ich fürchte, diesmal ist da nichts dran zu drehen."

„Was dich betrifft, hast du vielleicht recht. Ich dagegen habe ein Schlupfloch gefunden."

„So?"

„Gregor will mit Rathenau sprechen, kommt aber nicht an ihn heran."

„Und?"

„Wie du weißt, bin ich nächsten Samstag zum Musikabend bei Professor Planck eingeladen."

„Ja, weiß ich. Nun mach's nicht so spannend!"

Diana kostete den Augenblick aus, ehe sie antwortete: „Rathenau kommt auch."

Hendrik pfiff anerkennend. „Gregor ist mit seinem Latein am Ende. Wenn du ihm anbietest, Rathenau an seiner Stelle Fragen zu stellen … In einem Gespräch, das sich ‚zufällig' ergibt, wäre der Minister sicher zugänglicher."

„Gregor wird akzeptieren. Es bleibt ihm gar nichts anderes übrig."

Aus den Augenwinkeln bemerkte Hendrik, dass der geschniegelte junge Soldat den Toiletten entgegenstrebte. „Bitte entschuldige mich einen Moment", sagte er zu Diana und erhob sich.

„Warum? Was hast du vor?“

„Mich amüsieren. Und genießen, dass ich raus bin aus dem Fall.“

Zielstrebig näherte er sich der jungen Dame. Sie bemerkte sein Näherkommen zweifellos, zog es aber vor, so zu tun, als sei sie in ein Gespräch vertieft.

„Ich bitte vielmals um Entschuldigung“, sagte Hendrik. „Würden Sie mir die Freude machen, mit mir zu tanzen?“

Sie lächelte ihn an, und ihr Lächeln hätte Eisberge zum Schmelzen gebracht. Einem rückhaltlosen Lächeln hatte Hendrik noch nie widerstehen können.

Ihr Blick flog zu Diana hinüber. „Wird Ihre Bekannte nicht ärgerlich sein?“

Es war immer dasselbe. Jedes Mal, wenn er jemanden kennenlernte, kam irgendwann unweigerlich der Punkt, an dem er sich genötigt sah, sein Verhältnis zu Diana zu erklären. Und jedes Mal, wenn er versuchte, ihre Freundschaft zu beschreiben, erntete er Unglauben, Spott oder gar Zorn. Als täte er etwas Unschickliches, indem er sein Interesse an einer Dame bekundete, ohne zugleich jedem Kontakt zum Rest des weiblichen Geschlechts für immer abzuschwören.

Er verabscheute es, sich für etwas zu rechtfertigen, das er so natürlich fand wie das Atmen. Ausflüchte zu machen, sein Verhältnis zu Diana zu bagatellisieren, war ihm ebenso zuwider. Und die ein, zwei Male, die er einen philosophischen Exkurs über den Wert der Freundschaft begonnen hatte, endeten allesamt damit, dass die Dame sich auf dem Absatz umgedreht und ihn stehen gelassen hatte. Wäre sein Bruder mitgekommen, wäre es einfacher gewesen. Dann hätte jeder automatisch vermutet, Diana gehöre zu Gregor.

Hendrik machte eine Kopfbewegung zu den Toiletten. „Nicht ärgerlicher als Ihr Bekannter“, sagte er.

Sie lachte und ergriff seine Hand. „Kommen Sie!“ Sie zog ihn auf die Tanzfläche. „Wie heißen Sie?“

„Hendrik. Hendrik Lilienthal. Und Sie?“

„Josephine Gerlach.“

Ein neuer Tanz setzte ein, zum Glück kein Shimmy. Hendrik war noch nie ein guter Tänzer gewesen, aber er tat sein Bestes und vermied dabei, zu Diana hinüberzusehen. Vermutlich lag sie unter dem Tisch vor Lachen. „Sie tanzen gut“, sagte er zu Josephine, als das Lied vorbei war.

„Und Sie … originell.“ Sie lachte wieder.

Wenn er sie so zum Lachen bringen konnte, durfte sie ruhig über ihn spotten. Es machte ihm nichts aus, sich zum Narren zu machen. In seinen Augen hatten sich die angesehensten Männer der Nation, Leute wie Ludendorff und Hindenburg, durch ihre Unfähigkeit im Krieg viel mehr zum Narren gemacht, und die stolzierten nach wie vor wie Pfauen durch die Öffentlichkeit. Es gab eben keine Peinlichkeit, die ein gesundes Selbstbewusstsein nicht vergessen machen konnte. Wie sagte Montaigne? *Schwachköpfe kehren auch aus Niederlagen ruhmvoll heim.*

Hendrik bemerkte, wie Josephines Tanzpartner in den Saal zurückkehrte und mit finsterem Gesicht zu ihnen herübersah. „Ihr Bekannter scheint nicht begeistert, dass Sie sich mit mir abgeben.“

„Er ist bloß der Adjutant meines Vaters.“

„Adjutant?“

„Mein Vater ist Major.“

Eine Offizierstochter, auch das noch! Sollte sie ihn je nach seiner Meinung über den Großen Krieg fragen, würde sie anschließend kein Wort mehr mit ihm reden.

Der nächste Tanz setzte ein. Hendriks Glückssträhne hatte offenbar ein Ende, denn diesmal war es ein Shimmy. Er schielte nach links und rechts, um sich von seinen Tanznachbarn etwas abzugucken, gab schließlich auf und zappelte einfach herum, wie es ihm in den Sinn kam. Josephine bekam einen Schluckauf vor Lachen.

Plötzlich legte sich eine Hand auf seine Schulter. Hendrik zuckte zusammen. Was kam jetzt? Eine Forderung zum Duell? Grobe Beleidigungen, Prügelei um eine Frau? Langsam drehte er sich um. „Gregor! Bist du doch noch gekommen?“

Die Miene seines Bruders war ernst. „Pack deine Sachen; wir verreisen!“

13

Die am Fenster vorbeihuschenden Felder waren mehr zu ahnen als zu sehen. Dann und wann zerrte die Zugbeleuchtung einen Baum ans Licht, um ihn gleich wieder in die Dunkelheit zurückzustoßen. Hendrik zeichnete die Karikatur eines Frauenkopfes in den Schmutz auf der Fensterscheibe: hohe Wangenknochen, Kirschenmund, herausfordernder Blick aus großen, dunklen Augen. Falsche Wimpern? Trug sie wirklich falsche Wimpern?

Gregor blätterte die Seiten seines Notizbuches durch, ohne den Versuch zu machen, irgendetwas darin zu lesen. „Gehst du oft mit Diana tanzen?"

„Nicht so oft, wie sie möchte. Eine Frage des Geldes."

„Sie tanzt gern, ja?"

„Vor allem Shimmy." Hendrik ergänzte seine Karikatur um übertrieben lange Wimpern. Hätte er forscher vorgehen sollen? Nein, bedrängt von Gregors Ungeduld und den Argusaugen des geschniegelten Soldaten hatte er sein Bestes getan. Und Josephine hatte ihm immerhin genug verraten, dass er ihre Adresse herausfinden konnte. Das bedeutete doch, dass sie sich freuen würde, ihn wiederzusehen – oder? Machte er sich etwas vor? Nein, ihre Blicke hatten eine deutliche Sprache gesprochen. Summend verstärkte er den Mund seiner Karikatur.

„Es, äh … es ist mehr als bloß Freundschaft zwischen dir und ihr, nicht wahr?"

Hendrik musste sich erst in Erinnerung rufen, von wem Gregor sprach, ehe er den Kopf schüttelte. An seinen Gefühlen für Diana hatte sich nichts geändert. Er mochte sie, er hatte sie gern um sich, er liebte die Streitgespräche, die sie täglich über kleine und große Dinge führten, über die Reparationsverhandlungen, den Brotpreis oder *Dr. Mabuse,* und nicht zuletzt schätze er die ungewohnte Perspektive, die sie dabei einbrachte. Aber er begehrte sie nicht.

„Gib's zu! Mir kannst du es ruhig sagen. Ich meine, ihr wohnt seit zwei Jahren zusammen, da ist es nur natürlich …"

„Du wirst es doch niemals glauben, egal, wie oft ich dir versichere, dass nicht mehr daran ist." Wie alle anderen, die sich über sie beide das Maul zerrissen. Es machte Hendrik traurig, dass selbst sein eigener Bruder nicht verstehen konnte oder wollte, dass ihn und Diana eine echte Freundschaft verband.

„Zu einer Freundschaft gehören zwei, Hendrik. Ist dir schon mal der Gedanke gekommen, dass sich die Sache für das arme Fräulein Escher anders darstellt? Dass sie mehr von dir will als du von ihr?"

„Das arme Fräulein Escher hat einen Mund, den sie zu benutzen weiß. Glaub mir, wenn irgendetwas nicht so läuft, wie sie sich das vorstellt, findet sie Mittel und Wege, es der Welt klarzumachen."

Hendrik hatte sich selbst tausend Mal gefragt, ob er sich nur etwas vormachte, aber dem war nicht so. Er fühlte sich zu anderen Frauen hingezogen, Frauen wie Josephine. Er hätte nicht erklären können, warum. Wenn er die beiden miteinander verglich – beide waren hübsch, klug, warmherzig. Und doch war die eine für ihn eine Frau, deren Geheimnisse er ergründen wollte, die Wünsche in ihm weckte, die ihn lockte, während die andere ein Teil seines Selbst geworden war, ganz nach Aristoteles' Definition: *Freundschaft ist eine Seele in zwei Körpern.*

„Hat sie etwas gesagt, äh, ich meine ... wie sie über mich denkt?"

Überrascht hob Hendrik eine Augenbraue. „Sie findet dich sympathisch. Sie mag dich."

„Ich frage bloß so. Weil sie sich oft über mich lustig macht, verstehst du."

Ach, Gregor!, dachte Hendrik. Ich kenne dich seit deiner Kindheit. Wen versuchst du zu täuschen?

Sein Bruder kramte am Grunde seines Koffers, so dass sein Gesicht nicht zu sehen war. Hendrik verbiss sich ein Grinsen und blickte wieder aus dem Fenster. Die Ränder eines Feldes tauchten aus dem eintönigen Schwarz auf, Gräser, Raps, ein Telegrafenmast.

„Sie mag mich, ja?"

Nur durch einen übermenschlichen Kraftakt schaffte es Hendrik, auch jetzt nicht loszuprusten. „Sie findet dich interessant. Vielleicht ein bisschen steif."

„Steif?" Pikiert rückte Gregor seine Krawatte zurecht. „Wieso steif?"

„Weil du darauf bestehst, sie zu siezen, zum Beispiel."

„Sie ist eine fremde junge Dame. Ich kann sie doch nicht vertraulich behandeln, so als ob … als ob …"

„Als ob du sie seit über zwei Jahren kennst? Sei doch mal ein bisschen entspannter!"

Sein Bruder brummte vor sich hin und schloss den Koffer, ohne ihm etwas entnommen zu haben. Dann vertiefte er sich in sein Notizbuch, und diesmal schien er wirklich darin zu lesen.

Draußen war jetzt gar nichts mehr zu erkennen. Schwellen ratterten, der Wagen schaukelte. Zu dieser späten Stunde war der Zug weitgehend leer, so hatten sie das Abteil für sich allein. Hendrik löschte das Porträt Josephines aus und dachte über den Grund ihrer Reise nach. „Bist du sicher, dass das Ganze kein Scherz ist?"

„Ohne jeden Zweifel."

„Und er hat wirklich explizit nach mir gefragt?"

„Ich kann nur wiederholen, was man mir am Telefon gesagt hat. Seinen Worten nach will der Mann seine Aussage ausschließlich in Gegenwart von Professor Hendrik Lilienthal und seinem Bruder von der Kriminalpolizei Berlin machen." Gregor blätterte eine Seite um. „Du wurdest an erster Stelle genannt", fügte er verschnupft hinzu.

„Aber ich kenne keinen Theodor Brüdigam."

„Du musst ihn kennen. Denk nach! Vielleicht irgendeine flüchtige Begegnung, die du vergessen hast."

„Ich grübele schon die ganze Fahrt über. Ich kenne den Mann nicht."

„Er kennt dich, soviel steht fest."

„Vielleicht will dieser Brüdigam dich sprechen und hat meinen Namen nur erwähnt, damit sie auch den Richtigen holen."

„Weil es so viele Kommissare mit Namen Lilienthal bei der Berliner Kriminalpolizei gibt? Mit deinen deduktiven Fähigkeiten ist es im Augenblick nicht weit her. Mildernde Umstände wegen der späten Tageszeit eingerechnet."

Hendrik verstand trotzdem nicht, warum ein Mann, der anscheinend brisante Informationen über die OC besaß, ausgerechnet nach ihm verlangte. „Wer ist dieser Brüdigam?“

„Ein Gärtner ohne Stellung, der als Spitzel in rechten Kreisen verkehrt, das ist alles, was ich weiß.“

„Reichlich undurchsichtig.“

„Aber der Oberbürgermeister scheint den Mann ernst zu nehmen, sonst hätte er nicht darauf bestanden, dass wir kommen. Brüdigam hat offenbar Angst. Er will nur in Gegenwart von Scheidemann und uns reden.“

Hendrik grinste seinen Bruder an. „Und damit bin ich wieder im Spiel.“

„Tu bloß nicht so selbstzufrieden! Es war ein verdammtes Stück Arbeit, meine Vorgesetzten davon zu überzeugen, dass deine Anwesenheit unabdingbar ist, das kann ich dir flüstern. Und, übrigens: Wann schaffst du dir endlich ein eigenes Telefon an? Den ganzen Tag habe ich versucht, dich über deine Nachbarn zu erreichen.“

„Ich habe schon mit Diana darüber gesprochen. Nächste Woche beantrage ich einen Anschluss.“

„Wird aber auch Zeit!“ Gregor klappte sein Notizbuch zu. „Diesen Brüdigam kann ich schon jetzt nicht ausstehen. Nicht nur, dass er mich durch die halbe Republik hetzt, zu allem Überfluss macht er mir auch noch Feinde bei der Politischen Polizei.“

„Wie das?“

„Na, die schäumen natürlich, weil sie sich übergangen fühlen.“

„Es ist doch nicht das erste Mal, dass die Kriminalpolizei die Politische unterstützt. Die haben doch gar nicht genug Leute, um alles allein zu machen.“

„Aber gewöhnlich halten sie die Zügel in der Hand.“

„Sag mir noch mal genau, was du über die Warnung dieses Mannes weißt. Rathenau ist derjenige, der als nächstes dran glauben soll?“

„Ja. Mehr kann ich dir auch nicht sagen.“

„Denkst du, die Organisation Consul steckt hinter allem?“

„Wer sonst? Wo man hinguckt, trifft man auf dieselben Leute.“

„Kapitän Ehrhardt."

„Zum Beispiel."

„Da wir ja eine lange Fahrt über Zeit haben – wie wär's, wenn du mich auf den neuesten Stand bringst? Was wisst ihr über die OC? Ich dachte, die wäre im letzten Jahr ausgehoben worden?"

„Schön wär's! Diese Leute haben überall Sympathisanten sitzen, in der Bevölkerung, in der Justiz, und, so leid es mir tut, das sagen zu müssen, auch in der Polizei."

„Ich verstehe nicht, wie Ehrhardt weiterhin in aller Seelenruhe Komplotte planen kann. Seit dem Kapp-Putsch läuft doch ein Haftbefehl gegen ihn."

„Genau bin ich auch nicht über die Einzelheiten unterrichtet, aber was ich so von den Kollegen höre, hat sich die Brigade Ehrhardt damals nur scheinbar aufgelöst. Ehrhardt selbst tauchte unter, die Mitglieder seiner Brigade hielten weiter Kontakt zueinander. Viele kamen bei Tarnorganisationen unter, als Arbeitsgemeinschaften auf dem Land, zum Roden von Holz oder bei der Kultivierung von Moorland."

„Um jederzeit neu loszuschlagen, wenn der Zeitpunkt günstig ist."

„Genau. Vor allem in Bayern finden sie ja ein geeignetes Klima vor."

„Um nicht zu sagen, dort werden sie geradezu verhätschelt."

„Das will ich nicht gesagt haben. Allerdings pflegt der bayerische Polizeipräsident Pöhner gute Beziehungen zu Ehrhardt. Versorgt ihn sogar mit falschen Pässen. Sagt man. Die Koordination der ehemaligen Freikorpsmitglieder erfolgte jedenfalls zunächst über eine Münchener Zentrale, die sich hinter der Tarnorganisation *Bayerische Holzverwertungsgesellschaft* verbarg. Wobei spätestens seit Januar letzten Jahres, als warnende Artikel in der Presse erschienen, jeder wusste, wer dahintersteckt."

„So geheim sind die ohnehin nicht."

„Stimmt. Es gibt ein öffentliches Gesicht mit Pressemitteilungen und eigener Zeitschrift und ein illegales. Eine Taktik, die durchaus klug ist, wenn man eine Organisation schon nicht verstecken kann. Und das ist unmöglich, dazu ist die OC zu groß. Im ganzen Land existieren Ortsgruppen und Bezirksorganisationen mit Unterführern und Verbindungsleuten."

„Militärisch durchorganisiert."

„Wie bei ehemaligen Soldaten nicht anders zu erwarten."

„Wie hat die Polizei denn von all diesen Dingen Wind bekommen, wenn Ehrhardt und seine Leute gedeckt werden?"

„Die Aufklärung des Erzberger-Mordes hat die Kollegen ein ganzes Stück weitergebracht. In einem Fluss nahe dem Gasthof, in dem die Täter logierten, fand man Papierschnipsel, Überreste von Briefen und Notizzetteln mit Telefonnummern und Namen. Auf diese Weise erfuhren die Beamten, dass die Flüchtigen Heinrich Schulz und Heinrich Tillessen heißen, und waren in der Lage, eine Münchener Adresse zu rekonstruieren, die dann durchsucht wurde. Die Vögel waren bereits ausgeflogen, hatten aber nicht alle Spuren verwischen können, und so fand man die Identität ihres Abteilungschefs bei der OC heraus, eben jenes Manfred von Killinger, dem gerade der Prozess gemacht wird."

„Das muss doch ein ungeheurer Fahndungserfolg gewesen sein."

„Schön wär's. Natürlich haben die Kollegen belastendes Material sichergestellt, andererseits stießen sie überall auf verkohlte Papiere in den Öfen."

„Die Verschwörer sind gewarnt worden."

„Ich sage es nicht gern, aber daran besteht kein Zweifel. Und dieser Wink kann nur aus dem Polizeipräsidium München gekommen sein."

„Das ist doch aberwitzig! Ich habe das Gefühl, in einer Zeitschleife zu stecken, in der sich alles wiederholt. Konspirative Verschwörergruppen, die offen operieren, dilettantische Vorbereitungen, immer wieder dieselben Namen ..."

„Wir kämpfen gegen eine Hydra, der zwei Köpfe nachwachsen, wo einer abgeschlagen wird. Es sind unverbesserliche Republikhasser, mit denen wir es zu tun haben. Diese Leute ändern vielleicht ihre Strategie, aber nicht ihre Ziele."

„Und Hartmut Gensch? Wie passt der ins Bild?"

„Wissen wir nicht. Was wir herausgefunden haben, ist, dass seine finanziellen Schwierigkeiten erheblich größer waren als vermutet. Er hat über seine Verhältnisse gelebt, ohne der veränderten wirtschaftlichen Lage Rechnung zu tragen. Und dann versucht, sich an anderen schadlos zu halten. Seinesgleichen gegenüber mag er ja anständig gewesen sein – geradeheraus, in den Worten von Heiko Brehm – aber er hatte jedenfalls keine Skrupel, einen Juden oder einen Sozialisten zu betrügen."

„Wie das?"

„Zeitweilig arbeitete er in einer Wechselstube und zog seinen Vorteil aus der zunehmenden Geldentwertung, indem er Kunden gegenüber so tat, als hole er den aktuellen Kurs ein, um dann unter Wert zu wechseln. Oder er trug größere Transaktionen als mehrere kleine in die Bücher ein, weil ein Umsatz über 3.000 Mark versteuert werden muss, ließ die Kunden aber trotzdem die Steuer zahlen und steckte diese in die eigene Tasche."

„Unglaublich. Und sonst? Hast du noch etwas herausgefunden?"

„Was Hartmut Gensch betrifft, wenig. Edgar ist dabei, sämtliche Wirtshäuser der Stadt zu durchforsten, aber die Hoffnung, dass ein Wirt sich nach all der Zeit noch daran erinnert, dass Gensch am 1. September bei ihm war, geschweige denn, wer ihn begleitet hat, ist gering. Reine Verzweiflung, wenn ich ehrlich bin. Wir versuchen außerdem, etwas über seine mögliche Verbindung zur OC herauszufinden, aber bis jetzt sind wir in der Hinsicht nicht fündig geworden. Dasselbe gilt für die Frage, warum und wohin er von Zeit zu Zeit verschwand."

„Und Erwin Overbeck?"

„Tja, wir graben natürlich auch bei ihm, aber da ist nicht viel. Er gibt eine Menge Geld aus, keine Unsummen, doch mehr, als ihm sein Posten bei der Bank einbringt. Ich kann mir allerdings immer noch nicht vorstellen, dass das Ganze ein simples Eifersuchtsdrama sein soll."

„Ich auch nicht."

„Wenn ich ehrlich bin – wir sitzen auf dem Trockenen. Und wenn wirklich bereits Vorbereitungen zu einem Anschlag auf Rathenau laufen … Wenn dieser Mann bloß nicht so stur wäre! Wenn ich nur mit ihm reden könnte!“

Hendrik beschloss, dass es jetzt an der Zeit war, die Katze aus dem Sack zu lassen. „Vielleicht kann Diana dir helfen.“

„Wie das?“

Hendrik erzählte seinem Bruder von dem geplanten Musikabend bei Professor Planck.

„Ein informelles Gespräch …“ Gregor rang mit sich. „Ich nehme an, wenn ich selbst dort aufkreuze, wird der Minister eher verärgert sein als kooperativ. Verflixt! Hat sie es wieder mal geschafft! Ihr zwei seid wirklich eine Plage. Warum gelingt es mir einfach nicht, euch aus einem Fall herauszuhalten?“

„Das Schicksal sucht sich die Tapfersten als gleichwertige Gegner. Seneca.“

„Klugscheißer!“

Hendrik bemühte sich, es sich nicht anmerken zu lassen, aber innerlich frohlockte er. Diana war wieder dabei! Er freute sich schon darauf, ihr die gute Nachricht zu überbringen. Sie würde über das ganze Gesicht strahlen.

Gregor räusperte sich. „Äh … sie mag mich wirklich, ja?“

14

Theodor Brüdigam sah misstrauisch von Philipp Scheidemann zu den Brüdern Lilienthal. „Sind Sie auch wirklich die, für die Sie sich ausgeben?“

„Also, hören Sie mal, Sie jagen uns durch die halbe Republik –“, begann Gregor, doch Hendrik legte ihm begütigend die Hand auf den Arm.

„Mein Name ist Hendrik Lilienthal, das ist mein Bruder Gregor, Kriminalkommissar aus Berlin.“

Brüdigam ignorierte Gregor und nahm Hendrik in Augenschein. „Es könnte wohl sein. Der Beschreibung nach …“ Er lachte. „Zerknitterte Kleidung, wirre Haare – genau, wie man mir erzählt hat.“

„Wie eine Vogelscheuche, sagen Sie es nur. Sie wären nicht der Erste."

„Bitte um Entschuldigung, Herr Professor! Ich wollte Sie nicht beleidigen."

„Tun Sie auch nicht. Es entspricht ja der Wahrheit. *Erkenne, was du bist, und sei, als was du dich erkannt hast.* Schelling. Aber Sie wollten sicher mit meinem Bruder sprechen."

„Auch. Hauptsächlich jedoch mit Ihnen. Ludwig sagt, Sie sind vertrauenswürdig."

„Ludwig?"

„Sebald."

Hendrik erhob sich ruckartig von seinem Sitz. „Ludwig Sebald? Sie kennen ihn?"

„Er meinte, wenn ich mal die Hilfe der Polizei in Anspruch nehmen müsste, soll ich nach Ihnen verlangen."

Hendrik ließ sich auf den Stuhl zurückfallen. Alles stand ihm wieder vor Augen, als sei es erst gestern geschehen: der Putsch, das Massaker am Kottbusser Tor, die nächtliche Verfolgung durch Hauptmann Pabsts Spitzel, die Schüsse am Pariser Platz, wo Leander Sebald, Ludwigs Bruder, den Tod gefunden hatte, umgebracht durch eben diesen Spitzel. Seit damals war Ludwig verschwunden. Die Polizei fahndete nach ihm, um ihn als Zeuge des Mordes an seinem Bruder zu vernehmen. Hendrik hatte nicht geglaubt, je wieder etwas von seinem ehemaligen Studenten zu hören. „Was hat Ludwig Ihnen über mich erzählt?"

„Dass Sie ein Bolschewist und Judenfreund sind und deutschfeindliche Propaganda in Ihren Vorlesungen verbreiten. Aber auch, dass Sie sich durch nichts und niemanden davon abhalten lassen, die Wahrheit rauszukriegen. Wie so'n antiker Philosoph eben."

Aus dem Munde von Ludwig Sebald war das vermutlich ein Kompliment. „Wie geht es ihm? Wo haben Sie ihn getroffen?"

„Bei einer Versammlung der Organisation Consul."

„Die Polizei sucht nach ihm."

„Ich weiß. Das ist seine beste Empfehlung."

„Hat er denn eine nötig?"

„Keine Ahnung. Reden tut er immer noch wie ein typischer Freikorpsmann. Aber er muss irgendwie gemerkt haben, dass ich nicht ganz astrein bin, und er hat mich nicht verpfiffen, also nehme ich an ..."

„Vielleicht sollten Sie uns die ganze Geschichte erzählen, von Anfang an", schaltete sich Gregor ein. „Was haben Sie mit der OC zu tun?"

„Ich arbeite als Informant."

„Für wen? Die OC?"

„Nein, für die *Volksstimme*, das Blatt der Sozialdemokraten in Frankfurt. Polizeipräsident Ehrler weiß Bescheid. Ich bin bei der OC als Kurier tätig und habe an geheimen Sitzungen in München und Frankfurt teilgenommen –"

„Die vertrauen Ihnen? Einfach so?"

„Ich hatte ein Empfehlungsschreiben aus deutschvölkischen Kreisen. War früher mal einer von denen. Aus der Zeit kenne ich auch den Ludwig. Genau genommen sind die an mich herangetreten. Sie wollen, dass ich die Linken ausspioniere."

Ein Doppelspitzel also! Ein ehemaliger Rechter, der von rechten Kreisen angeheuert wurde, um die Linken auszuspionieren, und diese Gelegenheit nutzte, um die Rechten für die Linken auszuspionieren ... Für wen arbeitete er wirklich? Und wusste er das eigentlich selbst?

Aber vielleicht waren die Zeiten so, dass links und rechts, Überzeugung und Weltanschauung keine Rolle mehr spielten. Überall liefen Leute wie dieser Brüdigam herum, haltlose Seelen, die hierhin und dorthin trieben, wohin der Wind des Zeitgeistes sie blies.

„Noch mal von vorne", sagte Gregor. „Wie sind Sie zu diesem Empfehlungsschreiben gekommen?"

„Durch einen Herrn Meyenberg, der ... also, ich bin öfters in der Buchhandlung Böhle in Frankfurt. Die haben da Bücher über die Judenfrage, das hat mich interessiert. Dort habe ich diesen Meyenberg kennengelernt. Er wirbt überall für die deutschvölkische Bewegung, speziell in Arbeiterkreisen. Eines Tages hat er mich gefragt, ob ich ihn nicht dabei unterstützen will. Also, ich ... ich kenne zwei Redakteure der *Volksstimme*, noch von vor dem Krieg, mit denen habe ich mich besprochen. Die haben mich ermuntert, auf das Angebot einzugehen, um rauszufinden, was die Rechten vorhaben."

Der Informant hatte die unangenehme Angewohnheit, Silben einzeln aufmarschieren zu lassen und mit der Stimme wie ein Geier auf das letzte Wort des Satzes zuzustoßen. Außerdem sah er niemandem in die Augen, sondern blickte immer unter halb geschlossenen Lidern an einem vorbei. Ein unsympathischer Zeitgenosse! Hendrik versuchte, dem Mann Gerechtigkeit widerfahren zu lassen – vergeblich. Er mochte Theodor Brüdigam nicht.

„Sprechen Sie weiter!"

„Ja, ähm, ich wurde mit Karl Tillessen bekannt gemacht, das ist der –"

„Schon klar, der Bruder des Erzberger-Mörders. Wissen wir."

„Ja. Also, der hat mir gesteckt, dass sie die Regierung stürzen wollen."

„Wie?"

„Indem sie republiktreue Politiker umbringen. Sie hoffen, dadurch die Arbeiter und die Kommunisten zum Losschlagen zu bewegen, dann können sie gemeinsam mit der Reichswehr den Putsch niederschlagen und selbst ans Ruder kommen."

„Und das soll funktionieren?", warf Hendrik ein.

„Provokationsstrategie", sagte Gregor. „Ehrhardt hat anscheinend aus dem verlorenen Kapp-Putsch gelernt. Durchaus vorstellbar, dass er damit Erfolg hat."

„Die glauben jedenfalls alle, dass er demnächst die Regierung übernimmt", sagte Brüdigam.

„Hat Tillessen das gesagt?"

„Nicht genau. Aber es fielen so Sätze wie: ‚Bald haben wir einen Mann an der Spitze, der das Ruder herumreißt', so in der Art. Damit war Ehrhardt gemeint."

„Ungeheuerlich!", murmelte Scheidemann.

Brüdigams Informationen klangen glaubwürdig. Und sie passten zu den Fakten. Gaben diese Leute denn nie auf?

„Ich bekam den Auftrag, die Linksparteien auszuhorchen. Ein paar Mal war ich auch als Kurier unterwegs. Dann kriegte ich davon

Wind, dass etwas gegen den Herrn Oberbürgermeister geplant war, und habe versucht, ihn zu warnen."

Die Brüder Lilienthal sahen Scheidemann an.

„Es ist wahr. Ich hielt den Anruf fatalerweise für einen Scherz meiner politischen Gegner."

„Dem Polizeipräsidenten habe ich auch geschrieben. Der hat mir auch nicht geglaubt."

„Ich habe einfach zu viele Feinde", sagte Scheidemann theatralisch. „Beinahe täglich erhalte ich Drohbriefe: ‚Mach dein Testament! Du bist der Nächste auf der Liste! Keine ruhige Nacht sollst du haben!'" Er machte eine Pause und zog ein beleidigtes Gesicht, als niemand reagierte.

„Ich bin sicher, die hiesigen Polizeibeamten tun alles Nötige, um der Täter habhaft zu werden", sagte Gregor taktvoll. „Aber das geht uns nur mittelbar an." Er wandte sich wieder dem Informanten zu, dessen Blick wie eine eingesperrte Fliege umherjagte. „Wie ich höre, haben Sie Informationen über die aktuellen Pläne der OC?"

„Ich weiß, wer als Nächster dran ist."

„Wer?", fragte Gregor, obwohl er die Antwort kannte.

„Walther Rathenau."

„Sind Sie sicher?"

„Absolut. Sein Name fiel mehrfach. Ich hab' versucht, es ihnen auszureden. Ich hab' gesagt, dass die Linken sich zusammenschließen werden, wenn Rathenau umgebracht wird. Dass es wieder einen Generalstreik gibt wie beim Putsch vor zwei Jahren. Und dass die Rechtsparteien es dann noch schwerer haben."

„Und?"

„Tillessen hat gemeint, ein Generalstreik der Arbeiter wäre ihm hochwillkommen."

„Wissen Sie, wann genau Rathenau ermordet werden soll?"

„Bald. Sehr bald. Es wäre vermutlich schon passiert, wäre der Anschlag auf den Herrn Oberbürgermeister nicht danebengegangen. Ich habe die Giftspritzen gesehen, zwanzig Stück. Lagen alle in der Wohnung von Killinger herum, in Blechdosen."

„Großer Gott!", entfuhr es Scheidemann.

„Muss ein Schweinegeld gekostet haben, das Ganze. Aber nach dem missglückten Attentat auf den Herrn Oberbürgermeister wurde der Plan aufgegeben."

Für eine Sekunde erschlaffte Brüdigams Gesicht. Sein Atem beschleunigte sich, die Pupillen wurden unnatürlich starr, seine Wangen zuckten. Dann fuhr er fort, als sei nichts gewesen: „Blausäure kommt jetzt wohl nicht mehr infrage. Alles muss neu durchdacht werden, das braucht seine Zeit. Die haben Geldprobleme, glaube ich."

„Auf welche Weise soll das Attentat stattfinden? Wo?"

„Ich weiß es nicht."

„Sie müssen sich wieder mit denen treffen", drängte Scheidemann. „Wir brauchen genauere Informationen. Wo? Wann? Wie?"

„Ich bin doch nicht verrückt! Verräter verfallen der Feme, das ist Gesetz bei denen. Erst neulich haben die versucht, einen Abtrünnigen zum Schweigen zu bringen. Wagner, hieß er. Der hat den Wagen gefahren bei der Befreiung von Dithmar."

„Dithmar, Dithmar", sinnierte Scheidemann. „Den Namen habe ich schon mal gehört."

Gregor übernahm es zu antworten. „Ein Kriegsverbrecher. Saß in Naumburg. Die OC hat ihn Anfang des Jahres rausgeholt."

„Richtig! Und dieser Wagner …?"

„War der Fahrer", sagte Brüdigam. „Hat wohl gedroht, alles zu verpfeifen. Die haben ihm den Schädel eingeschlagen und ihn dann ins Wasser geworfen, aber er hat überlebt. Hat verdammtes Glück gehabt. Darauf werde ich es nicht ankommen lassen. Ich habe ohnehin schon Kopf und Kragen riskiert."

„Niemand weiß, dass Sie hier waren", sagte Scheidemann.

„Die Staatsanwaltschaft weiß es. Die Polizei weiß es. Damit weiß es auch die OC."

„Wollen Sie etwa behaupten, staatliche Stellen geben Informationen an Verbrecher weiter?"

„Das ist keine Behauptung, das ist eine Tatsache. Die kriegen alle naselang irgendwelche Tipps von informierten Kreisen. Wann eine Razzia geplant ist, welches Waffenversteck aufgedeckt wurde … Denken Sie nur an Marie Sandmayr!"

„An wen?"

„Na, diese Köchin, die ein geheimes Waffenlager anzeigen wollte und anschließend erwürgt im Park gefunden wurde."

„Das war vor zwei Jahren. Heute liegen die Dinge anders."

„Von wegen! Die sind bestens informiert. Tillessen steht mit irgendeiner Reichswehrstelle in Verbindung, er bekommt regelmäßig Berichte von da. Das Risiko ist mir zu groß."

„Sie werden für Ihre Spitzeldienste bezahlt. Bis jetzt haben Sie als Gegenleistung nur Gerüchte gebracht."

„Die Bezahlung ist nicht so fürstlich, dass ich mein Leben dafür aufs Spiel setze."

„Also um Geld geht es Ihnen, ja?"

„Das habe ich nicht gesagt."

„Es war deutlich genug herauszuhören. Also schön, es soll Ihr Schaden nicht sein, wenn Sie noch einmal zurückgehen. Ich werde dafür sorgen, dass Sie eine angemessene Entlohnung erhalten."

Brüdigam zögerte. „Wenn Sie mir Ihr Wort geben, dass niemand sonst davon erfährt …"

„Das kann ich nicht. Sie müssen mit dem Oberstaatsanwalt sprechen. Er hat diesem Gespräch nur zugestimmt, wenn Sie ihm anschließend vorgeführt werden."

„Das war nicht abgemacht! Ich hatte Sie gebeten, inoffiziell vernommen zu werden."

„Wir können den Oberstaatsanwalt nicht übergehen."

„Dann kann ich mir gleich eine Kugel geben."

„Glauben Sie etwa, auch er ist in ein Komplott gegen Sie verwickelt? Mann, Sie leiden ja unter Verfolgungswahn."

„Ich weiß, was ich weiß. Alle staatlichen Stellen sind reaktionär verseucht. Kann sein, der Staatsanwalt ist in Ordnung, vielleicht aber auch nicht. Ich würde jedenfalls nicht darauf wetten. Wenn Sie mich zwingen, verweigere ich jede Zusammenarbeit."

Gregor hatte sich bis jetzt nicht eingemischt. Nun sagte er: „Vielleicht können Sie den Staatsanwalt hinhalten, Herr Oberbürgermeister. Wenn Herr Brüdigam recht hat, ist höchste Eile geboten. Da können wir uns nicht mit Kompetenzstreitigkeiten aufhalten. Und wenn Herr Brüdigam sich sicher fühlt, was die staatlichen Stellen betrifft, wird er versuchen, an weitere Informationen heranzukommen. Nicht wahr?“

Brüdigams Augen irrten ruhelos von einem zum anderen. „Ja, Herr Kommissar!“, sagte er. „Mir wäre überhaupt wohler, wenn Sie und Ihr Bruder die Sache übernehmen.“

„Ich kann die Ermittlung nicht in Ihre Hände legen“, widersprach Scheidemann. „Ich habe schon einen Anruf vom Reichsjustizminister bekommen, weil sich der Oberstaatsanwalt bei ihm über die Einmischung der Berliner Polizei beschwert hat. Die Verantwortung für das weitere Ermittlungsverfahren liegt ausschließlich bei ihm.“

Gregor sagte nichts, aber sein Blick war dafür umso beredter. Auf einen führenden Politiker des Reiches war ein Anschlag geplant, und der Herr Oberstaatsanwalt fühlte sich übergangen! Hendrik verstand seinen Bruder nur zu gut.

„Verzichten Sie wenigstens darauf, ihm den Zeugen vorzuführen. Wenn Herr Brüdigam jetzt aufgibt, ist alles verloren.“

Scheidemann strich sich über den Bart. „Na gut“, sagte er, an den Spitzel gewandt, „ich rede mit ihm. Ich nehme an, das bin ich Ihnen schuldig, weil Sie versucht haben, mich zu warnen. Werden Sie dann zu den Verschwörern zurückkehren?“

Brüdigam nickte widerstrebend und drehte sich zu Hendrik um. „Wenn mir etwas zustoßen sollte … ich habe in Berlin einen Freund, Einar Gerecke.“ Er suchte etwas zum Schreiben.

Hendrik fasste in seine Tasche, zog einen seiner obligatorischen Bleistiftstummel hervor und reichte ihn dem Mann.

Wieder nahm Brüdigams Gesicht einen abwesenden Ausdruck an. Die Muskeln an seinem Hals zuckten, seine rechte Hand verkrampfte sich. Nur Sekunden dauerte das seltsame Verhalten, dann kritzelte er eine Adresse auf ein Stück Papier und gab es Hendrik. „Er wird nur Sie als Kontaktperson akzeptieren. Ich habe ihm von Ihnen erzählt. Er ist nicht gerade ein Sozialdemokrat, aber Sie können ihm vertrauen.“

„Die Frage ist, vertraut er mir?“

„Wenn selbst Ludwig Sebald Ihnen vertraut …“

Das war der entscheidende Punkt. Vertraute Ludwig ihm wirklich? Oder benutzte er ihn für irgendein perfides Spiel?

Hendrik versuchte, sich an seinen ehemaligen Studenten zu erinnern. Zornig. Fanatisch. Gewaltbereit. Ein überzeugter Freikorpsmann – dessen Überzeugungen vielleicht ins Wanken gerieten, als sein Bruder von seinen Kameraden ermordet wurde. Oder? Wenn er sich geändert hatte, warum war er dann noch bei diesen Verbrechern? Was immer man über ihn sagen konnte, Verschlagenheit lag ihm nicht. Er hatte aus seinen Ansichten nie ein Hehl gemacht. Geradeheraus war er gewesen. Idealistisch. Das machte das Schicksal von jungen Männern wie ihm ja so tragisch: Die Welt um sie herum war ihnen eben nicht egal.

Nietzsche lieferte wieder einmal den treffendsten Kommentar: *Liebe und Hass sind nicht blind, aber geblendet vom Feuer, das sie selber mit sich tragen.* Wie viel Positives könnten diese jungen Männer bewirken mit ihrer revolutionären Kraft, ihrer Begeisterungsfähigkeit, ihrem Mut, wären sie nicht einem fehlgeleiteten Idealismus anheimgefallen?

15

Killinger freigesprochen!

Ungläubig blickte Hendrik auf die Schlagzeile der *Vossischen Zeitung,* die Gregor ihm in die Hand gedrückt hatte.

In dem Prozess gegen den Kapitänleutnant a. D. v. Killinger verneinten die Geschworenen nach kurzer Beratung die beiden Schuldfragen, die dahin lauteten, ob der Angeklagte den Mördern des Abg. Erzberger Beistand geleistet habe, um sie der Strafe zu entziehen, und ob er den Tätern diesen Beistand vor Begehung der Tat zugesagt habe. Der Angeklagte wurde daraufhin freigesprochen und sofort entlassen.

„Das können sie nicht machen!“

„Du siehst ja: Sie können.“

Aufgewühlt wanderte Hendrik im Wohnzimmer seines Bruders hin und her. „Die Mörder vergnügen sich in Budapest, und der Drahtzieher, der den beiden zur Flucht verholfen hat, bleibt ebenfalls ungeschoren. Kann denn hier jeder herumlaufen und Menschen abknallen, ohne dass er irgendwelche Konsequenzen befürchten muss?“

Wie immer, wenn Hendrik sich aufregte, hinkte er. Nach Aussage der Ärzte war die Schussverletzung in seinem Bein längst verheilt, aber in Momenten wie diesem zeigte sich, dass Diagnose und Wirklichkeit zwei verschiedene Dinge waren.

„Mich wundert gar nichts mehr“, sagte Diana. „Der Tod von Rosa Luxemburg und Karl Liebknecht ist auch nie gesühnt worden.“

„Es ist immer problematisch, jemandem Beihilfe zum Mord nachzuweisen, wenn die eigentlichen Mörder flüchtig sind“, gab Gregor zu bedenken.

„Man kann schon, wenn man nur will“, widersprach Hendrik. Es gab einfach keine Gerechtigkeit auf der Welt. Nicht mal im Tod. Generallandschaftsdirektor Kapp, einer der Hauptverantwortlichen des Putsches von vorletztem Jahr, erst kürzlich zurückgekehrt, nachdem er sich damals der Verhaftung durch Flucht entzogen hatte, war vorgestern an den Folgen einer Augenoperation gestorben, bevor er verurteilt werden konnte. Und seine Helfer? Ehrhardt schmiedete munter weiter Putschpläne, Pabst lebte in Ungarn, desgleichen Lüttwitz. „Ein solches Urteil müssen die Verschwörer doch geradezu als Aufforderung betrachten weiterzumachen.“

„Das befürchte ich allerdings auch.“

Hendrik zwang sich dazu, wieder Platz zu nehmen. „Wenigstens steht noch das Verfahren gegen die OC wegen Geheimbündelei aus.“

„Wenn du da man keine neue Enttäuschung erlebst! Vergiss nicht: Die Justiz befindet sich in der schwierigen Lage, einerseits ein Verbrechen bestrafen und andererseits Rücksicht auf das Ausland nehmen zu müssen.“

„Wie meinst du das?“

„Ob ihnen die wahren Ziele der diversen Freikorpsorganisationen nun klar waren oder nicht – deutsche Behörden haben ihre Existenz stillschweigend geduldet, wenn nicht gar gefördert. Und wenn das herauskommt …“

„Wie können diese Leute bloß so blind gegen die Gefahr von rechts sein?“

„Ich glaube nicht, dass sie das sind. Zumindest nicht alle. Du siehst das aus einer zu begrenzten Perspektive, Hendrik. Denk an die politische Lage! Deutschland isoliert, von Reparationsverpflichtungen gebeutelt, wirtschaftlich am Ende. Von der Entente, besonders von Frankreich, mit Argusaugen beobachtet. Die Franzosen warten doch nur auf einen Vorwand, um wieder das Ruhrgebiet zu besetzen! Und dann die organisierten Überfälle der polnischen Nationalisten in Oberschlesien! Ist es da verwunderlich, dass so mancher Politiker dem Treiben der Freikorps positiv gegenübersteht? Viele erfüllt es mit Unbehagen, dass Deutschland durch den Versailler Vertrag gezwungen ist, sich militärisch derart zu entblößen. Da kommt eine geheime Kampftruppe gerade recht, um das Vakuum zu füllen."

„Jetzt redest du wie ein Deutschnationaler."

„Du kannst die Realität nicht einfach wegdiskutieren, nur weil sie dir nicht in den Kram passt. Was Oberschlesien angeht, sitzt unsere Regierung in der Zwickmühle. Die Volksabstimmung dort hat gezeigt, dass die Mehrheit der Schlesier im Deutschen Reich bleiben will, aber die Entente ignoriert das Votum und plant, das Land zwischen Deutschland und Polen aufzuteilen. Polnische Freischärler inszenieren Aufstände, das Reich darf keine regulären Truppen zum Schutz unserer Landsleute ins Abstimmungsgebiet entsenden, die Franzosen stellen sich blind und taub und verweigern jede Hilfe, weil sie hoffen, dass die polnischen Aufrührer vollendete Tatsachen schaffen. Was soll die Regierung tun? Die Menschen dort ihrem Schicksal überlassen? Zusehen, wie uns widerrechtlich ein Teil unseres Territoriums gestohlen wird?"

„Rechtfertigst du etwa dieses Vorgehen?"

„Ich rechtfertige gar nichts, weder die Existenz solcher Geheimverbände, noch das Urteil im Killinger-Prozess. Ich finde es einen Skandal, dass ein solcher Abenteurer wieder auf freiem Fuß ist. Neben allem anderen macht das Urteil den schwer errungenen Fahndungserfolg der Kollegen zu Makulatur. Aber ich nehme mir das Recht heraus, ein Verbrechen ein Verbrechen zu nennen, egal, welche Seite es begeht."

Auch, wenn es Hendrik schwerfiel, es zuzugeben: In den Worten seines Bruders steckte mehr als nur ein Körnchen Wahrheit. Man konnte nicht das eine Verbrechen geißeln und das andere entschuldigen. Genau diese Doppelmoral kritisierte er schließlich an der Regierung, die Morde von links und von rechts mit zweierlei Maß bewertete.

„Es sind immer wieder Militärkreise, die unser Land an den Rand des Abgrunds bringen", sagte Diana eigensinnig. „Warum wollen Ebert und seine Genossen das nicht einsehen? Gegen die Kommunisten gehen sie mit aller Härte vor, aber die Nationalisten lassen sie ungeschoren. Zwölf Menschen haben die Kommunisten umgebracht, als die Räterepublik in München zerschlagen wurde. Zwölf! Und wie viele waren es beim Kapp-Putsch? Wie viele haben die Freikorps ermordet? Hunderte? Tausende?"

„Geschichte rückwärts zu bewerten, ist unredlich. Jemand, der weiß, wie eine Sache ausgegangen ist, hat leicht reden. Aber es hätte auch anders kommen können. Denken Sie an die Rote Ruhrarmee, denken Sie an die von den Kommunisten organisierten Arbeiteraufstände in Mitteldeutschland im letzten Jahr. Dass die Menschen Angst davor haben, dass sich hier Zustände wie in Russland wiederholen, ist doch wohl verständlich. Lenin macht kein Hehl daraus, dass er Deutschland eine besondere Rolle im Kampf um die Weltrevolution zugedacht hat."

„Die russische Revolution ist dabei, die Gleichheit aller Menschen zu verwirklichen."

„Die russische Revolution hat zum Bürgerkrieg geführt und die Diktatur des Zaren durch die Diktatur der Partei ersetzt. Die Regierung der Kommunisten gründet sich auf Schrecken und Terror. Die Menschen sind rechtlos, Abweichler werden unterdrückt und ohne Gerichtsverfahren erschossen."

„Lüge! Bourgeoise Propaganda!"

„Und wenn Lenin stirbt", fuhr Gregor ungerührt fort, „und nach allem, was ich gelesen habe, ist sein Zustand nach dem Schlaganfall kritisch – wer kommt dann? Jemand, der alles noch schlimmer macht? Trotzki, der die Rote Armee aufgebaut hat? Oder der neue Generalsekretär der Partei, dieser Stalin?"

„Sie wissen überhaupt nichts über Russland. Nicht das Geringste."

„Gut, lassen wir die Zustände anderswo aus dem Spiel, bleiben wir in Deutschland! Das Ergebnis der kommunistischen Aufstände waren Bombenanschläge, Brandstiftungen, Plünderungen, Zugentgleisungen. Und wir wollen bitte auch nicht vergessen, dass die Revolution in unserem Land von Soldaten ausging, nicht von Arbeitern! Es waren die Mannschaften auf den Kriegsschiffen in Kiel und Wilhelmshaven, denen wir diese Republik zu verdanken haben, jene Menschen, die sinnlos verheizt werden sollten, als der Krieg bereits verloren war. Machen Sie es sich also nicht zu einfach."

Diana hatte die Arme vor der Brust verschränkt und schmollte. Aber sie widersprach nicht.

„Soweit es mich betrifft, nehmen sich die Rechten und die Linken sowieso nicht viel. Eine Menge Leute pendeln orientierungslos zwischen beiden Lagern hin und her. Unter den Nationalsozialisten, beispielsweise, befinden sich nicht wenige Spartakisten von 1918, sagen die Kollegen von der Politischen Polizei. Manchmal habe ich den Eindruck, vielen ist es egal, wofür oder wogegen sie sind, so lange es nur auf Prügeleien hinausläuft."

„Die Nationalsozialisten!", meinte Hendrik verächtlich. „Die sind doch bloß eine Bande von Radaubrüdern. Dieser Hitler – wie heißt er noch? Alfons?"

„Adolf."

„Den sie den ‚König von München' nennen?", fragte Diana.

„Ja, genau. Also, der hat doch nur ein großes Maul. Seine Politik, das sind Provokationen und Schlägertrupps, nichts weiter. Weil er genau weiß, dass ihn sonst keiner für voll nimmt."

„Mag sein. Aber der Terror dieser Rabauken hat Methode. Die haben sich ihre Vorgehensweise bei den Faschisten in Italien abgeguckt, genau wie die OC. Und Mussolini ist mit seiner Taktik überaus erfolgreich. Seine Schwarzhemden haben Bologna belagert und so den Rücktritt des sozialistischen Präfekten erzwungen."

„Reden wir von etwas anderem", schlug Diana vor. „Wir sind schließlich zusammengekommen, um über Ihren aktuellen Fall zu sprechen. Was ist mit den Scheidemann-Attentätern? Gibt es eine Spur?“

Verblüfft sah Hendrik zu ihr hinüber. Diana verzichtete freiwillig auf ein Wortgefecht! Den Tag musste er rot im Kalender anstreichen.

„So eng ist mein Kontakt zu den Kasseler Kollegen nicht“, erwiderte Gregor. „Ich weiß auch nur, was in der Zeitung steht.“

Zu dritt gingen sie Theodor Brüdigams Aussagen durch. Hendrik hatte Diana nach seiner Rückkehr über alles unterrichtet, was in Kassel vorgefallen war, Gregor ergänzte den Bericht nun durch Details aus einem Gespräch mit dem Kasseler Oberstaatsanwalt. Dass er freimütig mit allen Fakten herausrückte, obwohl er sie doch aus dem Fall heraushalten wollte, zeigte, wie verzweifelt er war.

„Was stinkt hier eigentlich so?“, unterbrach Hendrik die Ausführungen seines Bruders. „Hast du etwa auch in deiner Wohnung …?“ Er stand auf und ging zur Fensterbank. Tatsächlich! Die Blätter sämtlicher Pflanzen waren mit Nikotinkrümeln bedeckt.

Gregor tat, als habe er nichts gehört, und fuhr mit seinem Bericht fort.

Mit demonstrativ zugehaltener Nase setzte Hendrik sich wieder an den Tisch.

„Haben Sie etwas über diesen Brüdigam herausgefunden?“, wollte Diana wissen.

„Leider. Ich wünschte beinahe, ich hätte es nicht getan.“

„Warum?“

„Jetzt weiß ich noch weniger als vorher, wie ich diesen Mann einschätzen soll.“

„Mach's nicht so spannend!“, sagte Hendrik. „Was ist mit ihm?“

„Vorstrafen wegen Betrug und schwerem Diebstahl. Vor dem Krieg war er mehrere Jahre in der Landesirrenanstalt Marburg –“

„Nein!“

„– und während des Krieges lag er im Nervenlazarett. Nehmen wir dann noch seinen geradezu paranoiden Verfolgungswahn hinzu und die epileptischen Anfälle …“

„Ich glaub's einfach nicht!“

„Heißt das, er hat sich alles bloß ausgedacht, die Verschwörung, seine Spitzeldienste, den geplanten Anschlag auf Rathenau?", fragte Diana.

„Ich weiß es nicht. Das ist ja das Furchtbare. Er kann ein zwanghafter Lügner sein, der uns dazu bringt, unsere Kräfte sinnlos zu vergeuden. Andererseits hat er vor dem Attentat auf Scheidemann gewarnt, und jede seiner Behauptungen ist eingetroffen. Die Redakteure der *Volksstimme* bestätigen seine Aussagen, soweit es sie betrifft, aber wir haben keine Möglichkeit herauszufinden, woran wir mit ihm sind."

„Na, wunderbar!", entfuhr es Hendrik. „Und dabei haben wir noch nicht mal berücksichtigt, dass er ebenso gut ein Spitzel der Rechten sein könnte. Oder beide Seiten verrät."

„Ich habe dem Kasseler Oberstaatsanwalt heute früh grünes Licht gegeben, Brüdigam zu vernehmen, Gefahr hin oder her. Wir können es uns nicht leisten, weiter im Dunkeln zu tappen."

„Und der Tote im Grunewald?", wollte Diana wissen. „Hängt dieser Mord mit den Attentaten zusammen? Oder war es doch ein Eifersuchtsdrama?"

„Wir haben die Geschichte mit dem Hoffest überprüft. Sie hat sich im Wesentlichen wohl so abgespielt, wie Herr Brehm sie darstellt: Hartmut Gensch und Fräulein Bredow kommen zusammen dorthin, sie macht Herrn Overbeck schöne Augen, Streit, Versöhnung, alles in Butter, hurra."

„Warum sollte es nicht so gewesen sein?"

„Klingt ein bisschen zu glatt, meiner Meinung nach. Aber ich mag mich irren. Und die Zeugen sind sich in dieser Hinsicht einig. Was das Verhältnis zwischen der jungen Frau und Herrn Gensch angeht, so kann ich nur Vermutungen anstellen. Seine Mutter bleibt dabei, dass sie verlobt waren, Fräulein Bredow behauptet, es wäre nichts dran. Und da er selbst darüber keine Aussage mehr machen kann …"

„Ein seltsamer Kerl, dieser Hartmut Gensch."

„Dem kann ich nur zustimmen. Edgar hat sich darum gekümmert, seinen Hintergrund zu erhellen. Von Zeit zu Zeit verschwand er tatsächlich für ein paar Tage. Die Spekulationen darüber gehen auseinander. Flucht vor dem Erwartungsdruck seiner Mutter? Arbeitssuche? Sauftouren?"

„Vielleicht war er für die Organisation Consul unterwegs?", schlug Hendrik vor.

„Tja, auch darüber lässt sich leider nur spekulieren. Ich habe die Kollegen kontaktiert, die die OC im vergangenen Jahr ausgehoben haben. In den sichergestellten Unterlagen wird er nirgends erwähnt."

„Und dieser Mitschüler, den er zu Russischem Roulette gezwungen hat?"

„Fehlanzeige. Im Krieg gestorben."

„War Gensch in der Nähe, als es passierte?"

„Der Gedanke kam mir auch, aber: nein. Der Mitschüler war an der Ostfront. Nichtsdestotrotz, dieser Hartmut Gensch scheint einen üblen Humor gehabt zu haben. Edgar hat noch zwei, drei solcher Geschichten ausgegraben wie die mit dem Russischen Roulette. Schon komisch. Denn auf der anderen Seite gibt es Belege dafür, dass er keineswegs nur der grobe Klotz war, als der er erscheint."

Hendrik musste an die Schnitzereien denken. Ja, Hartmut Gensch besaß zweifellos noch ein zweites Gesicht. Aber war das nicht bei allen Menschen so? War der Versuch, jemanden durch Zeugenaussagen auf ein eindeutiges Bild festzunageln, nicht ohnehin bloß die fragwürdige Reduktion einer komplexen menschlichen Seele auf ein Schlagwort? Die Wahrheit war immer vielschichtig. Ein Prozess, das Bewusstsein der Gegensätze und ihrer Einheit, wie Hegel so treffend sagte. *Das Wahre ist das Ganze.*

„Wir haben die Leute, denen er übel mitgespielt hat, natürlich überprüft. Aber es sollte mich wundern, wenn einer von ihnen etwas mit der Sache zu tun hat. Frau Gensch schwört weiter steif und fest, dass nur Erwin Overbeck als Mörder in Frage kommt. Sie ruft mit schöner Regelmäßigkeit bei uns an und geht uns auf die Nerven. Aber außer einer Abneigung gegen den Mann hat sie nichts vorzuweisen, was uns weiterhilft."

„Alibis?"

„Bei einer Tat, die so lange zurückliegt, sind die natürlich schwer zu überprüfen. Overbeck will nach der Tour durch die Gaststätten allein nach Hause gegangen sein, während der junge Gensch weitergezogen ist. Das mag stimmen oder auch nicht. Wir sind noch dabei, ihn zu durchleuchten. In der Bank redet man jedenfalls nur gut über ihn. Fleißig, gewissenhaft, pünktlich. Unauffälliger Mann. Nicht wirklich der Typ für Liebeshändel, aber man hat schon ganz andere wegen einer Frau durchdrehen sehen. Trotzdem, ein Eifersuchtsdrama bedeutet Leidenschaft, Jähzorn, Impulsivität. Der Mord im Grunewald war eine eiskalte Hinrichtung. So etwas passt mehr zu politischen Verschwörern. Und die Freikorps sind berüchtigt für ihre Femegerichte."

„Also immer noch Sackgasse."

„Leider. Wir haben nichts in der Hand, nicht das Geringste. Während sich die Schlinge um Rathenau weiter zuzieht."

Er warf einen unsicheren Blick zu Diana hinüber, die so tat, als bemerke sie es nicht. Hendrik rollte verstohlen mit den Augen. Was für eine Schmierenkomödie! Nun frag schon, Gregor! Bring es hinter dich!

„Ähm, ich habe gehört, äh, dass Sie am Samstag bei Professor Planck eingeladen sind."

„Stimmt."

„Und, äh, soviel ich weiß, wird Dr. Rathenau ebenfalls anwesend sein."

„Ist das so? Ja, richtig, wo Sie es sagen …"

Komm, Diana! Mach es ihm nicht so schwer!

„Glauben Sie, Sie könnten, äh, würden Sie vielleicht …"

„Wie meinen Sie?"

„Ihm … ein paar Fragen stellen? Zu der Gefahr, in der er schwebt? Ob er Drohbriefe erhalten hat? Oder Hartmut Gensch kennt?"

„Oh, Sie meinen, über den Fall?"

„Ja."

„Sie kriegen doch sicher Ärger mit Ihren Vorgesetzten, wenn Sie mich mit Nachforschungen beauftragen. Nein, das will ich Ihnen nicht antun."

Jetzt übertreibst du!, dachte Hendrik.

Gregor schien das Gleiche zu empfinden, denn er machte einen verkniffenen Gesichtsausdruck und wandte sich schroff ab. „Wahrscheinlich haben Sie recht. Ich kann das nicht von Ihnen verlangen, Sie sind schließlich keine Kriminalistin. Nichts für ungut, muss ich eben selbst dort aufkreuzen und gegebenenfalls Herrn Rathenaus Unmut ertragen."

„Andererseits", erklärte Diana hastig, „wenn ich Ihnen helfen kann, bin ich selbstverständlich gern dazu bereit."

Hendrik stand am Fensterbrett und erlöste Primel und Hortensie von einer Nikotinschicht. Schmierenkomödie!, dachte er noch einmal. Man mochte nicht glauben, dass man es mit erwachsenen Menschen zu tun hatte.

„Aber dafür will ich auch weiterhin an Ihren Ermittlungen teilhaben, das ist meine Bedingung."

„Bedingung?" Gregor lief zornrot an.

O-o, dachte Hendrik, jetzt hast du den Bogen überspannt, Diana!

Zu seiner Überraschung entkrampften sich Gregors Gesichtszüge gleich wieder. Ja, er blinzelte sogar, seine Version eines Grinsens. „Sie möchten mich also tatkräftig unterstützen, ja?"

Gregors Stimmungswechsel irritierte sie. „Ja", sagte sie vorsichtig und suchte nach dem Haken in seinen Worten.

„Ich feilsche nicht mit Ihnen. Entweder Sie fragen Rathenau ohne jedes Zugeständnis von meiner Seite, oder ich tue es selbst. Aber ich mache Ihnen einen Vorschlag: Wenn Sie mir beweisen, dass Sie die Fähigkeit zu kriminalistischer Nachforschung besitzen, nehme ich Sie in meine inoffizielle Truppe auf."

„Beweisen? Wie, beweisen?"

Gregor stand auf, ging an seinen Schreibtisch und kam mit einer Handvoll Papiere zurück.

„Was ist das?"

„Abschriften einiger Unterlagen, die die Kollegen damals gefunden haben, als es ihnen gelang, die OC in München auszuheben."

„Und was soll ich damit?"

„Die Papiere sind in einer Art Geheimschrift verfasst. Der Code selbst ist relativ simpel. Aber die Unterschriften zu knacken, hat die Kollegen viel Zeit gekostet." Er blinzelte wieder. „Sobald Sie mir eine entschlüsselte Nachricht vorlegen, sind Sie im Boot."

Dianas Augenbrauen zogen sich zusammen. „Sie glauben, das kann ich nicht, richtig? Sie glauben, dass ich versage. Ich werd's Ihnen zeigen!" Sie schnappte sich die Papiere. „Ich werde Ihnen die Lösung im Handumdrehen präsentieren, und dann müssen Sie mich einbeziehen, ob's Ihnen passt oder nicht."

„Abgemacht!"

Du bist ihm auf den Leim gegangen!, dachte Hendrik. Er hätte nie geglaubt, dass jemand es schaffen könnte, Diana Paroli zu bieten.

Gregor gab ihr ein paar Anweisungen, worauf es ihm bei der Befragung Rathenaus ankam und was sie unbedingt herausfinden sollte, dann verabschiedeten sich Hendrik und Diana und machten sich auf den Heimweg.

Hendrik merkte, wie Diana ihn von der Seite ansah.

„Ich habe zu dick aufgetragen, nicht wahr?", sagte sie.

„Dick ist gar kein Ausdruck. Immerhin seid ihr zu einem Ergebnis gelangt, das hatte ich kaum noch zu hoffen gewagt."

Verlegen drehte sie eine Strähne ihres Haares in den Fingern. „Glaubst du … glaubst du, er findet mich zickig?"

16

Musik durchdrang das Haus, Beethovens Trio in B-Dur. Der Cellist, ein für den Abend engagierter Berufsmusiker, beherrschte sein Instrument souverän, Einstein geigte selbstversunken neben ihm und Planck strahlte die Zuhörer an, während seine Finger über die Tasten des Klaviers huschten. Die Stimmung ließ niemanden unberührt, und der eine oder andere Patzer Einsteins tat dem Genuss keinen Abbruch.

In Augenblicken wie diesen hätte Diana die ganze Physik hergegeben, wenn sie dafür ein Instrument beherrschen würde, Klavier oder Geige oder wenigstens Flöte. Aber sie konnte ja nicht mal anständig auf dem Kamm blasen! Gelegentlich spielte sie mit dem Gedanken, Unterrichtsstunden zu nehmen, aber sie kannte sich gut genug, um zu wissen, dass sie den langweiligen Teil nicht durchstehen würde, die Notenleitern und Fingerübungen. Monotonie würde ihr das Musizieren verleiden. Da blieb sie lieber enthusiastische Zuhörerin.

Das Stück endete. Zwei, drei Sekunden wirkten die verhallenden Töne nach, dann wurde frenetisch applaudiert.

Die illustre Gesellschaft, die im Hause von Max Planck zusammengekommen war, bestand nicht nur aus Physikern; es gab auch zwei Chemiker, einen Mediziner und Künstler aus der Nachbarschaft. Lise Meitner war da, Otto Hahn, Hans Delbrück, Karl Bonhoeffer und andere bekannte Gesichter. Die Häufung prominenter Persönlichkeiten überraschte Diana nicht weiter, schließlich wohnte in der Villenkolonie Grunewald alles, was Rang und Namen besaß.

Rathenau, der mit Planck während des Krieges im Kulturbund zusammengearbeitet hatte, war erst vor wenigen Minuten eingetroffen und leise hereingeschlichen, um den Musikgenuss nicht zu stören. Jetzt begrüßte er die anderen Gäste und plauderte mit diesem oder jenem. Thema des Tages war keineswegs die Teilung Oberschlesiens, die heute vollzogen wurde, sondern die bevorstehende Jahrhundertfeier der *Gesellschaft Deutscher Naturforscher und Ärzte*, mit der Max Planck als diesjähriger Vorsitzender die Zusammengehörigkeit der Gelehrten stärken wollte.

Auch die deutsch-holländische Expedition, die Einsteins Relativitätstheorie experimentell bestätigen und zu diesem Zweck im September die Sonnenfinsternis in Ostindien beobachten sollte, wurde lebhaft diskutiert. Das wird Einsteins Feinden hoffentlich den Mund stopfen!, dachte Diana. Leuten wie dem Physiker Philipp Lenard, die über den „jüdischen Weltbluff" herzogen und sich in einer *Arbeitsgemeinschaft deutscher Naturforscher zur Erhaltung reiner Wissenschaft* organisierten, von Einstein spöttisch als „anti-relativitätstheoretische GmbH" apostrophiert. Deprimierend, dass eine wissenschaftliche Debatte heutzutage auf einem solchen Niveau geführt werden musste!

Sie sah zu Einstein hinüber. Er lachte und fühlte sich im Kreise seiner Kollegen sichtlich wohl. Aber sie wusste, dass die Hetze nicht spurlos an ihm vorbeiging. „Ich komme mir vor wie jemand, der in einem guten Bett liegt, aber von Wanzen geplagt wird“, sagte er oft.

Diana hätte Professor Planck gern nach seiner Meinung zur Theorie dieses Meteorologen befragt, Alfred Wegener, der behauptete, die Kontinente würden sich im Laufe der Geschichte verschieben, gewissermaßen wie riesige Schollen über den Ozeanboden rutschen. Im *Tageblatt* war vor einigen Tagen ein Artikel darüber erschienen. Die meisten Gelehrten lehnten seine Theorie ab. Sicher, die Symmetrie der Küstenlinien von Afrika und Südamerika schien die These zu stützen, aber wandernde Festländer? Wegener hatte Vorlesungen bei Planck besucht, soviel Diana wusste, vielleicht konnte der Professor darüber Auskunft geben, ob der Mann ein Spinner oder ein ernsthafter Wissenschaftler war. Doch dann schüttelte sie den Kopf. Sie war nicht hier, um sich in gelehrte Streitgespräche zu stürzen. Sie hatte eine Aufgabe zu erfüllen! Schließlich hatte sie sich darum gerissen, zu Gregors Fußtrupp zu gehören.

Rathenau war im Gespräch mit anderen Gästen. Obwohl er das Thema Politik vermied, kam er nicht drumherum, die eine oder andere Frage zu Oberschlesien oder den Reparationslasten zu beantworten. Und würde es nicht die Geldentwertung beschleunigen, dass vor einigen Tagen die ersten Banknoten über zehntausend Mark in Umlauf gebracht worden waren?

Diana suchte nach einer Möglichkeit, auf unverfängliche Weise ein Gespräch mit ihm zu beginnen, und als sich das Beisammensein der stickigen Luft wegen in den Garten verlagerte, nutzte sie die Gelegenheit und sprach ihn an. „Sie erinnern sich sicher nicht mehr an mich, oder? Wir haben uns mal bei einem Essen getroffen, zusammen mit diesem Physiker, der während ihrer Straßburger Zeit ihr Kommilitone war, Heinrich Rubens. Wissen Sie noch?“

„Natürlich. Sie sind die Assistentin von Professor Planck, nicht wahr? Und außerdem, wenn mich meine Erinnerung nicht trügt, die Nichte von Hermann Unger.“

„Daran werde ich eher ungern erinnert. Mit meinem Onkel habe ich nicht allzu viel gemein.“

„Ich sehe ihn gelegentlich bei der einen oder anderen Wirtschaftskonferenz. Ich erinnere mich auch noch gut an seinen Bruder –“

Er brach ab, und Diana wusste, dass er an den schrecklichen Mord dachte. „Ich habe Sie zu Fuß herkommen sehen", sagte sie hastig. „Sind Sie etwa ohne Polizeischutz erschienen? Allein? Trotz der Drohungen gegen Sie?"

Rathenau zog die Augenbrauen zusammen. „Sind Sie deswegen hier? Um mich auszuhorchen?"

Mist! Durchschaut! „Ich bin hier, weil Professor Planck mich zum Musikabend eingeladen hat."

„Sie hatten damals bei der Aufklärung des Verbrechens an Ihrem Onkel Ihre Hand im Spiel, nicht wahr? Sie haben Beziehungen zur Polizei."

Angriff ist die beste Verteidigung! „Ich will meine Bekanntschaft mit Kommissar Lilienthal gar nicht leugnen. Ich habe mich angeboten, mit Ihnen zu sprechen, da Sie Anrufe ja prinzipiell ignorieren. Seine Arbeit ist weiß Gott schwer genug, auch ohne dass Sie ihm zusätzlich Steine in den Weg legen."

„Ich tue das nicht, weil ich die Arbeit der Polizei missachte", erwiderte Rathenau unwirsch.

Aha, wenigstens hatte er ein schlechtes Gewissen! Vielleicht ein Punkt, an dem sie ansetzen konnte! „Dann helfen Sie uns! Reden Sie mit mir!"

„Ich hätte gern einen Rest von Privatsphäre."

„Nicht die Polizei ist Ihr Feind, sondern diejenigen sind es, die Ihnen nach dem Leben trachten. Kommissar Lilienthal setzt Himmel und Hölle in Bewegung, um Ihr Leben zu retten, und wie danken Sie es ihm? Indem Sie ihn auflaufen lassen. Ohne Informationen kommt er nicht weiter."

Rathenau zögerte. „Wenn es denn sein muss, fragen Sie meinetwegen. Was will der Kommissar wissen?"

„Es stimmt doch, dass Sie Drohbriefe erhalten, oder?"

„Ich bin Jude, Fräulein Escher. Noch dazu einer, der es wagt, die Politik Deutschlands maßgeblich mitzubestimmen. Würde ich keine Morddrohungen erhalten, müsste ich mich ernstlich fragen, was ich falsch mache."

„Was steht in den Briefen?"

„Was in solchen Briefen immer steht. Aus Propagandaschriften zusammengeklaubte Anschuldigungen, durchsetzt mit Schimpfwörtern aus der Gosse."

„Nichts Konkretes? Nichts, woraus man auf einen Plan oder den Absender schließen könnte?"

„Um die Absender ausfindig zu machen, müssen Sie nicht lange herumrätseln. Schlagen Sie einfach die *Deutsche Zeitung* oder den *Stahlhelm* auf."

Die abweisende Art Rathenaus ärgerte Diana. Sie hatte gut Lust, dem Minister die Meinung zu sagen. Aber das brächte sie nicht weiter. Halte dich an die Dinge, die Gregor dir aufgetragen hat!, mahnte sie sich. „Ist Ihnen irgendetwas Ungewöhnliches aufgefallen in letzter Zeit? Sind Sie verfolgt worden? Erhielten Sie Anrufe, bei denen aufgelegt wurde, sobald Sie ans Telefon gingen?"

„Nicht, ehe die Anrufer nicht wenigstens einen Schwall ekelhafter Beschimpfungen loswerden konnten."

„Sonstige ungewöhnliche Vorkommnisse?"

„Im März hat jemand versucht, sich als Hausierer bei mir einzuschleichen."

„Wirklich?" Wusste Gregor davon? Er hatte ihr nichts dergleichen erzählt.

„Es kam nicht unerwartet. Ich bin vom Reichskommissar für Überwachung der öffentlichen Ordnung vor diesem Kerl gewarnt worden. Er hat der Frau meines Dieners erzählt, er wolle mir einen japanischen Leuchter verkaufen."

„Was haben Sie getan?"

„Nichts. Ich war gar nicht da. Woran Sie erkennen, wie amateurhaft diese Leute vorgehen. Hass reicht eben nicht aus, um in der großen Politik mitzumischen."

„Aber er reicht aus, um Sie zu töten. Sie sollten es den Beamten, die Sie zu schützen versuchen, nicht so schwer machen!"

„Bei jedem Schritt vor die Tür stolpere ich über einen Polizisten. Ich kann ja kaum noch atmen!"

„Gibt Ihnen der Anschlag auf Herrn Scheidemann nicht zu denken?" Der Kasseler Oberbürgermeister war gerade in Berlin, fiel Diana ein, hatte gestern in einer Mitgliederversammlung der Sozialdemokraten gesprochen. Vielleicht, wenn Rathenau mit ihm redete …

„Wenn ich mich bei jeder Bedrohung verkriechen wollte, könnte ich mich gleich bei lebendigem Leibe einmauern."

„Sie nehmen die Gefahr zu leicht. Sie könnten das nächste Opfer sein."

„Ich werde es sein, daran besteht gar kein Zweifel."

Die Sicherheit, mit der er das sagte, verschlug Diana den Atem. „Und trotzdem versuchen Sie nicht, sich zu schützen?"

„Was nützt alle Vorsicht? Was vermag ein Einzelner gegen diese erstarrte Welt, mit Feinden im Rücken, im Bewusstsein seiner Grenzen und Schwächen? Wenn es mir bestimmt ist zu sterben, dann sind alle Vorsichtsmaßnahmen vergeblich. Gegen das Schicksal kann man sich nicht auflehnen."

„Wollen Sie etwa sterben?"

Rathenau blickte in die Ferne. „Der Tod scheint uns nur dann schrecklich, wenn wir das Auge auf das Glied richten, statt auf das Geschöpf", sagte er leise. „Fällt der Baum, so lebt doch der Wald. Nichts Organisches stirbt, alles erneuert sich." Er atmete schwer. „Meine Arbeit ist fast getan. Noch hält sie mich, aber sie treibt mich nicht mehr." Gedankenverloren schüttelte er den Kopf. „Seltsam … die Höhe meines Lebens ist überschritten, doch die Ruhe, die ich erwartete, ist nicht gekommen."

„Ich verstehe Sie nicht. Sie werden angefeindet, man bedroht Sie, niemand weiß Ihnen Dankbarkeit für das, was Sie tun, und trotzdem machen Sie weiter. Warum?"

„Weil sich niemand außer mir dazu bereit findet. Einer muss es tun. Einer muss den Anfang machen. Es ist ja nicht viel, kann es nicht sein. Nicht mehr als das vorsichtige Tasten in die richtige Richtung. Die ersten zwei, drei Leute können nur den Weg weisen. Aber der vierte wird es schaffen. Der vierte wird erleben, dass Deutsche, Franzosen und Engländer wieder an einem Tisch sitzen. Und so, wie der Hass der Siegermächte der Vernunft weichen wird, so wird sich auch bei den Menschen, die mich jetzt verleumden, eines Tages die Erkenntnis durchsetzen, dass die Erfüllungspolitik der einzig gangbare Weg war."

Diana musste an sich halten, um nicht mit Fäusten auf den Minister loszugehen. Zum Teufel mit Gregors Fragen! Vielleicht konnte sie Rathenau wachrütteln, wenn sie ihm erzählte, was sie wusste. „Sie unterschätzen das Ausmaß der Verschwörung. Die Organisation Consul steckt hinter alledem –"

„Die wurde im letzten Jahr zersprengt."

„Schön wäre es! Wir haben neue Erkenntnisse, die eine sehr reale Gefahr für Sie durch eine sehr reale OC beweisen." Wie viel durfte Sie verraten, ohne Gregors Arbeit oder Brüdigams Leben zu gefährden? Auf keinen Fall die Identität des Informanten preisgeben!

Sie hätte sich keine Sorgen zu machen brauchen, Rathenau zeigte keinerlei Neugier. „Welcher Vereinigung diese Leute angehören, ist mir gleichgültig. Entweder sie schaffen es, ihre Absichten auszuführen, oder nicht. So oder so – es liegt nicht in unserer Hand."

„Ziehen Sie sich eine Weile aus der Öffentlichkeit zurück! Kommissar Lilienthal verfolgt eine konkrete Spur; wenn Sie ihm nur ein bisschen Zeit geben –"

„Ich *habe* keine Zeit." Rathenau sah plötzlich müde aus. „Es tut mir leid, aber ich kann Ihnen nicht helfen. Was ich tue, fordert seinen Preis. Dennoch muss ich weitermachen. Wer auch nur einen Augenblick seinen Rücken unter dieser Last beugt, wird zermalmt."

Es hatte keinen Sinn, sie drang einfach nicht zu ihm durch. In Wahrheit redete er gar nicht mit ihr, er sprach mit sich selbst. Resigniert fischte Diana nach dem Foto von Hartmut Gensch, das Gregor ihr mitgegeben hatte. „Würden Sie wenigstens dieses Foto Ihrer Dienerschaft zeigen? Vielleicht erkennt jemand den Mann darauf."

Rathenau betrachtete das Bild. „Er lungerte einmal in der Nähe des Hauses herum."

„Sie haben ihn gesehen?"

„Flüchtig."

„Wann?"

„Letztes Jahr. Irgendwann im Spätsommer oder Herbst."

„Vor oder nach der Ermordung von Herrn Erzberger?"

„Danach, glaube ich."

Deshalb also der Grunewald! Gensch war gar nicht auf Sauftour – nun, vielleicht doch, quasi als Belohnung –, er hatte den Boden für das geplante Attentat bereitet!

Wieder ließ Rathenau keine Neugier erkennen. Er fragte nicht einmal nach der Identität des Mannes. Diana verriet sie ihm trotzdem. „Er hieß Hartmut Gensch. Seine Leiche wurde kürzlich im Grunewald entdeckt. Wie es scheint, war er ein OC-Mann. Möglicherweise hat er Sie ausspioniert. Sie stehen auf einer Liste –"

„Ich stehe auf vielen Listen. Und jetzt würde ich gern mit anderen Gästen über erfreulichere Dinge sprechen, deswegen bin ich nämlich hergekommen."

„Reden Sie mit Kommissar Lilienthal!", beschwor ihn Diana. „Er ist diesen Verbrechern bereits auf der Spur. Mit Ihrer Hilfe kommt er vielleicht schneller voran."

Rathenau schüttelte entschieden den Kopf. „Ich habe zu tun. Die Lösung der Reparationsprobleme erfordert meine ganze Kraft. Kommissar Lilienthal macht seine Arbeit, ich die meine. Und ich hoffe von ganzem Herzen, dass wir beide unsere Sache gut machen."

17

Nachdem er seine Vorlesung hinter sich gebracht hatte, schwang sich Hendrik aufs Fahrrad und strampelte zum Präsidium. Es kam häufiger vor, dass er nach dem Unterricht bei seinem Bruder vorbeischaute und sich die neueste Entwicklung in einem Fall berichten ließ. Ob es wohl Fortschritte in der Sache Hartmut Gensch gab? Seit ihrem letzten Treffen waren immerhin mehr als vier Tage vergangen. Gestern war Gregor kurz angebunden gewesen, als Diana ihm telefonisch das Ergebnis ihres Gesprächs mit Rathenau durchgegeben hatte. Verfolgte er eine neue Spur?

Mit seinem Rad brauchte Hendrik nur fünf Minuten bis zum Alex. Er stellte es in der Dircksenstraße ab und suchte das Büro seines Bruders auf.

Gregor hing gerade am Telefon und trommelte mit den Fingern auf der Schreibtischplatte. Er nahm Hendrik nicht einmal wahr, so angespannt lauschte er in den Hörer.

Um ihn nicht zu stören, schlenderte Hendrik zum Fensterbrett. Die Begonien waren eingegangen, und auch der Rest der Pflanzen würde es nicht mehr lange machen. Es wäre ein Akt der Gnade, ihr Leiden zu beenden und sie im nächsten Müllkasten zu entsorgen.

„Seit wann?", knirschte Gregor in den Hörer.

Der Tonfall brachte Hendrik dazu, sich umzudrehen.

Sein Bruder presste die Kiefer aufeinander, während er der Antwort seines Gesprächspartners zuhörte, und drückte einen Bleistift in die Platte seines Schreibtisches, dass die Spitze abbrach. „Wie konnte das passieren? Stand er nicht unter polizeilicher Überwachung?"

Offenbar wurden am anderen Ende umfangreiche Erklärungen abgegeben, die lediglich bewirkten, dass Gregor den Bleistift tiefer in das Holz des Schreibtisches bohrte, bis ein weiteres Stück splitterte.

„Verstehe!", sagte er zwischen zusammengebissenen Zähnen. „Was werden Sie tun? Werden Sie die Beschuldigten verhaften lassen?"

Wieder Splittern.

„Sicher, auch ich fand den Mann dubios, aber wenn Sie die präzisen Voraussagen zum Attentat gegen Ihren Oberbürgermeister bedenken, dann … Natürlich. Natürlich. Nein, das sehe ich ähnlich, ich hatte nur gehofft … Ja. Gut. Nein, da kann man nichts machen. Werde ich, verlassen Sie sich darauf!" Er kritzelte etwas auf ein Stück Papier. „Ich tue, was ich kann. Danke für den Anruf!"

Behutsam legte er den Hörer auf die Gabel, aber Hendrik sah ihm die Willensanstrengung an, das Telefon nicht gegen die Wand zu schleudern. „Was ist los?", fragte er und erschrak, als Gregors lodernde Augen zu ihm herumfuhren.

„Das war Dr. Noetzel."

„Wer?"

„Der Kasseler Oberstaatsanwalt." Gregor nahm den Hörer wieder ab, stieß einen ungeduldigen Laut aus, legte auf. Anscheinend war die Leitung noch nicht frei. „Brüdigam hat neue Informationen über den bevorstehenden Anschlag", sagte er, nahm erneut ab, lauschte, verkürzte seinen Bleistift um ein weiteres Stück. „Nun komm schon!", knurrte er.

Hendrik wusste, er meinte das Fräulein vom Amt.

„Pennt die denn? Das Gespräch ist seit Stunden vorbei! Fräulein! He, Fräulein!" Offenbar hörte jemand die Rufe, denn Gregors Stimme wurde wieder nüchtern. „Herrn Dr. Thormayer, bitte, Amtsgericht Frankfurt am Main, Abteilung 30."

Während die Telefonistin das Gespräch an ihre Kollegin in Frankfurt weitervermittelte, fuhr Gregor fort: „Brüdigam ist verschwunden. Getürmt. Trotz polizeilicher Überwachung. Die Idioten haben seine Spur verloren."

Hendrik hatte das sichere Gefühl, dass es im Augenblick besser war, keine Zwischenfragen zu stellen. Sein Bruder sah aus, als stünde er kurz davor zu explodieren.

„Dr. Thormayer? Hier Gregor Lilienthal, Kriminalpolizei Berlin. Ich ermittele in einem Mordfall, der möglicherweise in Zusammenhang mit einem geplanten Attentat auf Reichsaußenminister Rathenau steht. Letzte Woche sprach ich in Kassel mit einem Informanten, einem Theodor Brüdigam. Wie ich hörte, wurde Ihnen der Zeuge am Freitag zur Vernehmung zugeführt. Ja, ich weiß, dass er verschwunden ist, was glauben Sie, weshalb ich anrufe? Aber meinen Informationen zufolge hat er zumindest eine rudimentäre Aussage machen können, ehe Sie die Vernehmung abbrachen, ist das richtig?" Gregor griff nach seinem Bleistift und zerkleinerte nun auch den Rest. „Danach habe ich nicht gefragt. Ob er Ihnen etwas Neues mitgeteilt hat, will ich wissen."

Hendrik beobachtete mit Sorge, wie sein Bruder krebsrot im Gesicht wurde.

„So, Sie waren also überlastet! Von der Aussage dieses Mannes kann das Leben Rathenaus abhängen, aber der Herr Amtsrichter hat gerade keinen Platz in seinem Terminkalender frei. Mord und Totschlag regieren die Republik, aber der Herr Amtsrichter hat Besseres zu tun, als sich mit solchen Lappalien abzugeben. Was gedenken Sie jetzt zu tun? Was haben Sie unternommen, um Brüdigam wiederzufinden? Ach, Sie verbitten sich meinen Tonfall? Ich werde gleich noch ganz anders mit Ihnen reden, Sie hirnloser Trottel! Man sollte Sie selbst vor Gericht stellen, wegen erwiesener Unfähigkeit! Wenn ich in Frankfurt wäre, würde ich Sie – hallo? Hallo?“ Mit einem Schrei schmetterte er das Telefon gegen die Wand, dass es in tausend Splitter barst. „Aufgelegt!“, brüllte er.

Von einer Sekunde zur anderen sank er auf seinem Stuhl zusammen, wie ein Ballon, aus dem die Luft herausgelassen wurde. Fassungslos betrachtete er die Überreste des Telefons auf Schreibtisch und Teppich, als könne er nicht glauben, dass er selbst diese Bescherung angerichtet hatte.

Das letzte Mal, dass Hendrik einen von Gregors Tobsuchtsanfällen miterlebt hatte, war auf dem Schulhof gewesen. Zwischen seinem fünften und zwölften Lebensjahr litt Gregor unter Stotteranfällen und war deswegen häufig Gegenstand von Hänseleien. Bis er irgendwann durchdrehte und seinem schlimmsten Peiniger zwei Schneidezähne ausschlug und eine Rippe brach. Beinahe wäre er deswegen von der Schule geflogen. Eltern und Lehrer waren entsetzt über diese Gewalttätigkeit, aber niemand war entsetzter als Gregor selbst. Seit jener Zeit disziplinierte er sich mit geradezu grausamer Strenge, weil er sich davor fürchtete, wieder die Kontrolle über sich zu verlieren. Er gestattete sich keinen Millimeter mehr Luft als nötig, um dem Dämon in seinem Inneren keine Bewegungsfreiheit zu geben.

„Ich … ich …“

Hendrik fing an, die Splitter aufzulesen. „Schon gut, Gregor! Ich weiß ja. Ich weiß.“

Dem Gefühlsausbruch folgte immer eine Depression. Hendrik konnte nur vermuten, wie seinem Bruder zumute war. Gregor hatte in den Spiegel geblickt und seinen ärgsten Feind darin entdeckt. „Was war los?“, fragte er, um ihn auf andere Gedanken zu bringen.

„Nach … meinem Anruf am Mittwoch hat Dr. Noetzel einen Kriminalbeamten nach Frankfurt geschickt“, sagte Gregor mit brüchiger Stimme. „Am Freitag hat dieser Beamte zusammen mit einem Amtskollegen vor Ort, einem gewissen Kommissar Harder, Brüdigam dem dortigen Amtsgericht zugeführt. Mit Durchschlag der früheren Aussagen, schriftlichem Ersuchen um sofortige Vernehmung und allem, was ein Bürokratenherz höher schlagen lässt. Thormayer hat ihn nur kurz vernommen, zur Niederschrift der Aussage für heute früh um zehn zu sich bestellt und wieder weggeschickt. Vorhin rief Kommissar Harder bei Dr. Noetzel an und teilte ihm mit, dass Brüdigam nicht erschienen ist. Wie sich herausstellte, verließ der noch am Freitag die Wohnung seiner Schwiegermutter in Frankfurt mit gefülltem Rucksack, angeblich zu einer Erholungsreise in den Harz. Jetzt fragen sich alle, ob er nicht doch bloß ein Wichtigtuer ist. Selbst Dr. Noetzel ist unsicher geworden und will auf die bruchstückhafte Aussage eines unzuverlässigen Zeugen hin keine Entscheidung fällen, deren Tragweite er nicht übersehen kann. Die bereits ausgestellten Haftbefehle hält er erst einmal zurück."

„Geh nach Hause, Gregor! Du bist vollkommen übermüdet. Du hilfst niemandem, wenn du nicht mehr klar denken kannst."

Sein Bruder nickte, aber Hendrik bezweifelte, dass er ihm überhaupt zuhörte.

„Zu allem entschlossene Attentäter … ein Zeuge, der im entscheidenden Moment untertaucht … Justizbeamte, die eine Ermittlung eher behindern, als sie zu unterstützen … ein potentielles Opfer, das sich weigert zu kooperieren … was soll ich bloß tun, um den Anschlag zu verhindern?" Gregor vergrub seinen Kopf in den Händen. „Was soll ich bloß tun?"

18

Am Gestank der Gerberei, am Lärm der Industriebetriebe und an der Dunkelheit, die nun mal in einem vierten Hinterhof herrschte, hatte Diana nichts ändern können, aber was den sonstigen Zustand des Hauses in der Prinz-Handjery-Straße betraf, hatte sie wahre Wunder vollbracht. Ihrem Insistieren war es zu verdanken, dass Hermann Unger, ehe er ihr das Haus überschrieb, die Bauschäden beseitigen und die Wände trockenlegen ließ. Feuchtigkeit und Schwamm gehörten der Vergangenheit an, endlich hafteten die Tapeten.

Die Mieter hatten die Verbesserung unterschiedlich genutzt: Manche, wie die Broschecks, bemühten sich, ein kleines Idyll für sich zu schaffen, andere nahmen Dianas Engagement als Entschuldigung, selbst keinen Handschlag mehr zu tun.

Dennoch: Hendrik war immer wieder beeindruckt, wie gravierend der Unterschied zu früher ausfiel. Sogar die ausgetretenen Treppenstufen waren ersetzt worden. Nun gut, die Pappschilder an den Türen durch solche aus Messing zu ersetzen, mochte in einem Arbeiterviertel übertrieben wirken, aber Diana vertrat den Standpunkt, dass es die Selbstachtung der Bewohner hob, ihren Namen in angemessener Form präsentiert zu sehen, und möglicherweise war an dieser These etwas dran.

Von Anton hatte Hendrik allerdings gehört, dass die Veränderungen nicht nur positive Folgen mit sich brachten. So mancher Anwohner der umliegenden Häuser zog über die „Neuköllner Villa", wie sie spöttisch getauft worden war, her. Insbesondere, nachdem Diana die Wuchermieten gesenkt hatte, waren Streitereien und Handgreiflichkeiten zwischen ehemals befreundeten Nachbarn häufiger geworden. Rousseau hatte recht: *Der Anblick eines glücklichen Menschen flößt den anderen weniger Liebe als Neid ein.*

Sie waren mit dem Fahrrad gekommen, obwohl es gelegentlich nieselte. Diana hatte ihre Sportkleidung angezogen, jedenfalls einen Teil davon, denn zu ihrer sonnenblumengelben Pumphose und den schwarzen Wollstrümpfen trug sie eine Bluse mit chinesischen Stickereien und eine Perlenkette. Man konnte schon von Glück sagen, dass sie auf den Glockenhut verzichtet hatte!

„War diese chinesische Garnierung wirklich nötig?", fragte Hendrik. Warum versuchte er eigentlich immer noch, ihr Geschmack beizubringen? Es fruchtete doch sowieso nichts.

„Das ist der neueste Schrei. Aber davon hast du natürlich, wie immer, keine Ahnung. Naja, wer für falsche Wimpern schwärmt …"

Hendrik lachte. „Gut pariert!"

Sie stiegen die Treppen des Seitenflügels im vierten Hinterhof hinauf, bis sie die Wohnung der Broschecks erreichten.

„Kommst du mit hoch?“, fragte Diana.

„Zum ollen Lehmann?“

Sie nickte.

Eigentlich begleitete Hendrik sie nur, weil die Prinz-Handjery-Straße auf dem Weg zu Einar Gerecke lag, dem Kontaktmann, den Theodor Brüdigam ihm für Notfälle genannt hatte. Und bei der Gelegenheit wollte er kurz bei Anton vorbeischauen. Aber da er wusste, wie sehr ihr vor der Begegnung mit dem heruntergekommenen Alkoholiker grauste, gab er nach. „Na schön.“

Alfred Lehmann war ein ständiger Quell des Ärgers. Nüchtern nur, wenn er so krank darnieder lag, dass er nicht einmal auf allen Vieren ins nächste Wirtshaus krauchen konnte, legte er sich gern mit anderen Mietern an, beschwerte sich über den Lärm der Kinder, krakeelte aber im Vollrausch auch schon mal um Mitternacht völkische Parolen. Statt dankbar über die niedrige Miete zu sein, nutzte er Dianas Nachgiebigkeit aus und zahlte seit Monaten gar nicht mehr. Wahrscheinlich setzte er das so gesparte Geld in flüssige Währung um.

Sie stiegen die Treppen nach oben und klopften an die Tür. Nichts rührte sich. Vielleicht schlief der alte Säufer gerade einen Rausch aus. Hendrik klopfte energischer, aber es blieb weiterhin still.

„Wieder umsonst!“, schimpfte Diana, doch Hendrik hatte den Verdacht, dass sie keineswegs unglücklich darüber war.

„Du solltest ihn rauswerfen. Du warst lange genug nachsichtig mit ihm.“

„Wenn es ihm doch schlecht geht! Er hat seine Arbeit verloren.“

„Wegen Trunkenheit. Genug Geld zum Saufen hat er jedenfalls.“

„Vielleicht lässt er irgendwo anschreiben.“

„Dann siehst du dein Geld erst recht nicht wieder. Davon abgesehen glaube ich, dass du mit deiner Vermutung falsch liegst. Welcher Wirt, der noch bei klarem Verstand ist, lässt eine Schnapsnase wie den anschreiben?“

Unverrichteter Dinge kehrten sie ins tiefergelegene Stockwerk zurück.

„Begleitest du mich zu den Broschecks?“, wollte Hendrik wissen.

„Später. Ich habe Frau Selchow versprochen, einen Kaffee mit ihr zu trinken.“

Sie klopften an zwei verschiedene Türen. Auf Dianas Seite regte sich zuerst etwas; man hörte die Federn eines alten Sofas ächzen, Tassen klirrten, der Boden vibrierte.

Eine schwergewichtige Frau öffnete. „Kindchen! Is' det schön, deste die olle Selchow besuchen kommst! Ach, und der Herr Professa is' ooch da! Juten Tach ooch! Woll'n se nach die Broschecks? Na, der Lütte wird sich freu'n! Imma rin in die jute Stube, Kindchen, ick hab' frischen Kaffee in die Kanne!“

Während sich die beiden Frauen in Frau Selchows Wohnung zurückzogen, ging die andere Tür auf. Barbara Broscheck begrüßte Hendrik mit einem Lächeln, dass ihm warm ums Herz wurde. „Herr Professor! Kommen Sie doch rein!“

Er folgte der Aufforderung. Drinnen roch es nach Kohl und Zwiebeln, aber längst nicht so penetrant, wie bei seinem ersten Besuch vor zwei Jahren. Die Belüftung hatte sich wesentlich verbessert, seit die alten Fenster durch neue ersetzt worden waren und nicht mehr zugestopft und vernagelt werden mussten. „Wie oft habe ich Ihnen schon gesagt, Sie sollen den Professor weglassen?“

„'tschuldigen Sie, Herr Pro … Herr Lilienthal! Anton, kuck mal, wer da is'!“

Der Junge griente über das ganze Gesicht, als er Hendrik die Hand reichte. „Das is' ein echt verrücktes Buch, das Sie mir gegeben ham“, sagte er ohne Einleitung. „Vor allem das mit der Teerunde und dem Hutmacher und der Kartenkönigin.“

„Gefällt es dir?“

„Und wie! Is' fast so wie Brause; man wird ganz kribbelig davon, bloß dass es im Kopf is'.“

„Er hat das Buch in einem Zug durchgelesen und uns erklärt, dass groß nich' gleich groß is' und klein nich' gleich klein und dass überhaupt alles ganz anders is' als man meint, richtig gelehrt klang das“, sagte seine Mutter stolz. „Ach, Herr Professor, wir sind Ihnen ja so dankbar, dass Sie so viel für ihn tun!“

„Es ist gar nichts“, wehrte Hendrik ab. „Glauben Sie mir, es bereitet mir mindestens so viel Vergnügen wie ihm.“

Er wurde aufgefordert, Platz zu nehmen, und setzte sich an den Tisch. Eine neue Decke lag darüber, farbenfroh gemustert. Die Wände zierte eine helle Blumentapete, und ein, zwei Möbel waren durch neue, bessere ersetzt worden. Das Titelblatt der Zeitschrift *Jugend*, das Hendrik noch von seinem ersten Besuch her kannte, hatte einen Rahmen erhalten, und die Bettdecken wiesen keine Löcher mehr auf. Es herrschte deutlich mehr Platz, was allerdings auch daran lag, dass der alte Broscheck, Antons Großvater, vergangenen Herbst gestorben war. Zu guter Letzt hatte ihn die Tuberkulose doch noch bekommen.

„Im Kino in der Kantstraße is' Chaplin-Woche“, sagte der Junge. „Ich darf hin, am Mittwoch.“ Und er fing an, ausführlich den Inhalt sämtlicher Chaplin-Filme wiederzugeben, von denen er gehört hatte, während seine Mutter in der Küche verschwand, um einen Tee zu machen.

„Herr Rosenthal hat nach dir gefragt“, meinte Hendrik. „Er sagt, du bist schon seit fünf Wochen nicht mehr in der Bibliothek gewesen. Stimmt das?“

Verlegen zupfte Anton die Tischdecke zurecht.

„Musstest du arbeiten?“

„Ich … hatte keine Zeit“, erwiderte er, sah Hendrik dabei aber nicht an.

Was war denn los mit ihm? Warum wich er ihm aus? Hendrik wusste, wie viel es dem Jungen bedeutete, dass Noah Rosenthal ihn an die Schätze in der Universitätsbibliothek heranführte. Regale voller Bücher waren Antons Vorstellung vom Paradies. Einfach wegzubleiben, sah ihm gar nicht ähnlich. Wenn wirklich einmal etwas dazwischenkam, weil er beispielsweise Kohlen schleppen oder Papiertüten für den Markt kleben musste, gab er normalerweise vorher Bescheid. Warum also ließ er sich in der Bibliothek nicht mehr blicken?

„Wenn du so viel zu tun hast, schlage ich vor, wir halten unsere nächste Philosophiestunde in der Universität ab, dann kannst du Herrn Rosenthal und mich auf einen Schlag treffen. In Ordnung?“

Anton nickte mit gesenkten Lidern.

In diesem Moment wurde die Wohnungstür geöffnet. Curt Broscheck kam nach Hause. „Herr Professor, schön, Sie zu sehen!“ Sie schüttelten sich die Hände. „Ich bin Ihnen ja so dankbar, dass Sie sich um Anton kümmern!“

„Jetzt fangen Sie nicht auch noch an! Und hören Sie, zum Teufel noch mal, auf, mich Professor zu nennen!“

„Wenn Sie das sagen, Herr Lilienthal!“ Curt Broscheck grinste und legte einen Arm um seinen Sohn. „Der Anton hat was im Kopf“, meinte er. „Der wird mal was Besseres als ich.“

Er wäre lieber Hufschmied geworden, hatte Anton über seinen Vater gesagt. Wenn man ihn so sah, konnte man sich gut vorstellen, wie er mit entblößtem Oberkörper an der Esse stand, den Schmiedehammer schwang und Pferden Hufeisen anpasste.

Wieder musste Hendrik an Antons Bemerkung denken. *Warum ist keine Welt möglich, in der jeder das macht, was er am besten kann?* Als Schmied wäre Curt Broscheck vermutlich glücklicher gewesen. Aber er musste eine Familie ernähren und war daher gezwungen, jede Arbeit anzunehmen, die Geld brachte. Wie so viele. Brüdigam schlug sich mit Gaunereien durchs Leben, verkrachte Existenzen schlossen sich den Freikorps an, die ihnen Halt gaben und ihrem Leben einen Sinn vorgaukelten. Was wäre aus all diesen Männern geworden, wenn sie hätten tun können, was ihnen Freude machte?

„Sagen Sie, Herr Lilienthal, hat Ihr Bruder von seinen Kollegen aus Kassel was Neues gehört, wegen dem Scheidemann?“

„Es geht ihm gut, soviel ich weiß, aber von den Attentätern fehlt jede Spur.“

„Wird alles wieder im Sande verlaufen, wie immer.“ Curt Broschecks Stimme klang verbittert. „Selbst wenn sie die Schweinehunde kriegen, krümmen sie denen doch kein Haar. Die lassen sie laufen, wie den Killinger letzte Woche. Wenn's gegen uns geht, sind sie gleich mit'm Knüppel dabei, die Herren Richter und Polizisten, aber den Verbrechern von rechts küssen sie noch den Arsch. Nehmen Sie's mir nich' krumm, Herr Lilienthal, Ihr Bruder is'n anständiger Mensch, der keinen Unterschied macht, wo einer herkommt, das weiß ich, aber es gibt andere, und die bestimmen, was hier läuft. Lange halten wir nich' mehr still, das sage ich Ihnen! Lange seh'n wir nich' mehr zu, wie die Reaktionäre das Land terrorisieren. Wenn die da oben es nich' schaffen, für Recht und Ordnung zu sorgen, nehmen wir die Sache selbst in die Hand."

Beunruhigt sah Hendrik auf die geballten Fäuste des Mannes. Wenn selbst jemand wie Curt Broscheck über gewaltsame Lösungen nachdachte, stand es schlimmer, als er befürchtet hatte. Das war doch genau das, was die OC sich von ihrer Provokationsstrategie erhoffte: eine Revolte der Arbeiter, die sie zum Vorwand nehmen konnte, um sich selbst auf blutige Weise an die Macht zu bringen. Ging ihr Plan also auf?

19

„Guten Abend", sagte Hendrik, „ich bin –"

„Kommen Sie rein, schnell!" Der Mann, der ihm geöffnet hatte, spähte nach links und rechts und zog ihn in die Wohnung.

Einar Gerecke sah aus wie jemand, dem das Essen nicht scharf genug gewürzt sein konnte. Er hatte feuerrotes Haar, ein ebensolches Gesicht und schien ständig unter Dampf zu stehen. Unter seinem Hemd zeichneten sich gewaltige Muskeln ab. Von Beruf war er Rangierarbeiter, soviel Hendrik wusste.

„Ich habe Sie schon erwartet. Theo hat gesagt, Sie würden kommen."

„Woher wollen Sie wissen, dass ich der Richtige bin?"

Die Augen des Mannes wanderten amüsiert von der zerknitterten Jacke über den schmutzigen Kragen des Hemdes zu den abgewetzten Knien der Hose. „Sie sehen aus, wie man Sie mir beschrieben hat, Professor Lilienthal. Nichts für ungut."

Er führte ihn an einer geschlossenen Küchentür vorbei, hinter der mit Töpfen und Pfannen hantiert wurde, in einen von zwei Wohnräumen, dessen Einrichtung aus Tisch und Stühlen, einem Schreibtisch und zwei Schränken bestand. Bilder oder sonstigen

Zierat gab es keinen, es sei denn, man wollte den leeren Vogelkäfig als Raumschmuck bezeichnen. Neben der Tür stand eine deckellose Truhe, bis an den Rand mit Büchern gefüllt. Es roch nach Tabak.

„Wissen Sie, wo Herr Brüdigam steckt?", fragte Hendrik, kaum dass er Platz genommen hatte.

Einar Gerecke schüttelte den Kopf. „Bin selbst seit Tagen ohne Nachricht. Aber ich weiß, dass ihm der Boden zu heiß wurde. Die konterrevolutionären Elemente sind über seine Rolle im Bilde."

„Sie meinen die Organisation Consul?"

„Die suchen überall nach ihm. Verräter verfallen der Feme."

Mit Schaudern erinnerte sich Hendrik an den Tod von Leander Sebald. Der Student hatte Verbrechen der Freikorps ausgeplaudert und dafür mit seinem Leben bezahlt. Die Femedrohung war nicht auf die leichte Schulter zu nehmen.

„Sind Sie sicher, dass die OC ihm auf der Spur ist?"

„Wäre er sonst untergetaucht?"

Ja – wäre er? Das warf die alte Frage nach seinem Geisteszustand und somit nach seiner Glaubwürdigkeit auf. War er paranoid und bildete sich die Gefahr, in der er zu schweben meinte, bloß ein? Oder war das, was er ihnen in Kassel berichtet hatte, bis aufs i-Tüpfelchen wahr? Hatten die Attentäter Lunte gerochen? Gab es wirklich undichte Stellen in der Justiz, die mit Mördern gemeinsame Sache machten?

Es blieb Hendrik nichts anderes übrig, als das Schlimmste anzunehmen. Denn wenn Brüdigams Aussagen zutrafen, schwebte Außenminister Rathenau in Lebensgefahr. Das war auch Gregors Meinung, nur deshalb hatte er ihn nach Neukölln gehen lassen. Und auch das erst, nachdem Hendrik ihn darauf hinwies, dass Einar Gerecke, der Aussage Brüdigams zufolge, ausschließlich ihn als Kontaktperson akzeptierte.

Hendrik machte sich Sorgen um seinen Bruder. Gregors Wutausbruch vorhin zeigte deutlich, dass er am Ende seiner Kräfte war. Er nahm es immer schwer, wenn er mit der Aufklärung eines Mordes nicht weiter kam, um wie viel größer musste der Druck jetzt sein, wo es darum ging, einen Mord zu verhindern!

„Wird Zeit, dass wir diesem Pack auf die Finger klopfen", sagte Einar Gerecke. „Man muss die Arbeiter wachrütteln! Die Ausgebeuteten müssen geschlossen den Kampf gegen die Bourgeoisie aufnehmen. Wir dürfen uns von der monarchistischen Reaktion nicht einschüchtern lassen. Der Klassenkampf geht in seine entscheidende Phase."

„Wie meinen Sie das?"

„Wir müssen uns bewaffnen. Terror mit Terror beantworten."

„Aber –"

„Gewehre und Dynamit, das ist die einzige Sprache, die sie verstehen. Die kapitalistische Herrschaft kann nur durch Ausnutzung aller Mittel beseitigt werden. Auf die Sozialdemokraten zu zählen, wäre naiv. Denen fehlt die Klarheit der Überzeugung. Die lassen sich doch immer wieder zu Bütteln der Bourgeoisie machen. Was wir brauchen, ist eine Revolution nach russischem Vorbild. Besser noch: die Unterstützung durch die Rotarmisten. Schulter an Schulter mit den russischen Proletariern können wir es schaffen."

Er ist nicht gerade ein Sozialdemokrat, hatte Brüdigam über seinen Freund gesagt. Hendrik hatte automatisch daraus geschlossen, dass Einar Gerecke deutschnational dachte oder zumindest aus dem konservativen Lager kam. Auf einen Radikalen von der anderen Seite war er nicht vorbereitet.

Die Küchentür wurde geöffnet. Eine Frau streckte den Kopf heraus. „Besuch? Du weißt, dass wir gleich essen, Einar."

Eine Dampfwolke drängte sich an der Frau vorbei ins Zimmer. Hendrik schnupperte. Das roch nach … Mit einem würgenden Laut presste er die Hände vor den Mund und versuchte unten zu halten, was doch bereits stoßweise seine Kehle emporgepumpt wurde.

„Was, zum …" Geistesgegenwärtig öffnete Einar Gerecke die Tür zu einem winzigen Raum, in dem sich das Klosett befand.

Hendrik stürzte zu der glücklicherweise nicht abgedeckten Schüssel, während das Erbrochene zwischen seinen Fingern hervorquoll, und übergab sich.

Augen, die aus ihren Höhlen treten. Haut, die von den Händen fällt, sich von Gesichtern schält, attackiert von einem ungreifbaren Feind, der jede Klei-

dung durchdringt und den Körper verbrennt. Menschen, die sich buchstäblich vor einem auflösen. Hilferufe, die leiser und leiser werden … und schließlich verstummen.

Hendrik hielt sich am Rand der Klosettschüssel fest, bis die Welt wieder gerade stand. „Tut mir leid", brachte er hervor. Beschämt griff er nach einer herumliegenden Zeitung, wischte damit den Rand der Schüssel sauber und spülte. Mühsam kam er auf die Beine und wankte zum Waschbecken, wo er seine Hände säuberte und den Mund ausspülte. Es half nicht viel. Der säuerliche Geschmack ging nicht weg.

„Was ist denn? Mag er keine Senfsauce?", fragte Frau Gerecke ihren Mann.

Senf! Allein der Gedanke löste eine Revolte in seinem Magen aus. Seit er im Großen Krieg in einen Senfgasangriff geraten war und mitansehen musste, wie elend Männer daran verreckt waren, konnte er den Geruch von Senf, Meerrettich oder Knoblauch nicht mehr ertragen, geschweige denn etwas essen, das damit zubereitet wurde.

„Ich … es tut mir entsetzlich leid", stammelte Hendrik. „Mein Magen …" Seine Beine zitterten.

Einar Gerecke kommentierte den Vorfall nicht. Ob er den Grund für die Würgegefühle ahnte oder einfach nur verständnisvoll war, er fasste ihn jedenfalls beim Arm und sagte: „Kommen Sie, gehen wir an die frische Luft. Hier drin haben sowieso die Wände Ohren."

Willenlos folgte Hendrik dem Mann vor die Tür. Dort wandte Einar Gerecke sich nicht, wie erwartet, nach unten, sondern nach oben. Auf der letzten Etage angekommen, nahm er eine in der Ecke liegende Leiter und stellte sie gegen die Wand. Durch eine Luke gelangten sie auf das Flachdach.

Was ihn hier erwartete, war so unglaublich, dass Hendrik sich in den Arm kneifen musste, um sich davon zu überzeugen, dass er nicht träumte. Es gab Beete mit Möhren, Sellerie, Erbsen, Spinat und allen nur denkbaren Sorten Kohl, dazu Rhabarber, Erdbeeren, Stachelbeeren. Sogar ein Apfelbäumchen gedieh zwischen Obst und Gemüse. Hendrik hatte schon davon gehört, dass einige Städter wegen der Nahrungsmittelknappheit das Hausdach als Anbaufläche nutzten, aber das hier …

„Möchten Sie ein paar Erdbeeren?“

„Danke“, lehnte Hendrik ab. Er fühlte sich immer noch schwach.

Sie setzten sich an das Bäumchen, von wo aus sie den Süden Neuköllns überblicken konnten. Neben ihnen wuchs ein Tomatenstrauch. Hendrik hatte sich immer noch nicht daran gewöhnt, dass man die Früchte essen konnte. Für ihn waren Tomaten nach wie vor giftige Zierpflanzen, wie vor dem Krieg. „Haben Sie … das hier allein gemacht?“

„Das ganze Haus war daran beteiligt. Es ist gut, wenn die Leute so was vor Augen haben. Es zeigt ihnen, wozu Arbeiter fähig sind, wenn sie nur zusammenhalten.“

Hendrik beschloss, auf den eigentlichen Grund seines Besuches zurückzukommen. „Wann hatten Sie das letzte Mal Kontakt mit Herrn Brüdigam?“

„Am Freitag. Wir telefonieren immer freitags miteinander.“

„Was machte er für einen Eindruck?“

„Einen gehetzten. Er war im Begriff unterzutauchen.“

„Hat er Ihnen das gesagt?“

„Nicht direkt. Zu gefährlich am Telefon. Kann man wissen, wessen Schwester das Fräulein vom Amt ist? Aber wir haben einen Code für Notfälle verabredet. Deswegen wusste ich, dass er verschwinden wollte. Und deswegen war mir auch klar, dass Sie herkommen würden.“

„Konnte er Ihnen etwas über das geplante Attentat sagen?“

„Nee. Wir haben nicht mal ’ne Minute miteinander gesprochen.“

Verdammt! Hendrik hatte so gehofft, endlich weiterzukommen! Hatte Brüdigam dem Amtsrichter in Frankfurt gegenüber nicht angedeutet, dass es neue Informationen über den Anschlag gab? Hendrik war sicher gewesen, dass der Spitzel nicht ohne eine Nachricht für ihn und Gregor verschwinden würde. Und jetzt war alles umsonst!

„Aber etwas anderes hat er erwähnt. Er schien zu glauben, dass es Sie interessiert.“

„Was denn?“

„Sagt Ihnen der Name Hartmut Gensch etwas?“

„Und ob!“

„Theo hat mir zu verstehen gegeben, dass dieser Gensch zur OC gehörte. War an einigen spektakulären Aktionen beteiligt. Anscheinend brauchte er dringend Geld und hat deswegen die OC erpresst. Mit Verrat gedroht. Schön blöd!“

Das also war das Mordmotiv! Hartmut Gensch war ein Unsicherheitsfaktor geworden. Es passte alles zusammen: die Militärwaffe, die kaltblütige Art der Ermordung ... eine Hinrichtung, so hatte es Gregor genannt. Sein Bruder hatte wieder mal den richtigen Riecher gehabt.

Damit schied Eifersucht endgültig als Mordmotiv aus. Oder? Als sicher konnte man bei diesem verworrenen Fall gar nichts annehmen. Trotzdem. So unsympathisch ihm Erwin Overbeck auch war, die Ermordung Hartmut Genschs stand wohl eher in Zusammenhang mit der OC. Diese Leute fackelten nicht lange, wenn ihnen jemand im Weg stand, das hatten sie oft genug bewiesen.

Doch was nützte einem dieses Wissen? Gar nichts. Wie Gregor hätte Hendrik jetzt am liebsten den Kopf in den Händen vergraben. Die Zeit drängte, aber sie traten auf der Stelle. Emsig trugen sie Mosaikstein um Mosaikstein zusammen und erhielten doch nie ein vollständiges Bild. Vor über einem Monat war Hartmut Genschs Leiche gefunden worden, seit mindestens einer Woche wussten sie, dass Walther Rathenau das nächste Opfer sein sollte, aber wenn man nebensächliche Details beiseite ließ, waren sie keinen Schritt weitergekommen.

20

Liebe Marianne,

ich bin froh zu hören, dass du und die Deinen wohlauf sind. London muss ähnlich überwältigend sein wie Berlin, zu groß für Kleinstadtmädchen wie uns. Und doch zieht einen die Metropole immer wieder in ihren Bann, nicht wahr?

Wann ich dich besuchen komme, kann ich leider noch nicht sagen. Das Geld, das ich dafür anspare, verliert immer schneller an Wert. Ich sehe mich gerade nach einer zusätzlichen Arbeit um; vielleicht werde ich Kinder hüten oder so etwas. Lach nicht, das kann ich durchaus!

Ich habe mir übrigens die Lage eurer neuen Wohnung auf dem Stadtplan angeschaut, aber die Baker Street ist ziemlich lang. Auf welcher Höhe liegt 221B? Und habt ihr den Chemiegestank eures Vormieters aus den Räumen herausbekommen?

Bei uns sieht es leider nicht so gut aus wie bei euch. Sicher hast du schon gehört, dass wir nach wie vor Probleme mit der Lebensmittelversorgung haben, auch wenn die Entente gern glauben möchte, dass das nur deutsche Propaganda ist, um sich vor den Reparationszahlungen zu drücken. Aber Hunger, Tuberkulose, Kinderelend gehören bei uns zum Alltag.

Auch die Gewalttätigkeiten hören nicht auf. Schlägereien aus politischen Gründen sind an der Tagesordnung und Morde häufiger als früher. Der Krieg hat die Menschen verroht.

Hendrik betrat das Wohnzimmer, den Blick nach innen gekehrt, blieb vor der Kommode stehen und starrte das Grammophon an, als sei er überrascht, dass es dort stand.

Eben kommt Hendrik herein und hat wie so oft vergessen, was er eigentlich will. Er arbeitet an den letzten Seiten seines Buches und fährt dabei vermutlich unentwegt mit den Fingern durch seine Haare, so sehen sie jedenfalls aus.

Rätselnd blickte Hendrik von der Kommode zum Tisch, von da zum Sofa, auf dem Diana saß und ihren Brief schrieb, und trat verwirrt den Rückzug an.

Um deine betont beiläufigen Fragen nach uns zu beantworten: Wir fangen schon beim Frühstück an, uns zu streiten, reiben uns gegenseitig unsere Schwächen unter die Nase und haben zu allem eine andere Meinung, kurz: Wir sind die besten Freunde. Es ist für mich ein kostbares Geschenk, dass eine solche Freundschaft möglich ist, auch wenn du und Gregor und die Klatschbase von oben etwas anderes hineinlesen wollen.

Mit zielstrebigen Schritten kehrte Hendrik zurück und steuerte auf ein Philosophiebuch auf dem Tisch los.

Tatsächlich glaube ich, dass es bei ihm anderweitig gefunkt hat. Sie trägt falsche Wimpern und kichert albern, ansonsten scheint sie ganz nett zu sein.

Hendrik schielt gerade nach der Dame auf dem Titelblatt einer Modezeitschrift. Wetten, ich weiß, an wen er denkt?

Hendrik nahm das Buch vom Tisch und verließ den Raum, in seine eigene Welt vertieft.

So wunderbar es mit ihm ist, so schwierig kann es mit seinem Bruder sein. Wir unternehmen häufig Ausflüge zu dritt oder treffen uns zu einem geselligen Abend – allein „gesellig" und Gregor in einem Satz zu nennen, ist ein Witz – und ich glaube sagen zu können, dass wir ein herzliches Verhältnis zueinander haben. Trotzdem ist er immer noch so förmlich wie vor zwei Jahren. Manchmal denke ich –

Es klingelte an der Wohnungstür.

„Ich gehe schon", rief Hendrik aus der Küche.

Diana hörte seine Schritte, das Öffnen der Tür, eine gemurmelte Begrüßung. An der Stimme erkannte sie die Verkäuferin der Drogerie Richter. Wahrscheinlich wieder ein Anruf. Es wurde wirklich Zeit, dass sie ein eigenes Telefon bekamen. Man konnte den Nachbarn nicht zumuten, immerzu Boten zu spielen.

Hendrik verließ die Wohnung, also war der Anruf für ihn. Diana beugte sich wieder über das Papier.

Manchmal denke ich, er mag mich nicht. Und dann wieder … ach, ich weiß auch nicht.

Sie rieb sich gedankenverloren die Nase, stand auf, schenkte sich eine Tasse Tee ein, zupfte ein Blatt vom Efeu, wanderte in ihr Zimmer. Ihr Blick fiel auf den Tisch, wo die Abschriften der Papiere lagen, die die Polizei in den konspirativen Wohnungen der Organisation Consul sichergestellt hatte. Sie nahm eines in die Hand und las es zum millionsten Male durch.

Den Code des Textes zu entschlüsseln, war leicht gewesen. *Aufbruch nach 363, 18; 456, 29 am 341, 22*, hieß es da zum Beispiel. Dass sich die Zahlen auf irgendein Buch bezogen, lag auf der Hand, und dass es klein sein musste, damit man es überall mit sich herumtragen konnte, ebenfalls. Und natürlich sollten möglichst viele Wörter der deutschen Sprache darin vorkommen. Das *Liliput Wörterbuch Deutsche Orthographie* war ihre erste Vermutung und ein Volltreffer gewesen. Seite 363, Wort 18 verzeichnete *Ober*, Seite 456, Wort 29 *Schlesien* und

Seite 341, Wort 22 *Mittwoch*. Aber die Unterschrift! Wer war *Rhua*? Und woher, zum Teufel, sollte sie das wissen, wo sie doch keine Ahnung hatte, wer alles für die OC arbeitete?

Sieh zu, dass du mit deinem Brief weiterkommst!, ermahnte sie sich. Ab 1. Juli kostete ein Auslandsbrief bis zwanzig Gramm sechs Mark, jede weiteren zwanzig Gramm drei Mark zusätzlich, da sollte sie besser vorher fertig werden! Missmutig kehrte sie ins Wohnzimmer zurück.

In meinem letzten Brief habe ich dir von dem schrecklichen Mord an Erzberger erzählt, und sicher hast du schon vom Anschlag auf Scheidemann gehört. Was du aber nicht weißt, ist, dass eine Organisation ehemaliger Freikorpssoldaten dahinter steckt. Gregor versucht, ihnen das Handwerk zu legen – eigentlich wegen eines anderen Mordes – und ich stecke mittendrin.

Ich kann beinahe hören, wie du mich jetzt ermahnst, meine Nase nicht in Dinge zu stecken, die mich nichts angehen, doch Tatsache ist, dass mir außer meiner Physik nichts soviel Freude macht wie die Kriminalistik. Du wirst es kaum glauben, aber ich habe vor ein paar Wochen sogar einer Obduktion beigewohnt! Die Details schreibe ich dir lieber nicht, sonst schmeckt dir dein Essen nicht mehr. Jedenfalls, es scheint, dass weitere Anschläge vorbereitet werden. Mehr darf ich nicht sagen, und mehr willst du vermutlich auch gar nicht hören.

Hendrik kam zurück. „Brüdigam“, rief er und verschwand in seinem Zimmer.

Diana sprang auf und folgte ihm. „Was hat er dir erzählt? Warum ist er untergetaucht?“

„Sie sind ihm auf der Spur, wie wir uns gedacht haben. Mehr weiß ich nicht, er war ziemlich kurz angebunden. Aber er will mich sehen. Ich treffe mich mit ihm in einem der Lagerhäuser im Wedding, in der Sprengelstraße.“

„Er ist in Berlin?“

„Sieht so aus. Er hat wichtige Informationen, die er mir nicht am Telefon anvertrauen wollte. Ich glaube, es geht um Rathenau.“

„Ich komme mit.“

„Er hat ausdrücklich darauf bestanden, dass ich allein komme.“

„Mist!“ Immer wurde sie von den spannenden Teilen einer Untersuchung ausgeschlossen!

„Ich erzähle dir alles, wenn ich zurück bin."

„Das ist nicht dasselbe."

„Ich weiß. Tut mir leid." Hendrik hob die Hand zum Gruß und verließ die Wohnung.

Frustriert setzte sich Diana wieder an ihren Brief, aber die rechte Lust zum Schreiben wollte sich nicht mehr einstellen. Ruhelos stand sie auf, blätterte in der Zeitung, nahm sich eine Bluse vor, um zwei abgerissene Knöpfe anzunähen, und legte sie nach dem ersten wieder beiseite. Hatte Brüdigam herausgefunden, wann, wo und wie der Anschlag auf Walther Rathenau stattfinden sollte? Kannte er den Plan? Und kam die Information rechtzeitig, um den Mord zu verhindern?

Wenn sie doch nur etwas tun könnte! Sie hasste es, nutzlos herumzusitzen. Genau genommen hätte *sie* jetzt da draußen sein müssen, nicht Hendrik. Er war der ruhige Teil von ihnen beiden. Ihm machte es nichts aus, einen Fall still an seinem Schreibtisch zu durchdenken und systematisch Indizien zu entwirren. Sie dagegen brauchte Bewegung, Aufregung, Adrenalinschübe.

Sie sah auf die Uhr. Viertel vor sieben. Vor neun würde Hendrik bestimmt nicht zurück sein. Bis dahin wäre sie vor Ungeduld geplatzt. Vielleicht sollte sie sich mit dem Codeproblem beschäftigen? Wenigstens wäre sie dann abgelenkt!

Kurz entschlossen ging sie in ihr Zimmer und nahm die zuoberst liegende Nachricht der OC-Leitung an eine Landesgruppe in die Hand. *Aufbruch nach 363, 18; 456, 29 am 341, 22. Treffpunkt 216, 38; 51, 1 um 477, 35 Uhr. Rhua. Aufbruch nach Oberschlesien am Mittwoch. Treffpunkt Hauptbahnhof um sieben Uhr.* So weit, so klar. Aber *Rhua*, wer konnte das sein? Sah irgendwie Englisch aus, das mit dem *rh*. Rhubarb und rhinoceros. Aber deutschnationale Verschwörer würden sich keiner fremden Sprache bedienen. Initialen? Nur, warum tauchten die dann nicht wenigstens auf zwei oder drei weiteren Nachrichten auf? Jede trug eine andere Unterschrift. Unwahrscheinlich, dass immer jemand anders die Botschaft geschrieben haben sollte. *Rhua* konnte kein Namenskürzel sein. Außerdem schien Gregor zu denken, dass es ihr möglich wäre, den Code ohne Kenntnis der OC-Mitglieder zu dechiffrieren. Nein, die Lösung lag woanders.

Sie sollte aufhören, im Nebel herumzustochern, und sich auf ihre wissenschaftliche Ausbildung besinnen: analysieren, prüfen, verwerfen. Woran konnte sie sich halten? Von Kryptologie verstand sie nichts. Aber nein, Kryptologie war hier auch überflüssig. Es musste sich um einen simplen Code handeln, den jedes Mitglied zu jeder Zeit und an jedem Ort leicht verstehen konnte. Ockham! Ockhams Skalpell, das war das richtige Werkzeug: *Die einfachste Lösung ist die wahrscheinlichste!*

Also: Wenn die Unterschrift kein Namenskürzel war ... es musste etwas sein, das jedem, der die Nachricht erhielt, unmittelbar als Beweis der Echtheit diente. Irgendwas, das sich auf den Text bezog. Mal sehen ... immer vier Buchstaben, in diesem Fall *r, h, u, a.* Anfangsbuchstaben? Nein, *r* kam ja in der Nachricht gar nicht vor. Aber in *Aufbruch*, dem ersten Wort, steckten alle Buchstaben drin. Konnte das die Lösung sein? Diana überprüfte zwei weitere Botschaften. Fehlanzeige! Beide Male waren zwar einige, aber nicht alle Buchstaben im ersten Wort enthalten.

Und dann sah sie es. So simpel! Vier Buchstaben. Die beiden ersten und die beiden letzten der Nachricht, rückwärts gelesen. *Die einfachste Lösung ist die wahrscheinlichste.* Guter, alter Ockham!

Jetzt konnte ihr Gregor die Mitarbeit an seinem aktuellen Fall nicht mehr verwehren. Jetzt musste er sein Versprechen wahr machen und sie einbeziehen. Jetzt musste er –

Es klingelte an der Tür.

Gut gelaunt öffnete Diana.

Draußen stand Herr Richter, der Besitzer der Drogerie. „Fräulein Escher", sagte er ohne Begrüßung, „Sie wissen, dass ich Sie und den Herrn Professor schätze, aber wirklich, ich muss ein Geschäft führen! Das ist nun schon der zweite Anruf für Sie heute, und gestern waren es –"

„Ein Anruf? Ich komme!" Wie ein Eichhörnchen schlüpfte Diana an ihm vorbei und war schon auf der Treppe.

„Naja, eigentlich für den Herrn Professor", sagte Herr Richter, aus dem Konzept gebracht.

„Der ist ausgegangen." Diana sprang die ersten Stufen hinunter, und Herrn Richter blieb nichts anderes übrig, als ihr zu folgen.

„Also, was ich sagen wollte –"

„Ich verstehe Sie schon, Herr Richter, und Sie haben ganz recht. Nächste Woche beantragen wir einen eigenen Telefonanschluss."

„Es geht mir ja nicht darum, dass mir das Treppensteigen zu beschwerlich wäre. Ich tue Ihnen gern einen Gefallen. Aber wenn der Laden voller Kunden ist …"

Den Rest hörte Diana nicht mehr, da war sie schon aus der Haustür und stürmte zwei Häuser weiter in die Drogerie. Endlich etwas zu tun! Sie nickte der Frau des Drogeriebesitzers zu, die ihren Gruß griesgrämig erwiderte, und nahm den Telefonhörer in die Hand. „Diana Escher", meldete sie sich.

„Ich wollte den Professor sprechen", sagte eine männliche Stimme.

„Der ist nicht da. Vielleicht kann ich Ihnen helfen, ich bin –"

„Ich weiß, wer Sie sind."

„Und wer sind Sie?"

Die Stimme am anderen Ende zögerte, schien aber zu dem Schluss zu kommen, dass die Antwort keine Rolle spielte. „Theodor Brüdigam."

„Ach, Sie! Ich weiß Bescheid. Herr Lilienthal ist bereits auf dem Weg zu Ihnen. Gibt es Probleme?"

„Zu mir? Nach Kassel?"

Diana erstarrte. „Kassel? Wieso Kassel? Sind Sie denn nicht in Berlin?"

„Was soll ich da? Ich bin doch nicht verrückt, mich mitten in den Kugelhagel zu begeben!"

„Aber … haben Sie nicht vor zehn Minuten angerufen und Hendrik zu einem Treffen bestellt?"

„Natürlich nicht."

Wenn der Anruf nicht von Brüdigam gekommen war – dann hatte sich jemand für ihn ausgegeben, um Hendrik zu den Lagerhäusern zu locken! Jemand, der Brüdigam kannte, der über die OC Bescheid wusste – ein Freikorpsmann!

Diana warf den Hörer auf die Gabel, ohne darauf Rücksicht zu nehmen, dass sie Brüdigam mitten im Satz abschnitt, und rannte nach draußen, halb verrückt vor Angst. Auf der Straße fiel ihr etwas ein, und sie machte auf dem Absatz kehrt, hastete zurück in den Laden und riss den Telefonhörer von der Gabel. Zum Glück war das Fräulein vom Amt auf Zack und die Verbindung bereits getrennt. Diana ließ sich mit Gregors Büro verbinden. „Sie müssen sofort kommen", keuchte sie, kaum dass der Kommissar sich meldete, „es geht um Hendrik!"

„Fräulein Escher? Sind Sie das?"

„Bitte, beeilen Sie sich! Ein falscher Brüdigam hat ihn zu einem Treffen bestellt ... im Wedding ... die Lagerhäuser ... Sprengelstraße ... ich kann Ihnen das jetzt nicht alles erklären, aber ich fürchte um sein Leben!"

„Ich fahre sofort los. Bleiben Sie da!"

Diana ließ den Hörer fallen und hastete an einer fassungslosen Frau Richter vorbei nach draußen. Nichts auf der Welt würde sie jetzt in ihrer Wohnung halten! Ihr Herz hämmerte. Hendrik! Was bringst du dich auch immerzu in Schwierigkeiten! Warum musstest du alleine losgehen!

Zum Glück tauchte gerade ein Taxi auf. Diana winkte es heran und sprang hinein. „Wedding! Sprengelstraße! Und Tempo!" Sie schrie die Worte beinahe.

Der Fahrer runzelte die Stirn, fuhr jedoch los. Diana knetete ihre Hände. Wenn sie nun zu spät kam ... Nein, daran durfte sie nicht denken! Hendrik hatte bestimmt das Rad genommen. Vielleicht schaffte sie es noch rechtzeitig. „Schneller! Es geht um Leben und Tod!"

Das Auto ließ den Tiergarten hinter sich und fuhr die Lessingstraße entlang.

„Haben Sie eine Waffe?", fragte Diana.

Das Stirnrunzeln des Fahrers vertiefte sich.

„Vergessen Sie's! Fahren Sie einfach zu! Bitte!"

Als sie die Lagerhallen erreichten, stieg Gregor gerade von einem Motorrad. „Sie sind ja doch hier!", rief er.

Diana vergeudete keine Zeit damit, sich zu rechtfertigen. „Wo ist er? Haben Sie ihn gefunden?"

„Ich bin selbst eben erst angekommen.“

„He, was ist mit bezahlen?“, rief der Taxifahrer.

Erst jetzt fiel Diana ein, dass sie kein Geld dabei hatte. „Ich … wenn Sie einen Moment warten, bis wir wieder zurück sind …“

„Nichts da! Sie zahlen sofort!“ Der Fahrer, der um seine Einnahmen fürchtete, machte Anstalten, aus dem Wagen zu steigen.

Gregor kam ihm zuvor, drückte ihm ein paar Scheine in die Hand, rief: „Stimmt so!“ und schnappte sich Diana. „Was ist los?“

In wenigen Worten klärte sie ihn über das Vorgefallene auf. Im Laufschritt eilten sie zum Lagergelände. Gregors Dienstmarke öffnete ihnen sämtliche Türen. „Ist vor kurzem ein Mann angekommen, ungefähr meine Größe, zerknitterte Kleidung, Metallbrille?“, fragte er den Pförtner.

„Der so aussah als wie 'ne Vogelscheuche? Na jewiss doch, der is' da hinten rin!“ Der Pförtner deutete auf eine Baracke, vor der sich Alteisen, Röhren und rostige Eisenbahnschienen stapelten.

„War er allein?“

„Hat sich mit eem Kerl jetroffen. Aber der is' schon wieda weg.“

„Was für ein Kerl?“

„Keene Ahnung. So'n Ohrfeijenjesicht eemt, so'n Indewidjum. Hat den Schuppen da für een Tach jemietet und irjendwat drin jelagert, nehm ick an, jedenfalls wara mit'm Liefawagen da.“

Bei jedem Wort des Pförtners krampfte sich Dianas Herz mehr zusammen. Jetzt lief sie einfach auf die Baracke zu, alle Vorsicht vergessend.

Gregor überholte sie. „Sie bleiben hinter mir!“, befahl er und zog seine Dienstpistole.

Der Anblick der Waffe machte ihr schlagartig klar, worauf sie sich eingelassen hatten. Den geheimen Freikorpsorganisationen nachzuspionieren, war kein Spiel, sondern tödlicher Ernst! Diana zitterte. Ihr Mund war trocken. Trotzdem wich sie nicht zurück, als Gregor vorsichtig die Tür öffnete.

„Hendrik?“, rief er.

Keine Antwort.

„Hendrik?“, rief jetzt auch Diana. „Sag doch etwas!“

Der Pförtner war hinter ihnen hergekommen und hielt eine Blendlaterne hoch. Gregor nahm sie ihm ab und leuchtete in den Schuppen. Von herumliegenden Kabeln, Nägeln und Schrauben abgesehen, war das Lagerhaus leer.

Nur eine zerbrochene Metallbrille lag auf dem Boden. Neben einem frischen Blutfleck.

Sie waren zu spät gekommen.

21

In seinem Kopf dröhnte es, als würde jemand von innen mit der Spitzhacke gegen die Schädeldecke schlagen. Die linke Hand pochte. Hendrik hätte sich gern davon überzeugt, dass sie nicht gebrochen war, aber die Schnur, die seine Hände auf den Rücken fesselte, verhinderte das. Wenigstens hatte die Welt aufgehört, vor seinen Augen einen Shimmy zu tanzen. Er bog den Kopf zu seiner linken Schulter, um sich das Blut von der Wange zu wischen, und bereute es im selben Augenblick, weil die Wände wieder anfingen, sich nach links und rechts zu drehen. Hendrik keuchte.

Als seine Umgebung endlich zum Stillstand kam, richtete er sich vorsichtig an der Mauer in seinem Rücken auf. Ein paar Sekunden lang musste er gegen Übelkeit ankämpfen, aber schließlich gelang es ihm doch, aufrecht zu sitzen.

Wohin war er verschleppt worden? Der Raum war kalt, feucht, anscheinend fensterlos. Ein Keller, soviel stand fest. Hendrik spitzte die Ohren. Keine Geräusche von draußen. Kein Autohorn, kein Pferdewiehern, keine Turmuhr. Keine menschliche Stimme. Auch keine Erschütterung, wie sie etwa eine vorüberfahrende Straßenbahn verursachte. Der Keller musste in einem Außenbezirk liegen, irgendwo, wo das nächste Haus ein gutes Stück entfernt war. Schreien machte vermutlich keinen Sinn.

Seine Augen hatten sich mittlerweile an das Halbdunkel gewöhnt. Kisten stapelten sich hier unten bis an die Decke, Hunderte von Kisten. Einige waren geöffnet. Ohne seine Brille konnte Hendrik nur verschwommen sehen, aber er erkannte die Umrisse von Karabinern, Revolvern, Munition. Zweifellos eines der geheimen Waffenlager.

Sein Mut sank. Hatte er sich eben noch einreden können, es bestünde eine winzige Chance, mit dem Leben davonzukommen, wusste er es jetzt besser. Er hatte das Waffenversteck gesehen; mit diesem Wissen würden sie ihn nie gehen lassen. Denk an Marie Sandmayr!

Was hatte er bloß falsch gemacht? Die Stimme am Telefon war heiser gewesen, scheinbar erkältet, woran also hätte er merken sollen, dass es sich nicht um Brüdigam handelte? Der Anrufer wusste von seinem Besuch bei Einar Gerecke und von Brüdigams Doppelspiel; es gab keinen Grund, ihm zu misstrauen. Und der Treffpunkt, zu dem man ihn bestellt hatte, war belebt: Autos brachten Schrott, Arbeiter sortierten Metall, Händler begutachteten Ware. Weshalb hätten seine Alarmsirenen anschlagen sollen? Arglos war er in die Lagerhalle spaziert und hinterrücks niedergeschlagen worden. Gefesselt und geknebelt hatte man ihn anschließend in einem Lieferwagen abtransportiert. Die Tat war schnell und effizient vor sich gegangen. Ohne Zeugen. Ja, es sah verdammt schlecht aus!

Ein Riegel wurde zurückgestoßen. Die Tür schwang auf, das Licht einer Petroleumlampe kam herein. Und mit ihm ein Gesicht, von dem er gehofft hatte, es nie wieder zu sehen.

„Na, endlich munter?“, höhnte der Mann mit dem spitzen Bart.

Die Stimme löste ein Zittern in Hendriks Gliedern aus. Sie erinnerte ihn an eine nächtliche Verfolgung während des Kapp-Putsches und an ein Messer, das ihm beinahe zwischen die Rippen gestoßen wurde, damals, vor zwei Jahren. Der Freikorpssoldat schien seine Angst zu riechen, denn er grinste. Das letzte Mal, dass Hendrik dieses Grinsen gesehen hatte, war auf dem Pariser Platz gewesen, kurz bevor der Spitzbärtige Leander Sebald ermordet hatte, auf offener Straße, inmitten einer Menschenmenge. Nein, von diesem Mann hatte er keine Gnade zu erwarten! Sein Magen sackte tiefer.

„So sieht man sich wieder, Professor Lilienthal.“

Hendrik brauchte zwei Anläufe, bis seine Stimme ihm gehorchte. „Was wollen Sie von mir?“

„Bloß ein wenig mit Ihnen plaudern. Man hat nicht oft gebildete Gesprächspartner. Sie schweigen? Freuen Sie sich denn gar nicht über unser Wiedersehen? Sie sind unhöflich, Professor, wirklich!"

„Lassen Sie mich gehen!" Hendrik schämte sich für den bettelnden Tonfall, noch dazu, wo er wusste, dass sein Appell vergebens war, aber er konnte nicht anders. Die bloße Gegenwart des Mörders bewirkte, dass seine Muskeln zu Sülze wurden.

„Das ist nicht nett von Ihnen, gleich wieder fortzuwollen, wo wir uns doch eben erst getroffen haben." Er bemerkte Hendriks Blick, der über die Kisten irrte, deren Inhalt im Schein der Laterne nun offenbar wurde. „Überrascht über die vielen Waffen? Sie haben keine Ahnung, wie viele es wirklich sind. Rechnen Sie es sich aus: vierzig Karabiner pro Kiste ... in denen hier je zehntausend Schuss Infanteriemunition ... Handgranatenstiele, Kartuschenhülsen ... Das ist natürlich nicht alles für uns bestimmt. Diese Kisten gehen nach Irland und die da nach Skandinavien."

Warum verriet der Mann ihm diese Dinge? Die Antwort lag auf der Hand: Um ihm deutlich zu machen, dass er hier nicht wieder lebend herauskommen würde.

Der Spitzbärtige überprüfte Hendriks Fesseln. „Ich hatte, ehrlich gesagt, gedacht, dass Sie Ihre Lektion beim letzten Mal gelernt hätten. Anscheinend war das ein Irrtum. Tss, tss! Dass Sie sich aber auch immer in Dinge einmischen müssen, die Sie nichts angehen!"

„Ich habe keine Ahnung, wovon Sie sprechen."

„Von Theodor Brüdigam, diesem elenden Verräter. Ich kann Verräter nicht ausstehen. Sie?" Der Freikorpsmann setzte die Lampe auf den Boden und entzündete eine zweite. „Verräter verfallen der Feme – Sie erinnern sich?" Er stellte die zweite Lampe ein paar Schritte von der ersten entfernt, so dass der Keller gleichmäßig erleuchtet wurde. „Ach, verzeihen Sie, ich vergesse meine Manieren! Bei unseren früheren Begegnungen hatte ich gar keine Gelegenheit, mich vorzustellen. Benno Albrecht." Er verbeugte sich spöttisch.

Hendrik schloss die Augen. Nein, der Mann würde ihn nicht lebend aus diesem Keller lassen!

Albrecht zog eine Pistole aus seiner Jacke und legte sie neben sich.

Hendrik schluckte. Ein sauberer Schuss ... wie bei dem Toten im Grunewald? „Haben Sie Hartmut Gensch auf dem Gewissen?"

„Nein. Aber es würde mein Gewissen auch nicht sonderlich belasten, wenn dem so wäre. Ein Kameradenschwein verdient nichts Besseres."

„Wer war es dann?"

„Ich stelle hier die Fragen." Albrecht baute sich vor ihm auf und sah auf ihn herab. „Ich begreife Sie einfach nicht, Professor. Sie haben Arbeit, genug zu essen, eine Wohnung ... Ihnen geht es gut, im Gegensatz zu manch anderem, der unter der Politik dieser Novemberverbrecher zu leiden hat. Was mischen Sie sich in Dinge ein, die Sie ohnehin nicht begreifen, statt Ihr Leben zu genießen? Warum kommen Sie uns immer wieder in die Quere?" Jäh trat er zu und traf Hendrik mit der Stiefelspitze in die Seite, dass der japsend zusammensackte. „Ich hasse es, wenn man mir in die Quere kommt."

Hendrik würgte und spuckte.

Albrecht packte seine Haare und riss ihn brutal daran hoch. Mit einem Aufschrei kam Hendrik auf die Beine. „Ich habe ein paar Fragen an Sie, Professor, und ich wünsche, dass Sie sie mir beantworten. Haben Sie verstanden?" Er gab ihm eine Ohrfeige, dass sein Kopf gegen die Wand schlug. „Haben Sie verstanden?"

Der Keller fing wieder an, sich zu drehen. Hendrik schnappte nach Luft. „Ja", röchelte er.

„Gut. Ich wusste ja, dass wir uns verstehen. Also: Was genau hat Brüdigam Ihnen von unseren Plänen erzählt? Wie viel wissen Sie?"

„Pläne? Was für Pläne?"

Der Faustschlag kam so schnell, dass Hendrik noch nicht einmal zu Ende gesprochen hatte, bevor er zusammenklappte. Vergeblich rang er nach Atem, und einen Augenblick lang war er sicher, er würde ersticken. Dann kehrte die Luft unter Schmerzen in seine Lungen zurück.

„Hoch mit Ihnen!"

Der Professor kroch zur Wand und richtete sich daran auf. Er wusste, dass er ein jämmerliches Bild abgab, aber es war ihm egal. Alles war ihm egal, wenn nur die Schmerzen aufhörten.

„Ich frage noch einmal: Was wissen Sie von unseren Plänen?"

„Nicht … viel … nur, dass … dass die OC für das Attentat auf Scheidemann verantwortlich ist."

Erneut wurde die Faust in seinen Magen gerammt und Hendrik zu Boden gerissen. Diesmal brauchte er eine volle Minute, ehe er wieder Luft bekam.

„Ich mag es nicht, wenn man mich anlügt", sagte Albrecht. „Lügner finde ich fast so widerlich wie Verräter." Reglos beobachtete er, wie Hendrik sich auf die Beine wälzte und nach qualvollen Sekunden, in denen der Schmerz allmählich abebbte, an der Wand emporstemmte. „Also, noch einmal. Mich interessiert nicht die Vergangenheit, sondern die Zukunft. Was wissen Sie von unseren Plänen?"

Hendriks Gehirn war wie gelähmt. Wie konnte er verbergen, was Gregor, Diana und er in Erfahrung gebracht hatten, ohne den Freikorpsmann weiter zu reizen? O Gott, diese Schmerzen! Sie machten jeden vernünftigen Gedanken unmöglich.

Hendriks Kopf wurde gepackt und gegen die Kellerwand geschlagen. „Ich habe Sie was gefragt!"

Albrechts Foltertechnik war primitiv, aber deswegen nicht weniger wirkungsvoll. Hendrik stand kurz davor, alles zu sagen, was der Mann hören wollte, um die Schmerzen zu beenden. Hör auf damit!, dachte er. Wenn du dich darauf konzentrierst, diesem Kerl gefallen zu wollen, hast du mit deinem Leben bereits abgeschlossen! Denk an Epikur: *Der Tod ist nichts, was uns betrifft. So lange wir da sind, ist er nicht da, und wenn er da ist, sind wir nicht mehr.* Hendrik ergriff das Epigramm wie eine Rettungsleine und zog sich daran aus dem Sumpf der Fügsamkeit. Schmerz ist nichts Schlechtes, dachte er. Schmerz lässt uns fühlen, dass wir leben.

„Antworten Sie! Was wissen Sie?"

Der Tod ist nichts, was uns betrifft …

Wieder Schläge, Feuer, Schmerz. Wie lange konnte er diese Tortur durchhalten, ohne zusammenzubrechen? Einen Tag? Eine Stunde? Eine Minute?

„Sie machen es mir wirklich schwer, Professor. Und ich habe leider nicht die Zeit, mich Ihnen intensiv zu widmen. Niemand bedauert das mehr als ich. Warum tun Sie sich nicht den Gefallen und erleichtern sich unser Gespräch?"

„Sie werden mich so oder so umbringen", sagte Hendrik, und es kostete ihn allen Mut, das Unausweichliche in Worte zu fassen.

„Natürlich. Aber sterben und sterben ist zweierlei. Es könnte leicht geschehen, fast wie eine Erlösung: eine gezielte Kugel, und alles ist vorbei. Es könnte aber auch sehr, sehr schmerzhaft werden. Glauben Sie mir, Ihre Phantasie reicht nicht aus, um sich vorzustellen, wie schmerzhaft."

Zeit gewinnen. Er musste Zeit gewinnen! Der Mann sonnte sich in seiner Überlegenheit; da musste er ihn packen, bei seiner Eitelkeit! „Wie sind Sie Brüdigam auf die Spur gekommen?"

„Aufrechte Patrioten haben überall Freunde. Soll ich Ihnen erzählen, was dieser Verräter Ihnen letzte Woche ausgeplaudert hat?" Genüsslich wiederholte Albrecht, was Hendrik vor acht Tagen im Kasseler Rathaus erfahren hatte. Es stimmte alles, jedes Detail.

„Wie … woher …"

„Die Reichswehr hält uns auf dem Laufenden."

„Reichswehr? Was hat die damit zu tun?"

„Sie ist informiert. Und da sie weiß, wer auf ihrer Seite steht und wer die wahren Feinde Deutschlands sind, teilt sie ihre Erkenntnisse mit uns."

„Aber …" Das würde bedeuten, dass jemand aus dem Justizministerium Informationen, von denen möglicherweise Rathenaus Leben abhing, gezielt an Stellen weitergab, die mit den Verschwörern im Bunde waren. „Das glaube ich einfach nicht!"

„Wie immer es Ihnen beliebt." Gelangweilt säuberte Albrecht seine Fingernägel. „Doch jetzt genug geplaudert. Ich will endlich Antworten. Wie viel wissen Sie?"

„Wenn … wenn Sie unser Gespräch mit Herrn Brüdigam kennen … was wollen Sie dann noch von mir?"

„Herausfinden, was Sie seit der Zusammenkunft in Kassel in Erfahrung gebracht haben. Hat dieser Verräter sich noch mal gemeldet? Wissen Sie, wie und wo wir losschlagen wollen, um diesem verdammten Juden das Lebenslicht auszupusten?"

„Warum dieser Hass auf Rathenau?"

„Was fragen Sie so dumm? Weil er den Untergang des deutschen Volkes herbeiführen will, natürlich. Haben Sie denn keine Augen im Kopf? Er ist ein Söldner der internationalen jüdischen Freimaurerbünde, die ihn an die Macht gebracht haben, um Deutschland zu verderben."

„Was für ein Unsinn!"

„Und Rapallo? Verbrüderung mit Russland, wo alles in kommunistisch-jüdischen Händen ist – ist das etwa kein Beweis?"

„Mit dem Vertrag von Rapallo hat Rathenau es geschafft, die starre Front der Ablehnung aufzuweichen, der Deutschland gegenüberstand, sehen Sie das nicht? Russland stellt keine Reparationsforderungen mehr an uns. Und Rathenau ist es auch zu verdanken, dass die Alliierten uns wieder Achtung entgegenbringen."

„Bockmist! Er verschenkt unser Land für ein paar schöne Worte an die Entente. Und nicht nur unser Land: unsere Zukunft und die unserer Kinder und Enkel."

Albrecht fing an, aufgewühlt auf und ab zu gehen. „Selbst wenn es so wäre, dass er Deutschland gerettet hätte, so wäre es doch eine Schande für das deutsche Volk, dass es ein Jude sein muss. Nein, Rathenau muss weg! Das ganze Pack da oben muss weg, das uns den Versailler Schmachfrieden gebracht hat und zulässt, dass Oberschlesien dem polnischen Staat einverleibt wird! Wir haben in Schlesien für Ebert und Konsorten die Kohlen aus dem Feuer geholt, und jetzt fallen die uns in den Rücken und wollen uns auflösen. Denken die, dass wir unsere Haut umsonst für sie zu Markte tragen?"

Er trat gegen eine Waffenkiste, dass es krachte. „Spüren Sie denn nicht, wie wir hier langsam, aber sicher ersticken? Man muss Löcher in die Kruste schlagen, damit ein frischer Wind in unsere dumpfen Räume fährt. Wegsprengen, was uns strangulieren will. Die Fassade der bürgerlichen Scheinwelt durchbrechen. Wenn jetzt das Letzte nicht gewagt wird, kann es für immer zu spät sein!"

„Veränderungen erwachsen aus Kompromissen und Verhandlungen, nicht aus Gewalt."

„Reden, immer nur reden! Die Zeit des Redens ist vorbei, die Zeit des Handelns ist gekommen. Wir brauchen eine nationale

Revolution. Das deutsche Volk muss durch Feuer und Stahl gehen und sich dadurch von allem, was schwach ist, reinigen. Ein neuer Krieg muss ausgefochten werden, gegen Frankreich, gegen Polen, gegen die Bolschewisten im eigenen Land. Was wir brauchen, sind Kämpfer, die sich nicht beugen lassen, die opferbereit sind, die durch Schmerz und Tränen gehen, ohne zu zögern. Wer vor keinem Feind zurückweicht, der ist unbesiegbar. Ich sage Ihnen, ein neues Geschlecht wird auftauchen, furchtlos, ohne Blutscheu. Ein Geschlecht, das bereit ist, Furchtbares zu erdulden und Furchtbares zu tun. Inmitten des Trommelfeuers werden wir aufrecht stehen und von Ewigkeit zu Ewigkeit fliegen. Und aus der Zerstörung wird sich die reine Seele des deutschen Volkes neu erheben, in einem alles überstrahlenden Triumph."

Er hatte sich in Ekstase geredet. Schwer atmend blieb er jetzt stehen und sah wieder auf Hendrik herunter. „Wir kämpfen für etwas Großes, Reines. Aber das werden Arschkriecher und Geschäftemacher nie verstehen. Ich sage Ihnen: Eine Tat ist niemals schändlich. Nur das Erdulden ist es."

Ernüchtert ließ er die Hände sinken. „Ich weiß, was uns erwartet. Wir haben gebrochen mit der Welt des bürgerlichen Anstands. Sie werden von uns abrücken, als ob wir gemeine Mörder wären. Man wird uns für vogelfrei erklären. Sei es! Wenn Deutschland dafür wieder atmen kann, wenn ein deutscher Knabe, ein deutsches Mädchen erhobenen Hauptes den Franzosen und Engländern entgegentreten kann, dann hat unser Opfer einen Sinn."

Er schob die Waffenkiste, die durch seinen Tritt verrutscht war, wieder an ihren Platz zurück. Ein plötzliches Grinsen huschte über sein Gesicht. „Sie haben mich zum Reden gebracht, was? Alle Achtung, Professor, das war geschickt! Na schön, jetzt bin ich wieder an der Reihe. Was – wissen – Sie?" Mit jedem Wort versetzte er Hendrik eine Ohrfeige.

Jetzt war es so weit! Jetzt würde er sterben! Hendrik grub seine Fingernägel in die Handballen. *Der Tod ist nichts, was uns betrifft.* Der Gedanke gab ihm den nötigen Halt, um die Geständnisse, die seinen Mund verlassen wollten, in die Kehle zurückzustopfen.

„Reden Sie! Reden Sie, oder ich bringe Sie auf der Stelle um!"

Der Tod ist nichts, was uns betrifft. Hendrik sprach die Worte aus: „Der Tod … ist nichts … was uns betrifft."

Albrecht hielt auf einmal seine Waffe in der Hand und schlug mit dem Griff zu, gezielt, jähzornig, brutal. „Ich habe genug von Ihren neunmalklugen Bemerkungen!" Er schleuderte Hendrik durch den Raum und kniete sich so über ihn, dass der Professor sich nicht bewegen konnte. „Ich bin sicher, Sie werden sehr viel kooperativer sein, sobald ich Ihnen die Kniescheibe zerschossen habe. Mit welcher soll ich anfangen? Mit der linken oder der rechten?" Er richtete den Lauf seiner Waffe erst auf das eine, dann auf das andere Knie.

Hendrik wimmerte. In seinem Kopf drehte sich alles.

„Ich glaube, ich fange mit der rechten an."

Hendrik schloss die Augen und biss die Kiefer aufeinander, sowohl, um sich gegen den Schmerz zu wappnen, als auch, um sich daran zu hindern auszuplaudern, was er wusste und was ihm ohnehin nicht helfen würde. Tränen liefen ihm die Wangen hinunter. *Der Tod ist nichts, was uns betrifft. Der Tod ist nichts, was uns betrifft.*

Ein Schuss krachte. Hendrik schrie. Aber – wo blieb der Schmerz? Er riskierte es und öffnete die Augen.

Benno taumelte. Die Waffe fiel aus seiner Hand, das Hemd über seiner rechten Schulter färbte sich rot. Hendrik blinzelte. Träumte er?

Im Türrahmen tauchte eine Gestalt auf, eine rauchende Waffe in der Hand, das Gesicht zu einer Fratze des Hasses verzerrt. Ludwig Sebald.

Der ehemalige Student packte den Freikorpsmann beim Kragen. „Zeit, deine Schulden zu bezahlen, Benno", sagte er.

„Ich dachte, du wärst in Österreich", erwiderte Albrecht ruhig, obwohl der Griff und die Wunde schmerzen mussten.

„Ich wollte, dass ihr das dachtet. Damit ich dich in Ruhe suchen konnte."

„Das mit deinem Bruder war nichts Persönliches. Er war ein Verräter."

„Leander war immer loyal. Schwach, das gebe ich zu. Er hat nie verstanden, dass Fortschritt manchmal mit Blut bezahlt werden muss. Aber er stand voll und ganz hinter unserer Sache." Er riss die

Pistole hoch und durchschoss den linken Arm des OC-Mannes, und diesmal schrie Benno.

„Nicht!“, entfuhr es Hendrik. „Überlassen Sie ihn der Polizei! Machen Sie sich nicht an ihm schuldig!“

Ludwig schenkte ihm nicht einmal einen Blick. Er steckte die Pistole ein, zog ein Messer und zerrte seinen Gefangenen in den Nebenraum.

Hendrik hörte, wie der Riegel der Kellertür wieder zugeschoben wurde. Wollte Ludwig ihn daran hindern einzugreifen – oder hatte er etwas anderes mit ihm vor? Hendrik wusste es nicht, und im Augenblick war es ihm gleichgültig. Er hatte noch einmal Aufschub bekommen, nur das zählte. Nicht er war es, der sterben musste!

Im selben Augenblick schämte er sich seiner Erleichterung. Was immer Benno Albrecht für Verbrechen begangen hatte, auch er verdiente einen Prozess. Hendrik versuchte, auf die Beine zu kommen, doch seine Muskeln waren noch immer wie Sülze.

„Leander war meine ganze Familie“, hörte er Ludwig sagen, gefolgt von einem weiteren Schrei. „Er hatte seine Fehler, das weiß ich. Mit seinem Mut war es nicht weit her. Es können nun mal nicht alle Männer Helden sein.“

„Er war ein Verräter, der den Tod verdient hat“, keuchte Benno. „Verräter verfallen der Feme, das solltest du wissen. Das Gesetz der Freikorps macht keine Ausnahme. Aber du bist ja genau so ein ehrloses Schwein wie dein Bruder. Abschaum.“

Wieder ein Schrei.

„Leander hat Deutschland auf seine Weise gedient. Er hatte noch gar keine Chance, sich zu beweisen.“

Jetzt schrie Benno ununterbrochen. Hendrik hielt es nicht länger aus. Er wälzte sich auf die Knie, stützte sich an der Wand ab und stemmte sich hoch, obwohl ihm die Beine unter dem Körper wegzusacken drohten. Er brauchte Minuten, um sich aufzurichten. Hätte er die Hände frei gehabt, hätte er sie auf seine Ohren gepresst, um die unmenschlichen Schreie nicht länger ertragen zu müssen. Auf zitternden Beinen wankte er zur Tür und trat dagegen. „Aufmachen! Machen Sie auf!“

In diesem Moment verstummten die Schreie.

Nach einer Weile wurde der Riegel zurückgeschoben. Hendrik hinkte an Ludwig Sebald vorbei in den Nebenraum. Der OC-Mann lag reglos in einer Blutlache. Er war übel zugerichtet. Schnittwunden verliefen kreuz und quer über seinen entblößten Oberkörper. Zwei Finger seiner rechten Hand fehlten; sie lagen in einiger Entfernung auf dem Boden wie verkrümmte Würmer. Am schlimmsten war sein Gesicht zugerichtet. Als Hendriks Blick auf das fiel, was einmal Augen gewesen waren, wandte er sich hastig ab.

Mit gezücktem Messer kam Ludwig Sebald auf ihn zu, und einen Moment lang glaubte Hendrik, er wäre der nächste. Dann fielen seine Fesseln. Das Blut schoss in die Handgelenke zurück. Der Schmerz betäubte ihn fast. Er musste sich setzen, sonst wäre er ohnmächtig geworden. „Danke ... für die Rettung“, murmelte er.

„Sie haben sich gut gehalten“, sagte Ludwig. „Hätte ich Ihnen gar nicht zugetraut.“

Hendrik schüttelte den Kopf. „Ich war dicht davor, meine eigene Mutter zu verraten.“

„Über kurz oder lang reden alle. Naja, fast alle.“

„Warum tun Sie das?“

„Ich habe geschworen, meinen Bruder zu rächen.“

„Sie hätten einfach abwarten können, bis dieser Albrecht sein Werk vollendet hat. Ich stehe ja nicht gerade auf Ihrer Seite.“

„Mein Bruder hat viel von Ihnen gehalten.“ Ludwig wandte sich ab, als sei damit alles gesagt, und durchsuchte die Taschen des Toten.

Hendrik bewegte seine Hände, um die Blutzirkulation voranzutreiben, und beobachtete seinen ehemaligen Studenten. Früher war Ludwig Sebald feindselig gewesen, geradezu hasserfüllt. Ein Unruhestifter, der den Unterricht störte, wo es nur ging. Jetzt dagegen ... Der Tod seines Bruders hatte ihn verändert. Zahm war er immer noch nicht geworden, gewiss nicht, da brauchte man sich nur die Leiche anzusehen. Und seine Verachtung für die neue Republik war sicher auch nicht geringer als früher. Was also machte die Veränderung aus? Vielleicht waren es nur Kleinigkeiten: ein ruheloserer

Blick, eine gedämpftere Stimme, fahrigere Bewegungen. Ludwig Sebald hatte seine Großspurigkeit eingebüßt. „Sie haben sich bei der OC eingeschlichen, um Leander zu rächen?"

„Ja."

„Wie kommt es, dass die Ihnen trauen, nach der Sache mit Ihrem Bruder?"

„Es weiß ja kaum einer davon. Was bedeutet schon ein liquidierter Statist mehr oder weniger? Diejenigen, die dabei waren, sind ins Ausland geflohen. Ich war Pabsts Mann, nicht Ehrhardts. Aber nach dem missglückten Putsch … Ich dachte mir, wenn ich Leanders Mörder finden will, muss ich mich in den entsprechenden Kreisen bewegen. Viele sind zu Ehrhardt gegangen, was lag näher, als bei ihm anzufangen? Also bin ich nach München und habe mich ihm vorgestellt. Zu meinem Glück erinnerte sich ein ehemaliger Kamerad aus der Zeit, als wir Liebknechts Telefon überwachten, an mich und hat für mich gebürgt. Der Rest war einfach."

„Sie haben Theodor Brüdigam von mir erzählt. Warum?"

„Weil ich vermutete, dass er nicht ganz astrein ist. Ich kenne ihn von früher."

„Ich hätte gedacht, der Tod eines Walther Rathenau wäre auch Ihnen willkommen."

„Rathenau ist eine Krämerseele, wie alle seiner Rasse. Und ich werde nicht tatenlos danebenstehen und zusehen, wie unser Land vor die Hunde geht, glauben Sie mir. Ich bereue nichts von dem, was ich in den letzten Jahren getan habe." Er hob eine Laterne auf und blickte ins Licht. „Aber Leander hat immer gesagt: ‚Gewehre lassen dir keine Zeit zu denken.' Ich dachte, damit wollte er bloß seine Schwäche bemänteln. Vielleicht habe ich nur nicht richtig zugehört. Immerhin ist er gestorben, weil jemand voreilig eine Waffe gezogen hat."

Ludwig löschte die Laterne und nahm die andere hoch. „Verstehen Sie mich recht: Wenn es für Deutschland das Beste wäre, würde auch ich einen Mord begehen. Jeder echte Deutsche muss bereit sein, sein Leben für sein Vaterland in die Waagschale zu werfen. Aber ich würde vorher zweimal hingucken. Und Rathenau … er ist nicht mehr der, der er noch vor zwei Monaten war. In Rapallo hat er den Franzosen die Stirn geboten."

„Sie begrüßen den Schulterschluss mit Russland? Damit hätte ich bei Ihnen am wenigsten gerechnet."

„Die Reichswehr arbeitet schon eine ganze Weile im Geheimen mit der Roten Armee zusammen, wissen Sie das nicht? Wir beliefern sie mit Waffen und erhalten dafür die Möglichkeit, die Abrüstungsauflagen der Alliierten zu umgehen, indem wir drüben eine neue Rüstungsindustrie aufbauen. Außerdem, zusammen mit der Roten Armee könnten wir die Polen fertigmachen. Ich bin bereit, mit jedem zu paktieren, der meinen Kampf kämpft."

Er löschte auch die zweite Laterne. „Die, die über Rathenaus Leiche an die Macht wollen, sind nicht besser als das heuchlerische Pack, das uns regiert. Es sind dieselben Männer, die meinen Bruder umgebracht haben. Die Auftraggeber von diesem Hund da leben noch. Sie sind die wahren Verräter."

„Also?"

„Werde ich weiter mit den Wölfen heulen. Die Augen offenhalten." Entschlossen schob er sein Messer in die Scheide zurück. „Und tun, was nötig ist."

3.

Donnerstag, 22. Juni bis Dienstag, 27. Juni 1922

Nicht wurde eine Kette gesprengt durch das Schwellen eines Geistes und Willens, sondern ein Schloss ist durchgerostet.

Walther Rathenau über die Novemberrevolution

22

„Es geht jeden Tag los", sagte Ludwig Sebald.

„Das geplante Attentat?"

„Ja. Die OC-Leute sind nervös und wollen endlich zuschlagen."

Sie kehrten dem Reichstag, ihrem Treffpunkt, den Rücken und schlenderten zum Tiergarten. Hendrik biss die Zähne zusammen und gab sich Mühe, mit Gregor und Ludwig Schritt zu halten, obwohl ihm die Stellen, an denen Benno Albrecht zugetreten hatte, bei jeder Bewegung zu schaffen machten.

Auch Gregor sah nicht gerade glücklich aus. Es lastete auf seinem Gewissen, Ludwig Sebald frei herumlaufen zu lassen. Er war ihm dankbar für Hendriks Rettung, natürlich, aber der ehemalige Student hatte immerhin einen Menschen getötet und machte kein Hehl daraus, dass er es wieder tun würde, sobald er die Drahtzieher des Mordes an Leander fand. Das Problem war: Sie brauchten ihn, wenn sie Rathenau schützen wollten, umso mehr, da Theodor Brüdigam unauffindbar blieb. Seit Diana abrupt eingehängt hatte, hatte der Informant sich nicht wieder gemeldet. Ludwig Sebald war ihre einzige Chance, so rechtzeitig über die Einzelheiten informiert zu werden, dass sie das Attentat verhindern und die Täter festsetzen konnten. Also stellte Gregor sich blind und taub und verschob eine Festnahme auf die Zeit nach dem Anschlag.

Offiziell war Hendrik von einem Unbekannten befreit worden, den er wegen einer Augenbinde nicht hatte sehen können. Theodor Brüdigam musste nach seiner Enttarnung um sein Leben fürchten, und sie wollten Ludwig nicht derselben Gefahr aussetzen. Im Polizeiprotokoll standen daher vage Formulierungen, die seine Identität verschleierten. Nur Gregor und Diana kannten die Wahrheit.

Vorgestern Nacht, nachdem Hendrik mehr oder minder in einem Stück wieder aufgetaucht war, hatten sie zu dritt versucht, sich über die Ursachen des Hinterhalts klar zu werden. Hatte Einar Gerecke ihn an die OC verpfiffen? Es musste so sein. Von dem Gespräch in Kassel mochten die Verschwörer durch eine undichte Stelle in der Justiz wissen, Hendriks Besuch bei Brüdigams Kontaktperson hingegen war nur Wenigen bekannt. Andererseits ... War Gerecke nicht Kommunist? Hendrik betrachtete die Siegessäule auf dem Königsplatz, die im letzten Jahr beinahe einem Sprengstoffanschlag von Spartakisten zum Opfer gefallen wäre, und wusste: Das war kein Argument. Die rechten und die linken Extremisten einte so manches. Zum Beispiel ihr Hass auf die Republik.

Gregor hatte Einar Gerecke sofort in die Mangel nehmen wollen, aber Hendrik konnte ihn davon überzeugen, dass das keinen Sinn machte. Ohne Beweise war dem Mann nichts anzuhaben. Besser, Gregor grub in dessen Vergangenheit; vielleicht fand sich dort etwas Verwertbares.

Die drei Männer näherten sich dem Rasenrondell des Floraplatzes. Vor der Amazonenstatue stand die Karre eines Eisverkäufers, die wegen des schwülen Wetters von Kindern umringt war. Der Händler hatte die Deckel mit den Adlerknäufen von den drei metallenen Tonnen genommen und schmierte eine Kelle Eisbrei nach der anderen in die Waffeln. Das weiße Segeltuch über der Karre flatterte in einer leichten Brise.

„Können Sie uns Näheres zum Anschlag sagen?“, fragte Gregor Ludwig Sebald.

„Karl Tillessen und Kapitänleutnant Hoffmann, der die Münchener Zentrale leitet, sind die Auftraggeber, die Ausführenden heißen Erwin Kern und Hermann Fischer. Ehemalige Freikorpssoldaten, die sich schon oft bewährt haben. Beide etwa in meinem Alter. Waren früher bei der Brigade Ehrhardt und haben am Kapp-Putsch teilgenommen. Sie sind seit einigen Tagen in Berlin. Suchten mich gestern Nacht im Hotel auf."

„Sie wohnen in einem Hotel?"

„In der Lützowstraße. Meine Wohnung musste ich ja damals, als ich nach München ging, aufgeben, und Verwandte, bei denen ich unterkommen könnte, habe ich nicht. Die OC finanziert mir das Zimmer, damit ich den Kameraden vor Ort zur Verfügung stehe."

„Wo sind Kern und Fischer abgestiegen?"

„Weiß ich nicht. Sie sagen mir nur das Nötigste. Sie misstrauen mir."

„Natürliche Vorsicht?"

„Sie wissen, dass Benno tot ist. Vielleicht vermuten sie, dass ich etwas damit zu tun habe. Kann sein, dass doch etwas von der Sache mit meinem Bruder durchgesickert ist."

Woher waren diese Leute bloß so verdammt gut informiert? Die Zeitungen hatten nichts über den Tod von Benno Albrecht gebracht, denn Gregors Kollegen hatten die Leiche stillschweigend entfernt.

„Haben die Sie bedroht?"

„Nein. Aber sie äußern sich vorsichtig, wenn ich in der Nähe bin. Wechseln das Thema, beobachten mich, Sie wissen schon. Ich muss aufpassen, was ich sage."

Gregor sah sich wachsam nach allen Seiten um. Die südöstlichen Teile des Tiergartens waren eine beliebte Promenade und zu jeder Tageszeit voller Spaziergänger. Ältere Damen und Herren führten ihre Hunde aus, Mütter schoben Kinderwagen vorbei, eine Gruppe Schuljungen vertrieb sich die Zeit mit Murmelspielen. Nichts Verdächtiges. „Sind Sie sicher, dass Sie nicht beschattet werden?"

„Keine Bange, ich habe darauf geachtet, dass mir niemand folgt."

„Wie soll der Anschlag ablaufen?"

„Ich glaube, sie planen, Rathenau zu erschießen, aus einem fahrenden Auto heraus. Ursprünglich war vorgesehen, dass Benno fährt. Jetzt, wo er tot ist, soll ich die Sache übernehmen."

„Ich denke, die trauen Ihnen nicht?“

„Sie brauchen mich. Ich bin ein ziemlich guter Fahrer. Nicht jeder kann ein Auto lenken, während auf dem Rücksitz gefeuert wird. Man braucht Nerven dazu. Muss den Wagen ruhig halten, damit die Schüsse auch treffen. So ein Fahrzeug kann man nicht einem x-beliebigen anvertrauen. Außerdem wollen sie so wenige Leute wie möglich einweihen. Und wenn man es genau bedenkt: Auf diese Weise haben sie mich unter Beobachtung, nicht wahr? Ich würd's genauso machen.“

„Aber wann? Wo?“

„Bald. Sehr bald. In zwei, drei Tagen vielleicht. Es gibt Probleme. Kern und Fischer geht das Geld aus. Ein Kurier mit Nachschub ist unterwegs, soviel ich weiß.“

„Und der Wagen? Was für einer ist es?“

„Keine Ahnung. Sie holen ihn gerade. Aus Sachsen, wenn mich nicht alles täuscht. Vielleicht sind sie auch schon wieder zurück. Wie gesagt, sie halten mich kurz, was Informationen angeht.“

„Wer beschafft ihnen das Auto?“

„Auch das kann ich nicht sagen. Irgendeine Ortsgruppe, vermute ich. Und wenn nicht die – Ehrhardt hat überall Verbindungen. Es existiert ein regelrechtes Netz von Gruppierungen, die sich gegenseitig unterstützen. Ehrhardt hat seinen persönlichen Adjutanten dazu abgestellt, für die Nationalsozialisten eine Ordnungstruppe aufzubauen, wussten Sie das? ‚Sturmabteilung‘ nennen sie sie.“

Dass die Nationalsozialisten und Ehrhardt sich verbündeten, überraschte Hendrik. Die Monarchisten, die Frontkämpfer, die völkischen Gruppierungen … sie hatten keineswegs dieselben Ziele und konnten sich für gewöhnlich gegenseitig nicht riechen.

„Was für einen Eindruck haben Sie von den Vorbereitungen?“, fragte Gregor. „Glauben Sie, der Anschlag hat mehr Aussicht auf Erfolg als der Anschlag auf Scheidemann?“

„Unbedingt. Die OC will ihre Scharte auswetzen. Scheidemann war aus ihrer Sicht eine Blamage. Diesmal überlassen die nichts dem Zufall.“

Gregor machte ein finsteres Gesicht. „Wo man hinsieht: nichts als Schwierigkeiten“, murmelte er.

„Ich fürchte, das ist noch nicht alles."

„Wie meinen Sie das?"

„Es gibt eine zweite Verschwörung."

„Was?"

„Ich habe zufällig aufgeschnappt, wie Kern und Fischer darüber sprachen. Irgendein Gymnasiast – den Namen habe ich leider nicht verstanden – brüstet sich damit, dass er Rathenau abknallen will. Er ist ganz wild darauf. Kern und Fischer haben ihm das ausgeredet, damit er ihnen nicht in die Quere kommt, aber wer weiß, ob er sich daran hält."

Hendrik blieb am Rosengarten stehen, hielt sich unauffällig die schmerzenden Rippen und atmete den Duft der Blüten ein. Rosensorten aus aller Welt blühten hier, entlang des Zauns wuchs Rhododendron, den der Kaiser auf eigene Kosten hatte anpflanzen lassen. Ein Idyll. Doch wenn man den Weg nur ein Stück weiter nach Westen fortsetzte, gelangte man an den Neuen See, an dem Liebknecht „auf der Flucht erschossen" worden war. Und weiter südlich lag der Landwehrkanal, in den Freikorpssoldaten die ermordete Rosa Luxemburg geworfen hatten.

Konnte man den unausgegorenen Plan eines Halbwüchsigen wirklich ernst nehmen? Andererseits: Jener Fähnrich, der den Mordanschlag auf Erzberger während des Beleidigungsprozesses gegen Helfferich verübt hatte – den fünften Anschlag, rief Hendrik sich ins Gedächtnis – war ebenfalls gerade erst zwanzig gewesen. Auch die Freikorps rekrutierten sich zum großen Teil aus fehlgeleiteten jungen Männern. Männer in einem Alter, in dem sie idealistisch und entschlossen waren – und leicht zu beeinflussen. Männer, denen niemand nachtrauerte. Denen man von Kindheit an eingetrichtert hatte, dass ihr Leben keinen eigenen Wert besaß, sondern diesen erst dadurch erhielt, dass sie sich aufopferten, für Betrieb, Familie, Vaterland.

„Anscheinend ist dieser Gymnasiast mit einem Studenten im Bunde, einem gewissen Günther."

„Günther – und wie weiter?"

„Keine Ahnung. Kann auch sein, dass das sein Nachname ist."

Gregor wandte sich an Hendrik. „Sagt dir dieser Günther etwas?“

„Nein. Aber ich erkundige mich an der Uni.“

„Tu das, bitte! Ich habe nicht genug Leute, um mich auch noch um durchgedrehte Schüler und Studenten zu kümmern.“ Gregor starrte in das Seerosenbassin. „Wo man hinsieht: lose Enden. Alles hat sich anscheinend gegen uns verschworen. Verstehen Sie mich nicht falsch, Herr Sebald, Ihre Informationen sind überaus wertvoll. Aber es sind eben nur Bruchstücke, die nicht ausreichen, um einen entscheidenden Schlag gegen diese Mordbrenner zu führen.“

Ludwig grinste. „Was für ein Glück, dass ich noch ein kleines Bonbon für Sie habe, Herr Kommissar.“

„Was für ein Bonbon?“

„Ich gebe Ihnen die Möglichkeit, Kern und Fischer zu schnappen.“

„Wann? Wo?“

„Heute Abend um zehn. Vor meinem Hotel.“

23

Hendrik bog einen Zweig beiseite, um besser sehen zu können. „Da kommt jemand!“, flüsterte er.

Sein Bruder richtete sich auf, sank aber gleich wieder in die Hocke. „Bloß die Frau des Hotelbesitzers“, sagte er. „Führt jeden Abend ihren Hund aus.“

Enttäuscht ließ Hendrik sich hinter dem Gebüsch des Vorgartens nieder. Observierung war eine ausgesprochen langweilige Tätigkeit und unbequem dazu. Was hätte er stattdessen nicht alles erledigen können! Er sah auf seine Uhr. Zehn vor zehn. Er könnte jetzt zu Hause in seinem Sessel sitzen, eine Tasse Tee neben sich, und ein Buch lesen. Oder am Schlusskapitel seines Manuskriptes feilen. Er konnte sich ein Dutzend Dinge vorstellen, die angenehmer waren, als zu nachtschlafender Zeit in einem fremden Garten herumzulungern und die Eingangstür des Hotels gegenüber zu beobachten. Was trieb ihn bloß dazu, sich immer wieder in Gregors Arbeit einzumischen? Schuster, bleib bei deinem Leisten!

Mit den Augen suchte er die Fenster im ersten Stock ab, bis er das richtige fand. Das dritte, das mit den grünen Gardinen. Sobald Kern und Fischer da waren, würde Ludwig die Gardinen schließen, und die Falle konnte zuschnappen. Acht Polizisten, in den Häusern der Nachbarschaft versteckt, warteten darauf loszuschlagen. Sie hatten keine Ahnung, worum es ging, wussten nur, dass Mörder gestellt werden sollten. Seit klar war, dass staatliche Stellen wie das Kasseler Justizministerium Informationen an die OC weitergaben, war Gregor vorsichtig geworden und hatte niemandem, nicht einmal seinen engsten Mitarbeitern, verraten, dass Ludwig Sebald auf ihrer Seite stand. Sicher war sicher.

Wieder sah Hendrik auf die Uhr. Zehn vor zehn. Bewegte sich der Zeiger denn überhaupt nicht? Seufzend kroch der Professor zu einem Apfelbaum, lehnte sich dagegen, um seine malträtierten Rippen zu entlasten, und streckte die Beine. Er sollte etwas Sinnvolles tun, ehe er anfing, an den Nägeln zu kauen. Er kramte in der Hosentasche, fand einen seiner zahllosen Bleistiftstummel und ein Stück Papier. Dieses breitete er auf den Knien aus und schrieb:

Zeitl. Ablauf:
12.6.21: Hoffest. Dreieck Hartmut Gensch – Ada Bredow – Erwin Overbeck
26.8.21: Ermordung Erzberger
1.9.21: Gensch zieht mit Overbeck durch die Wirtshäuser. Kehrt abends nicht mehr heim, vermutlich ermordet. Eifersuchtsdrama oder Hinrichtung?
4.6.22: Blausäureattentat auf Scheidemann
???: Geplanter Mord an Rathenau

Personen:
Hartmut Gensch: Verschwindet öfters. OC-Mitglied. Geldschwierigkeiten. Hat vermutlich die OC erpresst
Ada Bredow: Geschenke von H. Gensch. Zieht Overbeck vor
Erwin Overbeck: Eifersucht? Wie echt war seine Freundschaft zu Gensch?

Heiko Brehm: Nur ein harmloser Bekannter? Er hat das Hoffest organisiert (noch mal darüber nachdenken!)
Theodor Brüdigam: Zuverlässig? Betrüger? Verrückt? Spitzel – für wen?
Einar Gerecke: Kommunist. Steckt er mit der OC im Bunde?
Ludwig Sebald: Rache für Leander? Andere Gründe? Kann man ihm trauen?
OC-Verschwörer: Ehrhardt, Tillessen, Hoffmann, von Killinger, Kern, Fischer. Provokationsstrategie!
Zweite Verschwörung: Unbekannter Schüler. Student, Name möglicherweise Günther

Undichte Stellen:
Kasseler Reichswehr. Kasseler Justiz?

Geplantes Attentat:
Pistolen?
Auto aus Sachsen?
Fahrer?
Finanzen?

Hendrik ließ den Zettel sinken. Fragen, nichts als Fragen, und keine Antworten. War das Motiv für den Mord an Hartmut Gensch nun privater oder politischer Natur? Und dann die Mitwirkenden in diesem Drama – einer undurchsichtiger als der andere. Besonders Theodor Brüdigam. Allerdings hatten sich seine Voraussagen bis jetzt samt und sonders als zutreffend herausgestellt. Ludwig Sebalds Informationen bestätigten das, wozu säßen sie sonst hier? Was immer Brüdigam also sein mochte, er war bei klarem Verstand. Kurz entschlossen strich Hendrik das „verrückt" von seinem Zettel.

„Was machst du da?" Diana spähte über seine Schulter.

„Ich versuche herauszufinden, wo wir stehen."

„Und wo stehen wir?"

„Was Hartmut Gensch angeht, ziemlich weit hinten. Wenn Ludwig nichts Neues herausfindet, sehe ich schwarz, dass wir diesen Fall je abschließen werden."

„Armer Gregor. Noch mehr schlaflose Nächte."

Sie zauberte einen dieser neumodischen Drehlippenstifte hervor und zog die Form ihrer Lippen damit nach. Es galt als schick und unerhört, etwas derart Intimes in der Öffentlichkeit zu tun; kein Wunder, dass Diana jede Gelegenheit dazu nutzte. Provokationsstrategie, dachte Hendrik träge.

„Wie findest du die Farbe?"

„Auf einen Blinden könntest du damit durchaus Eindruck machen."

Diana schnaubte durch die Nase und begab sich ans andere Ende des Gartens. Hendrik lachte leise in sich hinein.

„Wenn ihr euch weiter so auffällig benehmt, können wir die Sache gleich abblasen." Gregor kam herangerobbt, einen missbilligenden Ausdruck auf dem Gesicht. Er sah Diana nach. „Habt ihr euch gestritten?"

„Nur ein kleiner Schlagabtausch. Regt die Hirntätigkeit an."

„Ich verstehe euch nicht."

„Das ist nichts Neues."

Gregor zupfte einen Fussel von seiner Hose und sah gleichmütig im Garten umher, dass Hendrik wusste, er war auf irgendetwas aus. „Behauptest du immer noch, zwischen dir und Fräulein Escher sei nichts als Freundschaft?"

Aha, daher wehte der Wind! „Wenn du es nach all der Zeit immer noch nicht begriffen hast, kann ich dir auch nicht helfen."

„Ich habe sie erlebt, als du in der Hand von diesem Albrecht warst. Als wir dachten, dir sei etwas zugestoßen. Sie war außer sich vor Sorge."

„Wäre ich im umgekehrten Fall auch. Sie bedeutet mir viel. Wie das nun mal so ist zwischen wahren Freunden."

„Du machst dir etwas vor."

„Bist du sicher, dass ich es bin, der sich etwas vormacht?"

Gregor gab einen abfälligen Laut von sich und zog sich auf seinen Beobachtungsposten zurück. Allein die Tatsache, dass er nicht nachfragte, wie Hendrik seine Worte meinte, sagte genug. Gregor, Gregor, du solltest langsam etwas wagen!

Plötzlich kam Bewegung in seinen Bruder. Hendrik richtete sich auf und entdeckte einen Mann vor dem Hotel, der sich verstohlen umsah und dann durch die Eingangstür schlüpfte. Sein Gesicht hatte im Schatten gelegen, doch irgendetwas an der Gestalt war Hendrik vertraut vorgekommen.

Er kroch zu seinem Bruder, Diana ebenfalls.

„Das war weder Kern noch Fischer", flüsterte Gregor, „die Beschreibung passt nicht."

„Ein anderer Hotelgast?"

„Die meisten Zimmer stehen leer. Außer Ludwig Sebald halten sich nur eine alte Dame mit ihrer Tochter und ein betagter Herr dort auf. Unwahrscheinlich, dass die um diese Zeit noch Besuch bekommen. Irgendwie kam mir der Kerl bekannt vor."

„Mir auch. Ich glaube, es lag am Gang."

„Mir nicht", meinte Diana.

Angespannt beobachteten die drei Ludwigs Fenster. Tatsächlich sah man nach einer Weile einen Schatten hinter der Gardine vorbeihuschen, gefolgt von einem zweiten. Ein weiterer Verschwörer? Hendrik stellte die Frage laut.

„Möglich. Aber das nützt uns nichts. Wir brauchen die Attentäter."

Sie sahen die Straße hinauf und hinab, doch abgesehen von einer Gruppe Trunkenbolde, die polternd ein Wirtshaus weiter oben aufsuchte, war niemand zu sehen. Auch hinter dem Fenster tat sich nichts, weder tauchten die Schatten ein zweites Mal auf, noch gab Ludwig das vereinbarte Zeichen.

Die Zeit wurde den Beobachtern lang. Wohl fünf Minuten vergingen, ohne dass etwas geschah. Dann öffnete sich plötzlich die Eingangstür, und der Besucher trat wieder heraus. Das Licht einer Laterne fiel auf das Gesicht des Mannes.

„Erwin Overbeck! Was macht der denn hier?"

„Gehört der etwa auch zur OC?"

„Davon hatte ich keine Ahnung." Gregor war mindestens so überrascht wie Hendrik und Diana.

Diese Erkenntnis gab der Sache eine völlig neue Wendung. Wenn Erwin Overbeck ein Mitglied der Organisation Consul war, hatte er einen doppelten Grund gehabt, Hartmut Gensch zu töten. Eifersucht wäre dann zusätzliche Motivation für einen angeordneten Fememord gewesen. Plötzlich wurde der Mann wieder zum Hauptverdächtigen.

„Was nun?“

Eine rasche Entscheidung war zu treffen, denn Overbeck entfernte sich mit eiligen Schritten und drohte, ihnen zu entkommen. Jeden Augenblick konnte es zu spät sein.

„Willst du ihn nicht festnehmen?“

„Was soll das nützen? Ich kann ihm nichts beweisen. Wenn ich ihn jetzt schnappe, sind die Attentäter gewarnt, und Ludwig Sebalds Tarnung fliegt auf. Das riskiere ich erst, wenn ich Kern und Fischer in meiner Hand weiß.“

Sie kauerten sich erneut nieder und beobachteten die Eingangstür. Keine zwei Minuten vergingen, dann kam Ludwig herausgeschlendert. Wie ein müßiger Spaziergänger überquerte er die Straße, blieb vor dem Gartenzaun stehen und zündete sich eine Zigarette an. „Das war ein Kurier“, flüsterte er in die Dunkelheit, bemüht, nicht allzu auffällig zu ihnen herüberzusehen.

„Erwin Overbeck, nicht wahr?“

„Sie kennen ihn?“

„Flüchtig. Er arbeitet also für die OC?“

„Anscheinend. Bin ihm nie zuvor begegnet.“

„Was ist mit Kern und Fischer?“

„Das Treffen musste verschoben werden. Die vorgesehene Mordwaffe streut. Die beiden sind nach Schwerin, um eine neue zu besorgen.“

„Verdammt!“, fluchte Gregor halblaut.

„Das neue Treffen findet übermorgen früh um zehn statt. Wieder hier, im Hotel.“ Ludwig blies das Streichholz aus und ging gemächlich die Straße hinunter.

„Gut, dass du nicht auf mich gehört hast“, sagte Hendrik. „So bekommen wir eine zweite Chance.“

24

Mit dem Fuß hielt Hendrik die Tür auf, während er gleichzeitig neunzehn Bücher in die Universitätsbibliothek balancierte, eine akrobatische Glanzleistung, die seinen lädierten Rippen nicht eben gut tat.

„Ah, ein seltener Gast!" Noah Rosenthal, der Bibliothekar, tauchte hinter einem der Bücherregale auf und half ihm, seine Last unfallfrei abzusetzen. „Ich dachte schon, ich hätte die Pocken, weil sich keiner meiner Freunde mehr blicken lässt."

„In den letzten Wochen habe ich jede freie Minute wie ein Besessener gearbeitet", sagte Hendrik. Dann breitete sich ein Grinsen auf seinem Gesicht aus, das sich von einem Ohr zum anderen zog. „Mein Buch ist beinahe fertig. Nur noch ein paar Absätze."

„Wie schön! Dann haben wir endlich die Chance, unsere Bestände zurückzubekommen."

„Wenn ich durch bin, mache ich drei Kreuze. Ich glaube, dann werde ich mich zum ersten Mal in meinem Leben betrinken."

„Du? Das kannst du deiner Großmutter erzählen."

„Also gut, sagen wir: Ich genehmige mir ein halbes Glas Wein."

„Exzesse! Orgien! Sündenbabel!"

Sie lachten.

Hendrik sah Noah dabei zu, wie er die Bücher zurückverbuchte. Der alte Mann mit seinen 74 Jahren hatte immer noch ein phänomenales Gedächtnis. Er kannte gewissermaßen jedes Buch der Bibliothek mit Vornamen. Und auch so ziemlich jeden, der hier studierte. „Sag mal … sagt dir ein Student namens Günther etwas?"

„Ich kenne ungefähr drei Dutzend, die so heißen. Ein bisschen genauer müsste deine Frage schon sein."

„Das ist eben mein Problem: Ich weiß nichts Genaueres. Außer dass er sich vermutlich im deutschnationalen Umfeld herumtreibt. Möglicherweise ist Günther nicht mal sein Vorname, sondern sein Nachname."

„Du machst wieder Polizeiarbeit für deinen Bruder, ja?"

„Ich kann es nicht leugnen."

Noah erwiderte nichts, ging zu einem Regal und schob zwei Lexika hinein.

Hendrik konnte die Missbilligung körperlich spüren. Es war ihm schon öfter aufgefallen, dass der alte Mann verschlossen wurde, wann immer die Sprache auf kriminalistische Ermittlungen kam. Er hätte ihn gern nach dem Grund gefragt, aber er ahnte, dass er damit einen wunden Punkt berührte, so ließ er es jedes Mal auf sich beruhen. Wenn Noah nicht von sich aus damit anfing, hatte er kein Recht, eine Erklärung zu verlangen.

„Die halbe Universität ist deutschnational verseucht. Unmöglich, den Richtigen herauszufischen."

Da konnte Hendrik ihm nur recht geben. Nicht allein, was die Studenten anging – auch die Professoren machten da keine Ausnahme. Man brauchte bloß an das geplante Denkmal für die im Weltkrieg gefallenen Universitätsangehörigen zu denken, das im September eingeweiht werden sollte. *Invictis victi victori* war als Inschrift geplant. *Den Unbesiegten von den Besiegten, die einst siegen werden.* Der revanchistische Sinnspruch hatte schon auf der Gedenkfeier vor drei Jahren, als er zum ersten Mal verkündet wurde, Anstoß erregt, zumindest bei denen, die noch bei Verstand waren. Genutzt hatte es anscheinend nichts.

„Weißt du sicher, dass dieser Günther bei uns studiert?", wollte Noah wissen.

„Nein", musste Hendrik zugeben. Der junge Mann konnte ebensogut an der Technischen Hochschule eingeschrieben sein. Oder sein Studium nie aufgenommen haben.

„Tja, dann ..."

Wahrscheinlich war es vermessen gewesen zu erwarten, er brauche bloß eine simple Frage zu stellen, und schon würde sich ihm die Identität des Studenten enthüllen. Die eigentliche Gefahr kam ohnehin von der OC und ihren professionellen Mördern. Eben jetzt, in diesem Moment, dachten Ehrhardts Männer darüber nach, wie sie das Leben eines Menschen auslöschen konnten, den sie nicht mal persönlich kannten. Eben jetzt planten sie den Ablauf, verteilten die

Aufgaben, luden ihre Waffen. Gewalt, überall Gewalt! Die Republik kam einfach nicht zur Ruhe. Aber anderswo war es auch nicht besser: Die Morgenzeitungen berichteten, dass Feldmarschall Wilson auf seinem Landsitz bei London von Mitgliedern der irisch-republikanischen Armee ermordet worden war.

An der Tür wurde schüchtern geklopft. Ein Strubbelkopf guckte herein.

„Ah, Anton, da bist du ja!"

„Der verlorene Sohn ist zurückgekehrt", meinte Noah. „Komm herein, *jingel*!"

Mit niedergeschlagenen Augen reichte der junge Broscheck den Männern die Hand.

„Wir haben am Dienstag einen Schwung neuer Bücher eingearbeitet, da dachte ich bei mir: Wie schade, dass der Anton nicht hier ist, der hätte seine Freude daran. Aber vielleicht magst du nächste Woche mithelfen, Bücherspenden durchzusehen."

„Ich … weiß nich', ob ich Zeit hab'. Wahrscheinlich nich'."

Was war bloß mit dem Jungen los? „Musst du arbeiten?", fragte Hendrik. Diesmal wollte er sich nicht mit Ausreden abspeisen lassen.

„Ja. Nein."

„Ja und nein? Gleichzeitig?"

„Ich muss schon arbeiten. Aber nich' den ganzen Tag."

„Mit anderen Worten: Die Arbeit ist nicht der Grund, weshalb du dich hier nicht blicken lässt. Stimmt's?"

Anton verbarg seine Augen unter niedergeschlagenen Wimpern. „Ja", gestand er.

„Meinst du nicht, deine Freunde verdienen es, dass du ihnen den wahren Grund nennst?"

„Es … es is' bloß, weil … der Oskar sagt … wer mit Juden verkehrt, is' ein Vaterlandsverräter. Weil die Juden am Untergang Deutschlands schuld sind und … und … und Wucherer und Halsabschneider." Er sah Noah an. „Ich hab' ihm gesagt, dass Sie nich' so sind. Sie … Sie sagen nie was Schlechtes über Deutschland. Sie sind nett und freundlich und überhaupt ganz anders. Gar nich' wie die anderen Juden. Nich' wahr, das stimmt doch?"

„*Nu,* ich bin kein sehr gläubiger Mensch. Aber eine Ausnahme? Nein, das wohl nicht. Höchstens in der Weise, in der jeder von uns eine Ausnahme ist: Weil ich einen weißen Bart trage und keinen schwarzen. Weil ich Radieschen mag und du nicht. Weil ich lieber an meinem Fahrrad herumbastele statt Karikaturen zu zeichnen wie Hendrik. Aber sonst? Sonst bin ich ein Jude wie alle anderen auch." Er sagte es ruhig, beinahe gleichmütig.

Hendrik hatte die ganze Zeit die Luft angehalten. Jetzt wagte er zum ersten Mal wieder zu atmen. Aus Noahs Stimme klangen weder Zorn noch Verletzung. Höchstens ein bisschen Wehmut. Wie wenn man feststellt, dass die letzten Blumen verschwunden sind und der Sommer allmählich einer kälteren Jahreszeit Platz macht.

„Ich … ich hab' darüber nachgedacht, worüber wir neulich geredet ham", sagte Anton zu Hendrik. „Über das mit der Seele. Dass die bei jedem ganz einmalig is'. Deswegen glaub' ich auch nich', dass der Oskar recht hat. Aber … aber es stimmt auch, dass Juden anders sind als Deutsche."

„Ich bin Deutscher", erklärte Noah. „Schon meine Eltern waren deutsch."

„Sie? Geht das überhaupt?"

„Warum sollte das nicht gehen?"

„Na, weil …" Der Junge rieb seine Nasenspitze zwischen Daumen und Zeigefinger. Schließlich gab er auf, zuckte die Achseln. „Und was ist mit dem Rest? Sie wissen schon … dass Juden für alles Geld nehm' und Leute betrügen und so?"

Hendrik übernahm es zu antworten. Er erzählte Anton vom christlich begründeten Verbot des Geldverleihs. „Und weil die Juden von vielen Berufen ausgeschlossen waren, verlegten sich manche von ihnen eben auf das, was die Christen nicht durften."

„Vielleicht wollten die in Wahrheit ja lieber was anderes machen", überlegte Anton, „genau wie mein Papa."

„Du meinst, sie würden lieber in einer Welt leben, in der jeder das tut, was er am besten kann?"

„Das wär' bestimmt eine bessere Welt. Dann wären die Leute nich' mehr so gemein. Wie die aus'm Nachbarhaus, die bloß neidisch sind, weil wir weniger Miete zahlen." Anton sah zu Boden. „Sind Sie ... böse, weil ich so lange nich' gekommen bin?", fragte er Noah.

„*Nu,* sagen wir so: Ich habe bei dir was gut. Mindestens zweimal schlechte Laune und ein Schimpfwort. Ein richtig übles Schimpfwort. Plus fünfzig Prozent Zinsen. Pro Tag, wohlgemerkt."

Anton blickte auf. „Sie ham einen Witz gemacht, nich'?", fragte er unsicher.

„Ich weiß nicht. Was denkst du?"

Der Junge grinste. „Klar ham Sie einen Witz gemacht!" Er kicherte. „Pro Tag!" Jetzt lachte er so laut, dass sich ein Student, der am anderen Ende des Raumes in einem Buch blätterte, böse nach ihm umdrehte.

„Hatte ich dir eigentlich schon unsere Bücher über König Artus gezeigt?"

„Nee."

„Na, dann komm mal mit, *jingel*!"

Hendrik sah den beiden nach, wie sie in vertrauter Eintracht hinter den Regalen verschwanden. Wenn nur alle Probleme so leicht aus der Welt zu schaffen wären!

25

„Ha!", sagte Diana so unvermittelt, dass ein entgegenkommender Passant erschrocken zusammenzuckte. Ein Grinsen breitete sich auf ihrem Gesicht aus. Sie war einfach gut, nicht wahr? Auch wenn Gregor das nicht zugeben konnte. Na schön, er hatte sie gestern zur Observierung des Hotels mitgenommen, aber er hätte ruhig ein bisschen deutlicher zum Ausdruck bringen können, dass sie ihm imponierte. Im Handumdrehen hatte sie den Code geknackt. Im Handumdrehen! Oder jedenfalls ziemlich schnell. Sechs Tage – das war gar nichts. Ein Klacks. Sie war eben einfach gut. Phänomenal. Warum konnte er ihr das nicht sagen?

Beinahe wäre Diana in Heinrich Lampe hineingerannt, den dritten Kaplan der Matthias-Kirche, der von der anderen Seite den

Winterfeldtplatz überquerte, anscheinend ebenfalls in Gedanken. „Oh, guten Morgen, Hochwürden!"

Obwohl Diana nicht gläubig war, ja, nicht einmal viel von Religion hielt, hatte sie sich mit ihm angefreundet. Er war einer der Wenigen, die sie und Hendrik nicht für das verurteilten, was nach außen wie eine „wilde Ehe" aussah, und das als katholischer Priester! Kein weltfremder Kirchenmann, sondern einer, der mit beiden Beinen im Leben stand. Aber als ehemaligem Divisionspfarrer war ihm vermutlich nichts Menschliches fremd. Gelegentlich begegneten sie sich auf dem Markt, dann hielten sie immer einen Schwatz. Einmal war sie sogar zu einer seiner Messen gegangen.

„Ach, guten Morgen, Fräulein Escher!", erwiderte er, aber er machte dabei einen abwesenden Eindruck.

„Wie geht's der Kirche? Kein Blitzschlag in letzter Zeit?"

Er lächelte flüchtig. „Unwahrscheinlich, dass der Herr solch unbedeutende Wesen wie uns zweimal zeichnet." Zerstreut fuhr er sich über das Gesicht. „Es tut mir leid, ich würde gern länger mit ihnen plaudern, aber ich bin in Eile."

„Natürlich. Lassen Sie sich nicht aufhalten! Bis zum nächsten Mal!"

Er nickte ihr zu und war schon einige Schritte weitergegangen, als er stockte und sich wie in Gedanken noch einmal umdrehte. „Fräulein Escher ...", sagte er.

„Ja?"

„Sie sind doch mit einem Kriminalkommissar befreundet, nicht wahr?"

„Ist in Ihrer Kirche etwas gestohlen worden?"

Der Kaplan schüttelte den Kopf und machte einige zögernde Schritte auf sie zu. Offenbar wusste er nicht recht, was er sagen sollte. „Ich bin nicht sicher, ob ...", murmelte er. Sein Blick wanderte von Diana zur Kirche, dann weiter zum Himmel, als erhoffe er sich von dort eine Antwort, und wieder zurück zu Diana. „Vielleicht ist es Fügung, dass ich Sie treffe. Vielleicht soll es so sein. Hätten ... hätten Sie wohl einen Moment Zeit?"

„Aber natürlich. Worum geht es?"

„Nicht hier. Und nicht in der Kirche. Wo können wir …?“ Er sah sich suchend um, als erwarte er, dass sich jeden Augenblick ein verschwiegener Ort vor ihnen auftäte.

„Wenn es Ihnen nichts ausmacht, können wir zu mir gehen.“

„Ungewöhnliche Umstände erfordern ungewöhnliche Handlungen.“

Sie begaben sich in Hendriks und Dianas Wohnung. Hastig räumte Diana Modezeitschriften, Physikbücher und schmutziges Geschirr vom Tisch und schob die Stühle dahin, wo sie hingehörten. Es war ihr peinlich, wie unaufgeräumt das Wohnzimmer aussah. Sie bot dem Kaplan Platz an und holte Tee, Kanne und Tassen hervor. Hendrik war noch in der Universität, also stibitzte sie eine Dose Gebäck aus seinem Zimmer und stellte sie dem Priester auf den Tisch. „Was haben Sie auf dem Herzen?“, fragte sie, während sie Wasser aufsetzte.

„Es handelt sich um eine heikle Angelegenheit.“ Kaplan Lampe drehte eine Untertasse hin und her. „Das Beichtgeheimnis ist unverletzlich, wie Sie wissen. Es zu brechen, ist eine ernste Sache.“

„Jemand hat Ihnen etwas gebeichtet? Ein Verbrechen?“

„Dieses Verbrechen … ist noch nicht geschehen.“ Er stellte die Untertasse beiseite. „Der Mann, der zu mir kam, gehört nicht dem katholischen Glauben an, insofern wiegt meine Schuld möglicherweise weniger schwer, wenn ich das Beichtgeheimnis breche. Aber vielleicht sieht Gott das anders.“ Er fuhr sich mit der Hand über die Stirn, als wolle er eine Last von dort fortwischen. „Ich habe ohnehin bereits darüber gesprochen. Vermutlich kommt es auf einmal mehr oder weniger nicht an. Dennoch …“

Endlich schien er sich gefasst zu haben und blickte Diana offen ins Gesicht. „Ich werde keine Namen nennen. Mit dem Herrn Reichskanzler habe ich es ähnlich gehalten. Vielleicht ist dies ein Kompromiss, der in Gottes Augen durchgeht.“

„Joseph Wirth? Sie haben mit Herrn Wirth gesprochen? Worüber?“

„Wir sind alte Parteifreunde. Und ich … ich wusste nicht, an wen ich mich sonst wenden sollte. Der Mann, der zu mir in den

Beichtstuhl kam … er behauptet, einer Organisation anzugehören, die Anschläge auf führende Politiker verübt."

Diana sog scharf den Atem ein. Auf Kirchendiebstahl war sie gefasst gewesen, auf Probleme mit einem Gemeindemitglied – aber hier, ausgerechnet vor ihrer eigenen Tür, auf eine weitere Spur der OC zu stoßen, damit hatte sie am allerwenigsten gerechnet.

„Das nächste Opfer ist bereits auserkoren."

„Walther Rathenau."

„Sie wissen …?"

„Zu wenig, viel zu wenig! Erzählen Sie weiter!"

„Dieser Mann, der zu mir kam … seinen Worten nach wurde er durch ein Losverfahren ausgewählt, das Fluchtauto zu fahren."

Sprach der Kaplan etwa von Ludwig Sebald? Diana verwarf den Gedanken sofort wieder. Der ehemalige Student hatte sich freiwillig der OC angedient, um ihre Pläne zu sabotieren. Und er war gewiss nicht der Typ, der zur Beichte ging, wenn er mit einer Sache nicht zurechtkam. Wurden also zwei Fahrer benötigt? Gab es mehrere Autos? Mehrere unabhängig operierende Attentäter? Vielleicht dieser Gymnasiast, den Ludwig Sebald erwähnt hatte? War es ein Versuch der Verschwörer, Ludwig, dem sie nicht recht trauten, auszubooten? Oder gingen sie nach dem Tod von Benno Albrecht, dem ursprünglichen Fahrer, einfach auf Nummer Sicher?

„Ich … konnte ihm sein Vorhaben nicht ausreden. ‚Wenn ich nicht tue, was sie von mir verlangen, bin ich selber dran', sagte er. Ich glaube, er kam zu mir, weil er hoffte, dass ich den Minister warne. Ich werde dies als mildernden Umstand anführen, wenn ich mich dereinst vor meinem Herrn für den Bruch des Beichtgeheimnisses verantworten muss."

„Haben Sie es getan? Rathenau gewarnt, meine ich?"

„Ich sprach mit dem Reichskanzler, und der sprach mit Dr. Rathenau. Genutzt hat es, dem Vernehmen nach, nicht viel."

Nein, Rathenau schlug alle Warnungen in den Wind, das hatte Diana am eigenen Leib erfahren. Es war beinahe, als suche er den Tod. „Hat der Mann gesagt, wann und wo der Anschlag stattfinden soll?"

„Der Zeitpunkt steht noch nicht fest. Aber es kann jeden Tag geschehen. Jede Stunde. Sobald diese Männer alles beisammen haben, was sie benötigen." Der Kaplan ergriff Diana beim Arm. „Tun Sie etwas, ich beschwöre Sie! Informieren Sie Ihren Bekannten bei der Kriminalpolizei! Verhindern Sie dieses schreckliche Verbrechen!"

26

Punkt. Hendrik lehnte sich in seinem Stuhl zurück, betrachtete die Decke und konnte kaum fassen, dass er endlich, endlich mit seinem Manuskript fertig war. Fast drei Jahre hatte er gebraucht, das Werk zu vollenden, immer wieder von Zweifeln und Phasen der Resignation unterbrochen.

Diana war ein guter Katalysator gewesen. Sie beide waren in so ziemlich allem anderer Meinung, und an ihrem Widerspruch hatte er seine Theorien überprüfen können. Wenn sie doch nur schon zu Hause wäre! Er wollte ihr vom letzten Kapitel erzählen, ihre Einwände hören, sich an ihrem Scharfsinn reiben. Ihr um den Hals fallen, sie durchs Zimmer wirbeln, mit ihr feiern.

Ein Lied trällernd ging er in die Küche, um den Sekt kalt zu stellen, den er vorausblickend besorgt hatte. Wo blieb sie bloß? Wie spät war es denn? Erst halb acht? Dadurch, dass er sich mit Anton früher getroffen hatte als sonst, war seine innere Uhr durcheinandergeraten. Trotzdem, Diana musste mit ihrem obligatorischen Besuch im Gefängnis längst fertig sein. Bestimmt war sie schon auf dem Rückweg. Zumal Gregor um acht vorbeikommen wollte, um mit ihnen über den Fall Hartmut Gensch zu sprechen. Das würde sie sich um nichts in der Welt entgehen lassen.

Hendrik setzte sich wieder an den Schreibtisch, um das letzte Kapitel noch einmal durchzulesen, aber es hielt ihn nicht auf seinem Platz, so gab er schließlich auf und ging beseelt durch die Wohnung, ohne Ziel, einfach nur, um zu gehen.

Zum Glück kam Diana bald darauf nach Hause. Hendrik forschte in ihrem Gesicht nach Zeichen von Kummer und war froh, als er nichts entdecken konnte. Er begrüßte sie, ohne sich nach ihrem Gefängnisbesuch zu erkundigen. In der Regel vermieden sie das Thema, weil es zu sehr schmerzte. Friedrich war Dianas Lieblingsonkel gewesen. Der einzige aus ihrer Familie, den sie wirklich mochte.

„Hast du auf mich gewartet?"

Hendrik zauberte zwei gefüllte Sektgläser hinter seinem Rücken hervor.

„Du bist fertig? Du hast es geschafft?" Ihre Kombinationsgabe ließ wie immer nichts zu wünschen übrig.

„Vor etwa zehn Minuten."

„Und?"

„Es ist gut. Ja, ich glaube, es ist richtig gut!"

Sie umarmte ihn und gab ihm einen Kuss auf die Wange. Gemeinsam stießen sie an und genehmigten sich einen Schluck Sekt.

„Lass es mich lesen!"

„Besser morgen. Gregor wird gleich hier sein."

„Oh, ja!" Hektisch sah sie an sich herunter. „Soll ich mir etwas anderes anziehen? Steht mir der Wollrock? Glaubst du, oliv passt zur lila Bluse?"

Hendrik verkniff sich eine Bemerkung. „Du siehst gut aus."

„Wirklich?"

„Ja." Gregor waren Dianas eigenwillige Geschmacksvorstellungen schließlich bekannt. Es würde ihn eher irritieren, wenn sie plötzlich Farben trüge, die miteinander harmonierten.

„Es geht mir bloß darum, keinen schlechten Eindruck zu machen."

„Ja."

„Wegen … weil … damit er mich nicht für zickig hält."

„Ja."

„Damit er mich ernst nimmt, verstehst du? Weil –"

„Diana, du siehst gut aus, du bist ein reizender Mensch, und Gregor schätzt deinen Verstand. Deswegen kommt er schließlich her und berät sich mit uns."

„Ich benehme mich albern, ja?"

Nur wie jemand, der im Begriff ist, sich zu verlieben. „Ganz und gar nicht."

Es klingelte. Diana kippte nervös den Rest Sekt hinunter, während Hendrik zur Tür ging.

„Was wird denn hier gefeiert?", war das erste, was Gregor sagte.

„Guten Abend, Gregor. Wir feiern den erfolgreichen Abschluss meines Manuskriptes. Auch ein Glas?"

„Da sage ich nicht nein. Obwohl ich wünschte, wir würden den erfolgreichen Abschluss des Alptraums feiern, zu dem sich dieser Fall entwickelt."

Hendrik füllte ein Glas für Gregor und schenkte Diana neu ein. Sie stießen an.

„Auf dein Buch!"

„Auf den glücklichen Ausgang deines Falles!"

„Auf ein langes Leben für alle, die auf der Abschussliste der OC stehen!"

Einen beklommenen Augenblick lang schwiegen sie. Dann leerten sie ihre Gläser.

„Leider habe ich nicht viel Zeit. Lasst uns deshalb gleich anfangen!"

„Also, ich habe mich bemüht, etwas über diesen Studenten in Erfahrung zu bringen."

„Und?"

„Fehlanzeige. Ohne einen vollständigen Namen komme ich nicht weiter. Es gibt zahllose Günthers an der Universität, und wir wissen ja nicht einmal, ob er bei uns studiert."

„Ich glaube ohnehin nicht, dass es von Bedeutung ist. Die OC lässt sich nicht die Butter vom Brot nehmen."

„Was gibt's bei dir Neues?"

„Wir haben uns eingehend mit Erwin Overbeck beschäftigt, konnten aber keinen Hinweis finden, dass er auf der Gehaltsliste der OC steht. Andererseits … beim Oberschlesischen Selbstschutz kämpfte er in vorderster Front, seine Kameraden schwärmen von seinem Draufgängertum. Und jetzt soll er zum ruhigen Bankangestellten mutiert sein? Ich glaube, er hat Oberschlesien nicht wegen der Stelle in der

Bank sausen lassen, sondern weil er von der OC angeworben wurde. Es würde erklären, woher das Geld stammt, das er ausgibt. Leider ist das nicht mehr als eine Vermutung. Es ist uns nicht gelungen, die Lücken in seiner Biografie zu füllen, obwohl Edgar unermüdlich gräbt.

Dann Hartmut Gensch. Auch bei ihm tappen wir nach wie vor im Dunkeln. Wohin verschwand er gelegentlich? Wer war seine Kontaktperson bei der Organisation Consul? Hat er die OC wirklich erpresst? Wir wissen es nicht. Seine finanziellen Schwierigkeiten stehen außer Zweifel, und dass er sein Geld nicht beisammenhalten konnte, hat sich ebenfalls bestätigt. Geliehen hat er, unseren Ermittlungen nach, trotzdem nichts, weder von Freunden noch von professionellen Geldverleihern.

Weiter: Ada Bredow. Je mehr wir über sie herausfinden, desto farbloser wird sie. Wenn wir allerdings genauer hinschauen, erscheint sie einem plötzlich genauso undurchsichtig wie die anderen Verdächtigen. War sie nun mit Hartmut Gensch verlobt, wie seine Mutter behauptet, oder hat er mehr in ihrem Verhältnis gesehen, als wirklich dran war? Man sollte meinen, dass es einfach wäre, in diesem Punkt Klarheit zu gewinnen, aber die Aussagen von Freunden und Bekannten widersprechen sich.

Heiko Brehm? Hat möglicherweise selbst ein Auge auf Fräulein Bredow geworfen. Zumindest ist er ein-, zweimal mit ihr ausgegangen, was er uns wohlweislich verschwiegen hat. Allerdings ist das schon eine Weile her, hat also vielleicht nichts zu sagen.

Einar Gereckes Vergangenheit gibt nichts her außer einem lupenreinen kommunistischen Werdegang. Wenn Edgar bis morgen früh nichts Aufregendes findet, werde ich ihn mir persönlich vorknöpfen.

Tja, und sonst? Die Kasseler Kollegen, die das Attentat auf Scheidemann bearbeiten, haben nichts, was uns weiterhilft. Nach Brüdigam wird im ganzen Land gefahndet, aber auch hier: ohne Ergebnis. Die undichten Stellen? Unauffindbar. Die OC-Führung, soweit greifbar: verhält sich unauffällig. Dieser Fall ist so widerspenstig wie ein glitschiger Aal."

„Tut mir leid, dass ich Brüdigam einfach abgewürgt habe!", sagte Diana.

„Niemand macht Ihnen einen Vorwurf. Es ging um Hendriks Leben! Erzählen Sie mir lieber noch mal von dem Priester."

Diana gab ihr Gespräch mit Kaplan Lampe wieder. Die wichtigsten Informationen kannte Gregor natürlich schon durch ein Telefonat am Nachmittag, aber er legte Wert darauf, den genauen Wortlaut der Unterhaltung zu erfahren. Alles, was Theodor Brüdigam ihnen erzählt hatte, wurde nun sowohl durch Ludwig Sebald als auch durch den Kaplan bestätigt.

„Ich glaube nicht, dass dieser Fahrer ausgelost wurde", meinte Gregor nach einigem Nachdenken. „Ein solches Vorhaben überlässt man nicht dem Zufall. Da wählt man die besten oder wenigstens die skrupellosesten Leute aus, die zur Verfügung stehen."

„Aber so hat es der Mann gebeichtet."

„Vielleicht eine Täuschung der OC-Führung. Der Versuch, das Verbrechen auf diese Weise zu einer göttlichen Mission zu erhöhen. Das Schicksal entscheidet, etwas in der Art. Ich bin Ihnen jedenfalls dankbar für die Information, Fräulein Escher. Der einzige Lichtblick seit langem: Es gibt jemanden unter den Verschwörern, dem es lieber wäre, wir würden den Anschlag vereiteln."

„Aber wer?", fragte Hendrik. „Ludwig war es auf keinen Fall, der würde *uns* kontaktieren, nicht einen Kaplan."

„Wenn nicht er, muss es ein anderer gewesen sein. Das bedeutet, sie haben zwei Fahrer", sagte Diana. „Wozu?"

„Vielleicht unterschätzen wir die Gefahr der zweiten Verschwörung. Vielleicht haben die OC-Leute entschieden, dass es nicht schaden kann, wenn dieser Gymnasiast und der Student als Notlösung bereitstehen."

„Nie und nimmer", widersprach Gregor. „Die OC mag dilettantisch vorgehen, aber so dilettantisch auch wieder nicht. Eine parallel operierende zweite Mannschaft bedeutet nicht mehr Sicherheit, sondern weniger. Man kommt sich viel zu leicht gegenseitig in die Quere. Außerdem würde es bedeuten, dass die Verschwörer ihr eigenes Versagen einplanen, das käme einem Eingeständnis von Schwäche gleich. Nein, da steckt etwas anderes dahinter!"

Sie rätselten noch eine Weile über diesen Punkt, kamen aber nicht weiter. Hendrik fühlte sich benebelt, eine Folge des Sekts. Gregor beobachtete ihn bereits blinzelnd. Es amüsierte seinen Bruder immer, dass er keine drei Schluck Alkohol zu sich nehmen konnte, ohne dass sich eine entsprechende Wirkung einstellte.

Es war halb zehn, als es plötzlich an der Tür klingelte.

„Um diese Zeit?", sagte Hendrik. „Kennen die Leute denn keine Nachtruhe?" Er erhob sich und öffnete.

Draußen stand ein Nachbar mit grimmigem Gesicht.

„Herr Karasch! Guten Abend!"

„Schön wäre es, Herr Lilienthal! Ich würde es wirklich begrüßen, wenn Sie sich endlich ein eigenes Telefon zulegten. Ihre Freunde kennen nämlich anscheinend keine Nachtruhe. Ich spiele auch nur deshalb noch den Boten, weil mich der Herr, der nach Ihnen verlangt, beschworen hat, dass es um Leben und Tod geht. Zweifellos eine Übertreibung, aber immerhin klang seine Anspannung echt."

Unter wortreichen Entschuldigungen begleitete Hendrik seinen Nachbarn einen Stock höher in dessen Wohnung. Frau Karasch begrüßte ihn griesgrämig in einem eilig übergeworfenen Hauskleid. Ihr Haar war in Unordnung, als habe sie bereits im Bett gelegen. Durch den Türspalt des Kinderzimmers beobachtete ihn die achtjährige Tochter, wie er zum Wandapparat im Wohnzimmer ging.

„Lilienthal?"

„Gott sei Dank, dass ich Sie erreiche!"

Diesmal war Brüdigams Stimme unverkennbar. Jetzt, wo er sie hörte, fragte sich Hendrik, wie er nur auf Benno Albrecht hatte hereinfallen können. „Wo sind Sie? Alle sind in heller Aufregung Ihretwegen, mein Bruder, der Kasseler Oberstaatsanwalt, Herr Scheidemann ..."

„Wenn die so besorgt um mich sind, sollten sie besser darüber nachdenken, mit wem sie über mich quatschen."

„Wie meinen Sie das?"

„Die OC weiß Bescheid, Mann! Die sind hinter mir her. Verräter verfallen der Feme, schon vergessen? Ich hab's ja gleich gesagt. Ich wusste schon, warum ich mit niemand Offiziellem sprechen wollte. Irgendwer hat nicht dichtgehalten, und jetzt bin ich am Arsch."

„Sie meinen, jemand aus der Justiz …?“

„Wer sonst? Vorletzten Montag habe ich Ihnen gegenüber meine Aussage gemacht, nicht mal eine Woche später kennt die OC jede Einzelheit. Ich hab' ihnen gleich gesagt, die stecken alle unter einer Decke, aber Sie wussten es ja besser.“

„Vielleicht irren Sie sich“, sagte Hendrik. „Warten Sie, lassen Sie mich ausreden! Vor drei Tagen hat man versucht, mich in eine Falle zu locken. Jemand hat sich am Telefon als Sie ausgegeben.“ Vor drei Tagen … das war Dienstag gewesen. Und Brüdigam war bereits am Freitag getürmt. Wenn die OC also schon am Freitag über Brüdigams Aussage informiert gewesen war, hätten die Verschwörer Zeit gehabt, Erkundigungen über diesen Kommissar aus Berlin und seinen Bruder einzuziehen. Ihn vielleicht sogar beschatten zu lassen. Unsinn! Viel zuviel Aufwand. Oder?

„Ach, deshalb hat Fräulein Escher einfach aufgelegt. Ich hatte mich schon gefragt, ob das 'ne krumme Tour sein sollte.“

„Ganz und gar nicht. Aber Ihr Freund, dieser Herr Gerecke … vielleicht ist er die undichte Stelle.“

„Wissen Sie es denn noch nicht?“

„Was?“

„Einar liegt im Krankenhaus. Er wurde brutal zusammengeschlagen, raten Sie mal, von wem! Wenn nicht zufällig ein paar seiner Freunde vorbeigekommen wären, wäre er jetzt vermutlich tot.“

Ein Schauder kroch Hendriks Wirbelsäule empor. Das Informationsnetz der OC und die Schnelligkeit, mit der sie reagierte, waren wirklich atemberaubend. Diese Leute zauderten nicht lange. „Aber wenn Ihr Freund es nicht war …“

„Tja, Herr Professor, dann denken Sie mal gut nach: Wer wusste alles von Ihrem Besuch?“

Nur Gregor. Und natürlich der eine oder andere Beamte im Polizeipräsidium. Hendriks Besuch war schließlich kein Staatsgeheimnis gewesen. „Sie … Sie wollen doch nicht andeuten …“

„Ich deute gar nichts an. Ich weiß! Die Deutschnationalen haben überall Sympathisanten: in der Bevölkerung, in der Justiz und natürlich auch bei der Polizei.“

Hendrik wehrte sich dagegen. Staatsbedienstete, Polizisten gar, sollten so weit gehen, einen Mord an einem Repräsentanten des Staates zu unterstützen? Doch insgeheim wusste er, dass Brüdigam recht hatte. Es war viel wahrscheinlicher als anzunehmen, die OC ließe ihn Tag und Nacht beschatten.

„Ich muss es kurz machen, Herr Professor. Darf mich nicht zu lange an einem Ort aufhalten. Ich habe neue Informationen über den geplanten Anschlag."

„Sprechen Sie!"

„Die bewusste Person soll aus dem Auto heraus erschossen werden. Hoffmann, Tillessen, Killinger, die stecken alle mit drin. Aber das habe ich ja schon diesem Idioten von Amtsrichter erzählt. Die ausführenden Leute heißen Kern und Fischer."

„Wissen wir."

„Woher?"

Durfte Hendrik das sagen? Nach allem, was bereits an Informationen an die OC durchgesickert war, wäre es geradezu leichtsinnig, diese Frage auf die leichte Schulter zu nehmen. Man konnte nie wissen, wer mithörte. „Von … unserem gemeinsamen Bekannten. Der Ihnen damals von mir erzählte."

„Ah, das ist gut! Sie haben also Kontakt zu ihm?"

„Ja."

„Umso besser. Ich komme nämlich an keine neuen Informationen mehr heran, seit ich enttarnt bin. Aber etwas anderes: Dieser Hartmut Gensch … sind Sie noch an Auskünften über ihn interessiert?"

„Unbedingt!"

„Ich konnte ein paar Dinge über ihn in Erfahrung bringen. Der steckte knietief bei der OC mit drin. War Kurier, als es darum ging, Erzberger aus dem Weg zu räumen."

Ah, deshalb also sein sporadisches Verschwinden!

„Anschließend hat er die jetzige Zielperson beobachtet, ihr Kommen und Gehen notiert. Dass er versucht hat, seine Kameraden zu erpressen, habe ich Ihnen ja bereits durch Einar ausrichten lassen. Was Sie aber noch nicht wissen, ist, dass es bei der OC eine schwarze Liste gibt mit den Namen von Leuten, die als unzuverlässig gelten. Genschs Name stand darauf. Ich habe mich vorsichtig umgehört, als die mir noch vertrauten. Wie es scheint, gab es einen offiziellen Auftrag, ihn zu töten."

„Wissen Sie, wer damit beauftragt wurde?"

„Seinen Namen konnte ich nicht in Erfahrung bringen, aber er hat anscheinend einen verstümmelten Ringfinger. Hilft Ihnen das weiter?"

Und ob! „Das tut es."

„Gut. Weil nämlich – verdammt!"

Mit einem Schlag war es still in der Leitung. „Hallo? Hallo?" Ungläubig starrte Hendrik den Hörer an. Brüdigam war fort.

„Hier Amt", sagte eine weibliche Stimme, „sprechen Sie noch?"

Die Stimme klang gepresst. Wie viel hatte das Fräulein mitgehört? Wie viel davon würde sie weitertragen? Und an wen? Ohne zu antworten, legte Hendrik auf. Hatte der Spitzel etwas Verdächtiges bemerkt? Waren seine Verfolger aufgetaucht? Was für ein Leben, bei jedem Geräusch zusammenzuzucken, in ständiger Angst vor einer Ermordung!

Gedankenverloren kehrte er in die Wohnung zurück. Diana und Gregor schienen an einem toten Punkt ihres Gesprächs angelangt, es herrschte peinliche Stille. Das Aufatmen, als Hendrik zurückkehrte, war mit Händen zu greifen.

„Wer war das? Ludwig Sebald?"

„Theodor Brüdigam."

„Was? Wo steckt er? Warum ist er nicht zur Vernehmung erschienen?"

„Weil die OC weiß, dass er für uns arbeitet. Genau wie Benno Albrecht gesagt hat."

„Verdammt!"

„Wie es scheint, hat auch der Überfall auf mich andere Ursachen als angenommen. Wusstest du, dass Einar Gerecke im Krankenhaus liegt?"

„Nein."

„Er wurde zusammengeschlagen, von OC-Männern. Nur dem Auftauchen seiner Freunde ist es zu verdanken, dass er noch lebt, meint Brüdigam."

„Aber wenn er es nicht war –“

„– muss es jemanden im Präsidium geben, der den Wehrverbänden Informationen liefert, ich weiß, Gregor. Tut mir leid, aber es ist die einzige Erklärung. Es sei denn, man nimmt an, die OC hätte mich rund um die Uhr bespitzelt. Doch dazu dürften ihnen die Leute fehlen.“

Gregor brütete vor sich hin. Hendrik wusste, er nahm es persönlich, wenn jemand seine Arbeit sabotierte. Ganz zu schweigen davon, dass der Verräter Hendrik ans Messer geliefert und seinen Tod einkalkuliert hatte.

„Brüdigam hat alles, was wir von Ludwig wissen, bestätigt. Der Überfall auf Rathenau kann jederzeit losgehen. Was Gensch betrifft, der war als Kurier beim Erzberger-Mord tätig. Das dürfte wohl der Grund dafür sein, dass er immer mal wieder für ein paar Tage verschwand. Außerdem hat Brüdigam herausgefunden, dass die OC jemanden beauftragt hat, Hartmut Gensch umzubringen. Jemanden mit einem verstümmelten Ringfinger.“

„Erwin Overbeck“, entfuhr es Diana.

„Letzten Endes hat Frau Gensch mit ihren Anschuldigungen doch recht behalten, wenn auch aus völlig anderen Gründen.“

„Ich lasse den Mann sofort festnehmen.“

„Ist das klug?“

„Ich riskiere es. Der Mordfall Gensch hat vordergründig nichts mit dem geplanten Attentat auf den Außenminister zu tun. Ich glaube nicht, dass die Verschwörer Verdacht schöpfen, wenn ich Overbeck in Gewahrsam nehme. Zumindest, so lange ich ihn nicht direkt vor dem Hotel in der Lützowstraße verhafte.“

„Aber zuerst sollten wir mit Rathenau sprechen“, warf Diana ein. „Diesmal muss er unsere Warnung ernst nehmen.“

Mit grimmiger Entschlossenheit eilten die drei eine Etage höher. Hendrik übernahm es, den Klingelzug von Familie Karasch zu betätigen. Er musste mehrmals läuten, ehe endlich von irgendwo tappende Schritte zu hören waren. „Ja?“, erklang es hinter der Tür.

„Herr Karasch … Hendrik Lilienthal hier. Es tut mir sehr leid, Sie noch einmal zu belästigen … Würden Sie bitte öffnen?“

Das Gesicht, das daraufhin im Türrahmen erschien, sah zerzaust und ganz und gar nicht gnädig aus. Der Mann hatte offenbar schon geschlafen. „Sie schon wieder!“

„Ich weiß, und es tut mir auch furchtbar leid, aber –“

„Wird das jetzt zur Gewohnheit? Dass Sie unsere Nachtruhe stören, wann immer es Ihnen beliebt?“

„Nein, nein, bitte, wir ... wir müssten nur dringend noch mal Ihr Telefon benutzen.“

„Wie bitte?“ Jetzt wurde Herr Karasch laut. „Sind Sie völlig übergeschnappt? Wissen Sie eigentlich, wie spät es ist?“

„Ja, Herr Karasch, das weiß ich, und es tut mir, wie gesagt, auch leid, aber –“

„Vielleicht ist es in Ihren Kreisen üblich, sich zu nachtschlafender Zeit aus dem Bett zu klingeln, aber ich muss morgen arbeiten.“

„Wer ist das, Schatz?“, erklang es verschlafen aus der Wohnung.

„Die üblichen Störenfriede“, bellte Herr Karasch zurück.

„Glauben Sie mir, ich würde nicht wagen, Sie noch einmal zu belästigen, wenn es nicht wirklich um Leben und Tod ginge.“

Der Mann funkelte ihn durchdringend an, gab aber schließlich den Weg frei.

„Danke! Vielen Dank! Sie ahnen gar nicht, wie wichtig dieser Anruf ist. Vielleicht retten Sie dadurch ein Menschenleben.“

Herr Karasch murmelte etwas in sich hinein, das glücklicherweise nicht zu verstehen war, und sah auch kein bisschen freundlicher aus, als sich drei Menschen an ihm vorbei in seine Wohnung drängten, aber zumindest hielt er sie nicht auf, als sie zum Telefon stürzten.

Der Wandapparat war ein vorsintflutliches Gerät aus der Kaiserzeit, bei dem man noch eine Kurbel betätigen musste, um sich beim Amt bemerkbar zu machen. Hendrik übernahm das Kurbeln. Kurz darauf meldete sich eine Frauenstimme: „Hier Amt!“

„Walther Rathenau, bitte, Königsallee, Grunewald.“

„Ich wiederhole: Walther Rathenau. Königsallee. Grunewald.“

„Ja.“ Nun mach schon!

„Bitte bleiben Sie am Apparat!“

Während sie warteten, gab Hendrik den Hörer an Diana weiter. Auch wenn Gregor darauf beharrte, dass die offizielle Warnung eines Kriminalkommissars mehr Gewicht haben sollte als die einer Privatperson – wenn diese Privatperson nun mal Diana Escher hieß und Walther Rathenau unter besseren Umständen kennengelernt hatte als Gregor, dann war sie eben doch die klügere Wahl. Zu dritt umdrängten Hendrik, Gregor und Diana den Hörer. Endlich wurden sie verbunden.

„Hier bei Rathenau." Eine verschlafene Stimme.

„Guten Abend, mein Name ist Diana Escher. Tut mir leid, dass ich so spät noch störe, aber ich muss unbedingt den Minister sprechen."

„Bedaure, um diese Zeit ist Dr. Rathenau für niemanden zu sprechen."

„Warten Sie, legen Sie nicht auf! Ich bin keine Verrückte, die nachts Leute aus dem Bett klingelt."

Hinter ihnen machte Herr Karasch ein Geräusch, dem man entnehmen konnte, dass er in dieser Hinsicht durchaus anderer Meinung war.

„Ich bin die Nichte von Hermann Unger und habe den Herrn Minister neulich bei Professor Planck getroffen, vielleicht hat er Ihnen davon erzählt. Ich verstehe, dass Sie Dr. Rathenau nicht zu dieser unchristlichen Zeit stören wollen –"

„Manche Leute kennen einfach keine Nachtruhe", klang es halblaut aus dem Hintergrund.

„– aber, bitte, es ist wichtig! Sie müssen mich mit ihm sprechen lassen!"

„Tut mir leid, das geht nicht."

„Verstehen Sie nicht? Wir haben Informationen, dass sein Leben in Gefahr ist!"

„Es geht nicht, weil Dr. Rathenau nicht zu Hause ist."

„Nicht zu Hause? Aber …"

„Er ist bei einem Diner in der amerikanischen Botschaft. Wir rechnen nicht so bald mit seiner Rückkehr. Er hat vorhin telefonisch mitgeteilt, dass wir nicht auf ihn warten sollen, weil er noch eine

Besprechung mit Mr. Houghton, dem amerikanischen Botschafter, und Herrn Stinnes hat."

Was nun? Diana sah sich irritiert zu ihren Begleitern um. Gregor gestikulierte heftig, Hendrik zuckte die Achseln. Herr Karasch schnaubte wieder vernehmlich.

„Tja, ich … das … das wusste ich nicht. Dann, äh, richten Sie doch bitte Dr. Rathenau aus … nein, besser, ich melde mich wieder. Danke, und entschuldigen Sie noch einmal die Störung." Sie hängte ein und drehte sich zu Hendrik und Gregor um. „Ihr habt es gehört. Was machen wir jetzt?"

„Wenn er beim amerikanischen Botschafter ist, dürfte er für heute sicher sein. Und wenn der Anschlag wirklich aus dem fahrenden Auto heraus stattfinden soll, werden die Attentäter nicht ausgerechnet nachts, bei ungünstigen Lichtverhältnissen, losschlagen." Gregor fuhr sich durchs Haar. „Wenn ich nur wüsste, an welchem Tag das Ganze geschehen soll … Ohne konkreten Zeitpunkt wird er einen Begleitschutz nur wieder ablehnen."

Die drei sahen sich an. Nichts hatte sich verändert. Nach wie vor liefen sie den Geschehnissen hinterher. Und dabei stand das Drama kurz vor seinem Höhepunkt, jeder von ihnen spürte es!

27

Wieder beobachteten sie das Hotel, und wieder verging die Zeit quälend langsam, nur dass sie sich diesmal den Vormittag um die Ohren schlugen statt den Abend. Insbesondere Diana zog ein mürrisches Gesicht. Neun Uhr dreiundfünfzig, das bedeutete für sie früher Morgen.

Der Himmel war regenverhangen wie seit Tagen. So recht traute sich der Sommer in diesem Jahr nicht hervor. Im Hotel war alles ruhig. Für den Fall, dass es einen Spitzel innerhalb der Polizei gab, hatte Gregor die Aktion geheimgehalten, nur seine vertrauenswürdigsten Männer ausgesucht und auf dem Revier von einer Razzia in einer Bar gesprochen. Erst kurz vor dem Einsatzort ließ er die Katze aus dem Sack.

Vielleicht wussten die Verschwörer trotzdem längst Bescheid. Hierherzukommen und darauf zu hoffen, dass Kern und Fischer ihnen ins Netz gingen, glich mehr dem sprichwörtlichen Strohhalm, an den man sich mangels Alternativen klammerte. Aber vielleicht hatten sie zur Abwechslung einmal Glück. Vielleicht waren sie wenigstens diesmal schneller als die Verschwörer. Es war den Versuch wert. Schlimmstenfalls vergeudeten sie ihre Zeit.

Hendriks Augen wanderten zum hundertsten Mal zum dritten Fenster im ersten Stock. Auch jetzt regte sich nichts dahinter. Ludwig saß vermutlich in einem Sessel und wartete. Wie sie. Taten sie bei diesem verdammten Fall überhaupt etwas anderes, als nur herumzusitzen und zu warten? Oder Spuren hinterherzulaufen, die längst kalt waren? Der Feind diktierte das Tempo, und wer die Kampfbedingungen bestimmte, war nun mal im Vorteil.

Der Professor robbte zu seinem Bruder. „Hast du mit Rathenau gesprochen?"

„Vor wenigen Minuten. Der Diener hat sich zunächst geweigert, ihn zu wecken. Anscheinend ist Rathenau erst mitten in der Nacht nach Hause gekommen."

„Wie hat er deine Nachricht aufgenommen?"

„Um ehrlich zu sein, ich bin nicht mal sicher, ob er wirklich begriffen hat, wovon ich rede. Er wirkte müde. Zerstreut. Helfferich hat ihm gestern im Reichstag zugesetzt, wie ich hörte. Und der Abend mit Stinnes und dem amerikanischen Botschafter dürfte nicht weniger anstrengend gewesen sein. Wie auch immer, Polizeischutz hat er erneut abgelehnt. Ich habe ihn geradezu angefleht; es hat nichts gefruchtet. Am Ende bin ich, glaube ich, laut geworden."

Hendrik konnte sich vorstellen, was das hieß. Sicher bedauerte sein Bruder den Ausbruch jetzt. Aber man konnte nicht wochenlang unter einem solchen Druck stehen, ohne dass sich das irgendwann auf das Verhalten auswirkte. „Du hast getan, was in deiner Macht stand, Gregor."

„Es war nicht genug. Es ist nie genug."

„Und Overbeck?"

„Ist die ganze Nacht nicht in seiner Wohnung aufgetaucht. Auch die Nachbarn konnten uns nicht weiterhelfen. Wir haben so getan, als ginge es nur um eine neuerliche Vernehmung, um die OC nicht hellhörig zu machen. Edgar kommt gerade von Fräulein Bredow. Sie ist beunruhigt, weil sie und Overbeck heute früh verabredet waren und er nicht erschienen ist."

Was hatte das nun wieder zu bedeuten? Ahnte der Freikorpsmann, dass sie über ihn Bescheid wussten? War er getürmt? Oder hatte seine Abwesenheit einen harmlosen Grund? „Ob er darüber im Bilde ist, dass wir ihm auf der Spur sind? Wenn wirklich jemand aus dem Polizeipräsidium Informationen an die OC weitergibt …"

„Wir werden ihn fragen, wenn wir ihn erwischen. Falls wir ihn erwischen. Im Augenblick ist er wie vom Erdboden verschluckt, und ich habe nicht die geringste Ahnung, wo er sich aufhält."

„Soll ich es Ihnen verraten?" Dianas Mund verzog sich zu einem schelmischen Grinsen.

„Über so etwas macht man keine Scherze."

„Wer macht hier Scherze?"

„Wollen Sie behaupten, Sie wüssten es? Wo? Wo steckt er?"

Diana deutete mit dem Zeigefinger nach vorn.

Am Ende der Straße kam der Gesuchte entlangspaziert, als sei alles in schönster Ordnung, genau wie vor zwei Tagen.

„Verdammt!", fluchte Gregor halblaut. „Nicht schon wieder eine Verschiebung!"

Wie beim letzten Mal sah sich der OC-Mann sichernd um und schlüpfte dann in den Hoteleingang.

„Verdammt, verdammt!"

Wie war das Auftauchen des Mannes zu interpretieren? Bedeutete es, dass Erwin Overbeck doch nicht ahnte, dass er wegen Mordes gesucht wurde? Aber warum hatte er dann die Verabredung mit Ada Bredow versäumt? Warum war er nachts nicht nach Hause gegangen?

Zur Untätigkeit verurteilt saßen Hendrik, Diana und Gregor im Gebüsch und zählten die Minuten. Diesmal schien das Gespräch länger zu dauern als beim letzten Mal. Weder Ludwig Sebald noch

Erwin Overbeck ließen sich blicken. Hendrik tränten bereits die Augen, so intensiv fixierte er das Fenster mit den grünen Gardinen. Kein Zeichen. Kein vorbeihuschender Schatten. Nicht mal ein Luftzug, der die Gardine bewegte.

Endlich, nach einer Zeit, die ihm wie eine Stunde vorkam – obwohl, wie er sich durch einen Blick auf seine Uhr überzeugte, kaum zehn Minuten vergangen waren – trat der OC-Mann wieder ins Freie. Er sah kurz nach links und rechts und ging dann gemächlich die Straße hinunter.

Gregor besprach sich flüsternd mit Edgar. Er stand vor dem alten Dilemma: Sollten sie den Mörder von Hartmut Gensch entwischen lassen? Denn wenn sie ihn hier, vor dem Hotel verhafteten, musste auch der OC klar sein, dass sie über die Verschwörung gegen Rathenau im Bilde waren. Dann hatten sie ihre letzte Chance verspielt, das Attentat zu verhindern. Gregor fand einen Kompromiss. „Folgt ihm unauffällig", befahl er Edgar und einem weiteren Beamten, „und wenn er nach Hause geht, schnappt ihn euch! Tut so, als hättet ihr dort auf ihn gewartet!"

Die beiden Polizisten kamen dem Befehl unverzüglich nach.

Hendrik hätte es genauso gemacht wie sein Bruder, trotzdem bereitete es ihm ein unbehagliches Gefühl, den Mörder verschwinden zu sehen. Was, wenn er seine Verfolger bemerkte? Wenn er entkam?

Der Professor richtete seinen Blick wieder auf das Fenster. Nichts rührte sich hinter der Gardine. Warum gab Ludwig kein Zeichen? Erwartete er noch jemanden? Vielleicht gar Kern und Fischer? Hatte Overbeck ihm ihr verspätetes Kommen angekündigt?

Auch Gregor war nervös, zerbröselte einen Erdklumpen nach dem nächsten. Und Diana verlagerte alle zwei Sekunden ihr Gewicht und schien zu platzen vor mühsam zurückgehaltener Energie.

Je länger Hendrik das Fenster ansah, desto unruhiger wurde er. Welche Nachricht hatte der Bote überbracht? War irgendetwas schief gelaufen? Konnte es sein, dass –

Ruckartig richtete er sich auf. „Heraklit!", rief er. „Wie konnte ich nur Heraklit vergessen!"

„Kopf runter!“, zischte Gregor. „Bist du verrückt? Man könnte dich sehen.“

Hendrik blieb stehen. „Wir müssen rein, Gregor! Heraklit, verstehst du? *Man kann nicht zweimal in denselben Fluss steigen.*“

Der Kommissar war es gewohnt, dass sein Bruder zuweilen kryptisch daherredete, aber jetzt riss ihm doch der Geduldsfaden. „Was für ein Fluss? Bist du übergeschnappt?“

Warum kapierte niemand das Offensichtliche? „Der Fluss, in den man steigt, ist nicht derselbe, in den man das letzte Mal gestiegen ist. Das Wasser ist ein anderes. Der Sand zu deinen Füßen ist ein anderer. Du bist ein anderer. *Pantha rei, alles fließt.*“

„Rede deutlich, zum Teufel noch mal!“

„Wir tun so, als sei unsere Observierung eine simple Wiederholung der Aktion vom Donnerstag, aber das ist ein furchtbarer Irrtum. Nichts ist mehr wie vorgestern. Wir gehen von falschen Voraussetzungen aus.“

„Wovon sprichst du?“

„Die Situation hat sich verändert. Ein Spitzel bei der Polizei. Ein zweiter Fahrer. Overbeck nicht zu Hause. Wenn er erfahren hat, dass wir ihm auf der Spur sind – warum kommt er dann hierher, statt Berlin zu verlassen? Sie wissen, dass Ludwig für uns arbeitet! Und Overbeck hat schon einmal ein Femeurteil vollstreckt. Denk an den zweiten Fahrer! Sie brauchen Ludwig nicht mehr! Sie brauchen ihn nicht! Wir müssen da rein, Gregor!“

Zwei, drei Sekunden bewegte sich Gregor nicht, wägte das Für und Wider ab. Hendrik war sich durchaus bewusst, welche Last er seinem Bruder aufbürdete. Betraten sie das Hotel, gaben sie ihre Tarnung auf und jede Chance, Kern und Fischer zu erwischen, war dahin. Blieben sie auf ihrem Posten … nun, da drin konnte alles Mögliche geschehen sein.

„Vertrau mir!“, beschwor ihn Hendrik.

Gregor sprang auf. „Alle rein!“, rief er seinen Leuten zu.

Sie kletterten über den Gartenzaun und rannten zum Hotel.

Jetzt, wo die Aktion nicht mehr aufzuhalten war, befielen Hendrik Zweifel. Und wenn er sich irrte? Wenn er einen schrecklichen Fehler begangen hatte?

„Nächstes Mal weniger umständlich", keuchte Gregor neben ihm. „Nächstes Mal sagst du mir gleich, was du meinst."

Sie stießen die Tür auf. An dem verdatterten Hotelbesitzer vorbei hetzten sie die Treppe zum ersten Stock hinauf. Vor lauter Aufregung hatte Hendrik die Zimmernummer vergessen, aber Gregor wusste, wohin er sich wenden musste. Ohne zu zögern warf er sich, als auf sein Klopfen niemand öffnete, mit seinem Gewicht gegen die Tür, dass das Holz splitterte und er samt Tür nach drinnen stürzte.

Ludwig lag auf dem Boden, zusammengekrümmt wie ein Embryo. Die Augen starrten blicklos auf den Teppich. Unter seinem Körper breitete sich eine Blutlache aus.

Der Kommissar rappelte sich auf und legte zwei Finger an die Halsschlagader des reglosen Mannes. Im nächsten Moment schon wirbelte er herum und bellte: „Schnappt euch den Kerl!"

Die Polizisten stürmten aus dem Raum, Hendrik und Diana wurden förmlich mitgerissen. Absätze trommelten die Treppe hinunter.

„Fassen Sie da oben nichts an!", schrie Gregor dem Hotelbesitzer zu.

Hendrik musste nicht fragen. Ludwig war tot. Meine Schuld!, hämmerte es in seinem Hirn, während seine Füße mechanisch mit denen der anderen um die Wette liefen. Ich hätte es wissen müssen!

An der Straßenecke sahen sie sich um. Weder von Erwin Overbeck noch von den Polizisten, die ihn beschatteten, war etwas zu sehen. „Ihr drei da lang, die anderen mit mir!", befahl Gregor.

Die Polizisten teilten sich. Hendrik und Diana, beide immer noch wie betäubt, folgten Gregor nach links zum Schöneberger Ufer. Das linke Bein machte Hendrik zu schaffen, doch er achtete nicht darauf.

Sie hatten Glück. Als sie um die Ecke bogen, sahen sie Edgar und seinen Kollegen vor sich.

„Er will zum Gleisdreieck", erkannte Gregor.

Im Laufschritt holten sie die beiden Polizeibeamten ein.

„Ihr folgt ihm, die anderen mit mir zur Luckenwalder Straße. Wir nehmen ihn in die Zange. Vorsicht, er ist bewaffnet!"

Edgar begriff, dass etwas Furchtbares vorgefallen sein musste. Er fragte nicht lange, sondern machte sich mit seinem Kollegen daran, den Befehl unverzüglich auszuführen und dem Freikorpsmann in die Schöneberger Straße zu folgen. Der Rest der Mannschaft hetzte das Schöneberger Ufer entlang zur Luckenwalder Straße, die ebenfalls zum Bahnhof Gleisdreieck führte. Am anderen Ende, da, wo beide Straßen aufeinandertrafen, überquerte Overbeck eben die Fahrbahn, um zum Bahnhofseingang zu gelangen.

„Ihr bleibt zurück!", befahl Gregor Hendrik und Diana und rannte mit seinen Leuten los. Im Laufen zog er seine Dienstpistole.

Unglücklicherweise blickte der Verfolgte in eben diesem Moment in ihre Richtung. Eine Schrecksekunde lang erstarrte er, dann sprintete er auf den Bahnhof zu.

„Stehenbleiben! Polizei!", brüllte Gregor.

Die Menschen auf der Straße drehten sich erschrocken zu ihm um.

Overbeck dachte gar nicht daran, dem Ruf Folge zu leisten. Er stieß zwei Schulkinder beiseite und erklomm die Stufen zum Bahnhof, ohne das Protestgeschrei des Mannes im Fahrkartenhäuschen zu beachten, der seine Fahrkarte zu sehen verlangte.

Vor dem Eingang trafen die beiden Verfolgergruppen zusammen. „Verteilt euch hier unten!", japste Gregor. „Bewacht den Ausgang, und passt auf, dass er nirgendwo runterspringt!"

Er hielt dem zeternden Bahnbeamten seine Dienstmarke unter die Nase und stürmte die Treppenstufen hinauf, gefolgt von Hendrik und Diana, die nicht im Traum daran dachten, seine Anweisungen zu befolgen und zurückzubleiben.

Auf dem unteren Bahnsteig war nichts von dem Verfolgten zu sehen. Gregor rannte auf den Aufgang zum oberen Bahnsteig zu. *Nach Warschauerbrücke*, verkündete ein Schild.

Oben stand Erwin Overbeck und merkte, dass er sich in eine Sackgasse manövriert hatte. Er zog eine Waffe und feuerte blindlings auf seine Verfolger. Eine alte Frau, die sich unglücklicherweise den Treppenabsatz ausgesucht hatte, um zu verschnaufen, wurde in den Arm getroffen und durch den Stoß zu Boden geschleudert. Gregor warf sich hinter die Wand des Treppenknickes und erwiderte die Schüsse.

Leute brachten sich schreiend in Sicherheit, drängten sich hinter das Geländer der Treppenanlage, als böte dies irgendeinen Schutz vor umherirrenden Kugeln, oder flüchteten ans andere Ende des Bahnsteiges.

Overbeck sprang auf die Gleise und rannte aus der Halle. Er stolperte ins Tageslicht, blieb stehen und gab zwei ungezielte Schüsse nach hinten ab. Gehetzt sah er sich um. Neben den Gleisen verliefen die Schienen der alten Streckenführung. Overbeck folgte ihnen abwärts, am Bahnhof vorbei auf jenen Punkt zu, an dem sie sich mit denen der unteren Strecke vereinigten.

Gregor war ebenfalls auf die Gleise gesprungen und rannte ihm nach.

„Nicht!“, rief Hendrik.

Gregor hörte nicht.

„Der Zug!“, warnte Diana.

Tatsächlich kam eben vom Fehrbelliner Platz eine U-Bahn herangebraust.

Gregor merkte, dass er es nicht mehr rechtzeitig schaffen würde, den Fliehenden einzuholen, und machte kehrt. Erwin Overbeck hatte die untere Streckenführung erreicht und lief vor dem langsamer werdenden Zug her, dessen Fahrer wieder und wieder die Signalpfeife betätigte. Unversehrt erreichte er den unteren Bahnhof.

„Schert euch aus der Schusslinie!“, fauchte Gregor, als Hendrik und Diana ihm auf den Bahnsteig zurückhalfen. Obwohl er kaum noch Puste hatte, rannte er zur Treppe, um Overbeck den Weg abzuschneiden. Zwei verängstigte Jugendliche kauerten auf dem Treppenabsatz, ein älterer Herr kümmerte sich um die verletzte Frau.

Overbeck verließ bereits den Bahnhof am anderen Ende. Er wechselte die Gleise und befand sich nun auf der Gegenspur, überstieg das Geländer neben den Schienen und versuchte, auf der anderen Seite zur Straße hinunterzuklettern.

„Stehenbleiben!“, erklang es von unten. Gott sei Dank, Edgar war auf Draht!

Der Flüchtige versuchte, sich den Weg freizuschießen, doch sobald die ersten Kugeln zurückpfiffen, machte er, dass er wieder auf die Gleise kam.

Gregor sprang hinter ihm her auf die Schienen. „Hände hoch!“, rief er. „Lassen Sie die Waffe fallen!“

Erwin Overbeck drehte sich um. Auf seinem Gesicht zeigte sich ein so schreckliches Grinsen, dass es Hendrik schauderte. „Heil Kapitän Ehrhardt!“, rief er. „Es lebe die Organisation Consul!“ Er hob seine Waffe.

Gregor missachtete die Gefahr und rannte weiter.

Overbeck grinste, zielte.

„Gregor!“, brüllte Hendrik.

Overbeck drückte ab.

Diana schrie.

Gregor, unverletzt, erwiderte das Feuer.

Auch er verfehlte sein Ziel. Wild feuernd lief der Freikorpsmann weiter. Kugeln pfiffen über Hendrik und Diana hinweg und jaulten über das Eisengestänge des Bahnhofs.

Gregor blieb stehen, die Beine gespreizt, zielte sorgfältig. Bevor er jedoch abdrücken konnte, erzitterte der Boden. Fauchend und stampfend wie ein Drache tauchte die U-Bahn von der Schönhauser Allee aus dem Nichts auf.

Overbeck erstarrte.

Das Gesicht des Mannes hinter der Glasscheibe im Fahrerstand wurde kalkweiß.

Eine Schrecksekunde verging, dann kreischten Bremsen, Räder drehten durch, Funken sprühten. Entsetzt starrte der Fahrer auf die Gestalt auf den Schienen, auf die der Zug unaufhaltsam zurutschte, der Trägheit der Masse gehorchend. Overbeck versuchte, vom Gleis zu springen, doch der Zug war schneller. Der Triebwagen erfasste ihn, schleifte ihn mit sich und überrollte ihn. Der Todesschrei des Freikorpsmannes ging im Kreischen von Metall unter.

Und immer noch kam der Zug nicht zum Stehen.

„Gregor!“, brüllten Hendrik und Diana wie aus einem Mund.

Jetzt erst erwachte der Angerufene aus seiner Erstarrung, warf sich herum und rannte auf den rettenden Bahnhof zu. Er sah sich nicht um, nicht ein einziges Mal, weil er wusste, dass jede zusätzliche Bewegung ihn wertvolle Sekundenbruchteile kosten würde.

Endlich kam der Zug zum Stehen, keine drei Schritte von Gregor entfernt. Der Kommissar keuchte. Erschöpft kletterte er auf den Bahnsteig zurück.

„Du … Sie …“, stammelte Diana, dann trommelte sie wie eine Besessene auf seine Brust ein. „Sie hätten sterben können!“, schrie sie.

Gregor wehrte sich nicht. Erst nach einer ganzen Weile hielt er behutsam ihre Hände fest. „Ich bin in Ordnung“, sagte er leise.

Die drei drehten sich zum U-Bahn-Zug um. Von Erwin Overbeck war nichts übrig geblieben als eine formlose Masse Fleisch.

Edgar und die anderen Polizisten kamen die Treppe heraufgerannt.

„Bergt die Leiche“, befahl Gregor. „Und ruft einen Krankenwagen für die verletzte Frau da oben. Wir müssen zum Hotel.“

Edgar nickte. Seine Kollegen machten sich daran, den Unglücksort abzusperren.

Gregor, Hendrik und Diana verließen den Bahnhof und kehrten zur Lützowstraße zurück, schweigend. Keinem von ihnen war nach Reden zumute. Hendriks Hinken hatte sich verstärkt. Sein linkes Bein schmerzte höllisch.

Der Hotelbesitzer stand hilflos am Empfangstresen und raufte sich die Haare, als sie ankamen.

„Haben Sie etwas angerührt?“, fragte Gregor.

Der Mann schüttelte den Kopf.

„Gut.“

Sie stiegen die Treppe hinauf.

Ludwig Sebald lag noch da, wie sie ihn verlassen hatten, blicklos, in fötaler Haltung. Sein Todeskampf konnte nicht länger als eine oder zwei Minuten gedauert haben. Mein Student, dachte Hendrik. Zwischen ihnen hatte nicht gerade Einvernehmen geherrscht, aber trotz seiner fanatischen Einstellung hatte Ludwig nach dem rechten Weg gesucht und sich nicht mit dem zufriedengegeben, was er vorfand. Wie ein echter Philosoph. Sein Tod ging Hendrik nahe. Er beugte sich vor, um ihm die Augen zu schließen.

Dabei entdeckte er, halb unter Ludwigs rechter Hand verborgen, verschmierte Buchstaben. Er hob die Hand an.

Ein Wort.
Ein Hinweis, hinterlassen für sie.
Geschrieben mit seinem eigenen Blut.
Heute.

28

Mit ratternder Karosserie jagte der Wagen den Kurfürstendamm entlang. Gregor überholte rücksichtslos andere Fahrzeuge und schnitt ihnen den Weg ab, wenn er dadurch anderthalb Sekunden gewinnen konnte. Hendrik klammerte sich an der Sitzbank fest, und Diana versuchte, das Hin- und Herschleudern abzufedern, indem sie sich mit den Beinen an der Wagenfront abstützte. Zwischen den beiden Männern eingekeilt hatte sie ohnehin kaum Spielraum, um zu fallen.

Gregor fluchte wie ein Pferdekutscher, wenn ein anderer Fahrer nicht schnell genug auswich. Unablässig betätigte er den Knopf für das Horn, das außen an der Beifahrerseite angebracht war und Diana beim ersten Aufheulen so erschreckt hatte, dass sie beinahe ans Autodach gesprungen wäre. Die Holzspeichenräder schlitterten über die regennasse Straße, wann immer das Fahrzeug in eine Kurve ging. Der Gefangenentransportwagen, ursprünglich mitgenommen in der Hoffnung, Kern und Fischer damit fortzuschaffen, war für solch halsbrecherische Fahrten nicht gemacht; er rumpelte und klapperte, als würde er jeden Moment auseinanderfallen.

Warum bin ich nicht bei Ludwig Sebald geblieben?, fragte sich Diana zum wiederholten Male. Hendrik, der unnatürlich still neben ihr saß, machte sich vermutlich dieselben Vorwürfe. Was hatten sie beide bei einer Verfolgung zu suchen? So etwas war Sache der Polizei. Wären sie bei dem Toten geblieben, hätten sie seine Nachricht eher entdeckt. Dann hätten sie Rathenau vielleicht noch warnen können.

Wäre! Hätte! Könnte! Gregor, von ihnen allen der Geistesgegenwärtigste, hatte sofort vom Hotel aus im Auswärtigen Amt angerufen. Die Beamten dort warteten bereits händeringend auf ihren Chef, der an einer Prüfung von Konsularanwärtern teilnehmen sollte. Das Schlimmste vermutend hatte Gregor es in der Königsallee versucht. Dort hieß es, der Minister sei gerade eben losgefahren, nein, Moment, er sei noch mal zurückgekehrt, und dann, nach einer Zeit, in der zahllose Leben ausgelöscht werden konnten, nein, er sei doch bereits wieder fort.

Diana sah auf ihre Uhr. Zehn Uhr neunundvierzig. Kein Grund zur Panik. Rathenau hatte eine lange Nacht gehabt und war verspätet zur Arbeit aufgebrochen, das war alles. Eine ganz natürliche Erklärung. Warum klopfte dann ihr Herz so laut, als wollte es die ganze Welt aus ihrem Schlaf rütteln?

Gregor riss das Steuer herum, zwang einen Sport-Phaeton zum Bremsen und ging beim Bahnhof Halensee so stark in die Kurve, dass der Wagen auf die Seite zu kippen drohte.

Hätte ihnen das Fahrzeug des Außenministers nicht längst entgegenkommen müssen? Nicht unbedingt. Vielleicht hatte Rathenau an einem Kiosk anhalten lassen, um sich eine Zeitung zu besorgen. Während man im Auswärtigen Amt auf ihn wartete? Mach dich nicht lächerlich, Diana! Aber eine Baustelle, die ihn aufhielt, das wäre doch möglich! Wurde in der Villenkolonie nicht gerade gebaut? Na also, eine erklärbare Verzögerung!

In der Ferne war eine dumpfe Detonation zu hören. Eine Fehlzündung?

Gregor trat das Gaspedal bis zum Anschlag durch. Der Wagen machte einen Ruck nach vorn, bockte und rammte beinahe eine Linde.

Als sie sich jener Stelle der Königsallee näherten, wo die Straße eine S-Kurve beschrieb, wusste Diana, dass sie zu spät kamen. Am anderen Ende der Kurve stand ein graues NAG-Kabriolett mit offenem Verdeck. Aus seinem Inneren drang Rauch. Die Lederpolsterung war aufgerissen. Eine junge Frau trat den brennenden Mattenbelag des Autos aus und versuchte gleichzeitig, einer auf dem Rücksitz zusammengesunkenen Person zu helfen, während ein Mann – der Chauffeur, allem Anschein nach – damit kämpfte, den Wagen wieder anzukurbeln.

Passanten liefen auf den Unglücksort zu. Gregor brachte den Gefangenentransportwagen just in dem Moment zum Stehen, in dem der Chauffeur sein Fahrzeug zum Laufen bekam und mit bleichem Gesicht zum Fahrersitz stolperte. Diana sah die blutüberströmte Gestalt Rathenaus, während das Auto wendete, und schloss die Augen. Zu spät! Um Sekunden zu spät!

Gregor hatte Rathenau keinen Blick geschenkt, aber seine Lippen waren weiß und seine Augen wie Eiskristalle, als er sich aus dem Fenster zu einem Bauarbeiter beugte. „Wo lang?"

Seine Worte knallten wie der Schlag einer Peitsche und ließen den Augenzeugen zurückzucken. „D … da!" Der Mann deutete auf die Wallotstraße.

Gregor gab Gas und jagte in die angegebene Richtung, während Diana den Wagen des Außenministers in der Ferne verschwinden sah. Sie wusste, dass jede Hilfe zu spät kam. Sie hatte geradezu mitverfolgen können, wie das Leben Rathenau verließ. Sein Gesicht war ruhig gewesen. Ob ihm jetzt der Frieden vergönnt war, nach dem er sich so gesehnt hatte?

Hendrik saß vornübergebeugt, den Kopf in den Händen vergraben. Es kümmerte ihn nicht, dass er bei der halsbrecherischen Fahrt immer wieder gegen die Tür stieß. Diana legte ihm sanft die Hand auf die Schulter und zog ihn zurück.

Sie preschten kreuz und quer durch die Nebenstraßen der Königsallee, die Lynarstraße, die Paulsborner Straße, die Franzensbader Straße. Rechts eine Pullmann-Limousine, zwei Damen, die sich angeregt unterhielten und nichts davon zu wissen schienen, welche Tragödie sich nur wenige Straßen weiter abgespielt hatte, links ein Dienstmädchen, ein Kleid über dem Arm. Weiter über den Hohenzollerndamm. Zwei Jungen, die entweder die Schule schwänzten oder frei hatten, in ein Murmelspiel vertieft. Rechts ih die Karlsbader Straße. Am Straßenrand ein Mercedes-Tourenwagen mit einer Panne, auf der gegenüberliegenden Seite ein Radfahrer, weiter vorn eine Droschke. Durch die Kronprinzenallee. Auf der Gegenfahrbahn ein Tandem-Zweisitzer der Firma Wanderer, ein sogenanntes Puppchen. Diana konnte die Melodie, die ihr unpassenderweise im

Kopf herumging, nicht abschalten: *Puppchen, du bist mein Augenstern, Puppchen, ich hab dich gar zu gern …*

Plötzlich wurde ihr klar, was sie da eben gesehen hatte. „Wenden!“, rief sie Gregor zu.

Er schien sie nicht einmal wahrzunehmen. Wie besessen trat er das Gaspedal durch, nur ein Ziel vor Augen: Weiter!

Auch auf die Gefahr hin, einen Unfall zu verursachen, schlug Diana ihm auf den Arm. „Wenden!“, schrie sie. „Der Wagen, der am Straßenrand stand! Der Mercedes! Er hatte ein sächsisches Kennzeichen!“

Gregor hielt nicht an, er bremste nicht einmal oder jedenfalls nur unwesentlich, während er den Wagen in einer Kurve herumriss. Diesmal hätten sie sich wirklich beinahe überschlagen. Das Auto schleuderte, schrammte an einem Laternenpfahl entlang, sprengte eine Gruppe Straßenkehrer auseinander und fing sich wieder, während Gregor ungerührt den Weg zurückjagte, den sie gekommen waren.

Diana versuchte, sich ins Gedächtnis zu rufen, was sie gesehen hatte: ein Mercedes-Tourenwagen, dunkelgrau. Das Nummernschild: II für Sachsen und dann irgendwas mit 4 und 7 … 475. Oder 478. Vielleicht auch 487. Zwei Männer mit Hüten im Inneren des Wagens, ein dritter damit beschäftigt, den Motor zu überprüfen.

Sie erreichten die Karlsbader Straße.

Der Wagen war fort, die Stelle, an der er eben noch gestanden hatte, verlassen. Gregor bremste, herrschte Passanten an, die ihm nicht das Geringste über das Auto sagen konnten.

Er gab nicht auf, raste aufs Geratewohl erst in die Kronprinzenallee, dann in die Pücklerstraße, fuhr Richtung Dahlem, entschloss sich auf halber Strecke umzukehren und versuchte es wieder Richtung Schmargendorf.

Mitten auf der Reichenhaller Straße blieb er schließlich stehen. Die Arme fielen kraftlos herab, sein Kopf sank auf das Lenkrad, und dann fing er jämmerlich an zu schluchzen.

29

Das Grab war schmucklos: ein schlichter Stein mit Geburts- und Todesdatum, eine heruntergebrannte Kerze, ein paar Blumen, die schon anfingen, zu welken. Vermutlich eine Kostenfrage. Ludwig Sebald hatte keine Verwandten. Wer mochte für die Beerdigung aufgekommen sein? Hendrik wusste es nicht. Er legte den Strauß Feldblumen nieder, den er mitgebracht hatte, und trat einen Schritt zurück.

Ludwig und Leander, friedlich vereint wie zu Lebzeiten, als sie noch seine Studenten gewesen waren. Der zögerliche Leander, der der Stimme seines Gewissens nicht entkommen konnte, und sein groberer Bruder, der am Ende allen markigen Sprüchen zum Trotz nicht umhin kam, sein Weltbild infrage zu stellen. Hatte Hendrik ihnen gegenüber versagt? Wären sie noch am Leben, wenn er besonnener gehandelt hätte, schneller gedacht, Gefahren einkalkuliert?

Der Himmel klarte langsam auf, es war nicht mehr so kühl wie am Morgen. Hendrik sah sich nach einer Bank um, aber es gab keine, also blieb er stehen. Er wollte noch nicht gehen. Ihm war nicht danach, sich unter Menschen zu mischen.

Seine Hände ertasteten einen harten Gegenstand in der Tasche seiner Jacke. Er holte ihn heraus und drehte den geschnitzten Drachen in seinen Händen. Der Gesichtsausdruck war gut getroffen. Dämonenhaft, ja, aber er rührte auch etwas in einem an. Die differenziert herausgearbeitete Mimik war Hendrik beim ersten Betrachten gar nicht aufgefallen. Wie hatte Hartmut Gensch das nur hinbekommen, dass die Skulptur gleichzeitig furchteinflößend und hilflos wirkte? Wenn man genau hinsah, konnte man so etwas wie Unschuld in den Augen des Fabeltieres entdecken. Sprach daraus der Mann, der Hartmut Gensch einmal gewesen war? Bevor er die Waffe in die Hand nahm? Bevor er, wie so viele seiner Generation, in den Großen Krieg gehetzt wurde?

Der Friedhof war beinahe menschenleer. Vermutlich nahmen alle an der Kundgebung im Lustgarten teil. Diana war auch hingegangen, soviel er wusste. Die Arbeiter hatten geschlossen die Arbeit niedergelegt, ein Streik nicht gegen, sondern für die Regierung.

Rathenaus Tod hatte die Nation erschüttert. Nach Bekanntwerden des Attentats waren überall Menschen auf die Straßen geströmt. Helfferich wurde unter Prügel aus dem Plenarsaal des Reichstages getrieben. Reichskanzler Wirth bezichtigte die Politiker von rechts, die die junge Republik mit ihren staatsfeindlichen Äußerungen unterhöhlten, der Mitschuld am Mord. Künstler, Intellektuelle, Menschen aller Kreise, die der Republik bislang eher unschlüssig gegenübergestanden hatten, bekannten sich plötzlich zu ihr.

Eine neue Hoffnung? Eine geschlossene Phalanx gegen Verschwörer und Putschisten? Waren die Leute aufgewacht? Würde die Regierung jetzt endlich mit jener Entschlossenheit gegen die Feinde der Republik durchgreifen, die nötig war?

Das hatten viele auch vor zwei Jahren geglaubt, nach dem Kapp-Putsch, und nichts war geschehen. In den Kasernen, in der Verwaltung, in der Justiz – überall saßen Menschen, die die Republik hassten und ihren Untergang wollten, egal, was es kostete. Menschen wie jene, die Theodor Brüdigam vorletzte Woche an die OC verrieten.

Die *Berliner Morgenpost* berichtete am Tage nach dem Mord, dass die französische Botschaft am Pariser Platz ihre Fahne auf halbmast gesetzt hatte, lange bevor deutsche Ämter sich dazu durchgerungen hatten – ein beschämender Vorgang. Philipp Lenard – jener Philipp Lenard, der beständig gegen Einstein hetzte – missachtete die Anordnung, am heutigen Tage der Beisetzung Rathenaus die Arbeit einzustellen, und führte an seiner Heidelberger Universität Übungsveranstaltungen durch, weil er es für unangebracht hielt, seinen Studenten „wegen eines toten Juden" freizugeben. In München hing dieser Tage überall ein Plakat: *Rathenau ist tot, Ebert und Scheidemann leben noch.*

Nein, Hendrik glaubte nicht an einen Sieg der Vernunft. Die Zukunft erschien ihm wie ein langer, dunkler Schacht. Und das Licht der Philosophie, mit dem er den Weg hindurch zu finden hoffte, glomm schwach, sehr schwach.

Nun gut, die meisten Menschen waren empört über den Anschlag. Der Reichspräsident hatte eine Verordnung erlassen, mit der republikfeindliche Vereine und Versammlungen verboten werden sollten. Weitergehende Maßnahmen würden in Kürze verabschiedet werden. Aber das alles war nichts als ein Strohfeuer.

Immerhin, die Hoffnung der Putschisten auf einen Aufstand der Linken hatte sich nicht erfüllt, der Reaktion von rechts war daher der Boden entzogen. So gesehen war das Attentat gescheitert. Aber was bedeutete das schon? Es würde Abenteurer und Fanatiker nicht davon abhalten, es erneut zu versuchen.

Hendrik betrachtete die Rückseite der Skulptur in seiner Hand. Trotz des angedeuteten Schuppenpanzers wirkte der Drache nicht unnahbar. Eher, als verberge sich unter seinem wehrhaften Äußeren eine verletzbare Blöße.

Inzwischen kannten sie den Mordablauf in allen Einzelheiten. Der Wagen mit den Mördern – Kern, Fischer und dem Fahrer, einem Mann namens Ernst Werner Techow – hatte in einer Seitenstraße nahe Rathenaus Haus gewartet, bis der Minister zur Arbeit aufbrach. Die Männer waren ihm zur S-Kurve in der Königsallee gefolgt, wo der Chauffeur langsamer fahren musste. Die Verfolger überholten, einer der Attentäter schoss auf Rathenau, der andere warf eine Eierhandgranate. Das war's. Ein Mensch braucht Jahrzehnte, um heranzuwachsen und seinen Platz im Weltgefüge zu finden, aber es dauert nur Sekunden, ein solches Menschenleben auszulöschen.

Rathenau war von fünf Schüssen getroffen worden. Bereits der erste, der die Wirbelsäule und den rechten Lungenflügel durchbohrte, war tödlich gewesen. Die Handgranate hatte die Finger seiner linken Hand zerfetzt und Knochen seines rechten Fußes zertrümmert.

Die Munition der Maschinenpistole stammte aus Heeresbeständen. Die Handgranate war eine Kriegsanfertigung. Wieder verwies alles auf die Freikorps und die OC.

Hendrik ließ die Hand mit der Skulptur sinken. Er hätte es verhindern können! Wäre ihm früher aufgegangen, was Overbecks Erscheinen bedeutete … wäre er bei seinem Studenten geblieben, statt sich an einer Verfolgungsjagd zu beteiligen … Sie hätten rechtzeitig zur Stelle sein können, um den Mord zu verhindern. Beide Morde, den an Rathenau ebenso wie den an Ludwig Sebald. Sekunden. Es ging nur um Sekunden. Eine falsche Entscheidung, und der Lauf der Dinge veränderte sich unwiderruflich, verschloss Dutzende von Möglichkeiten und ließ nur die schrecklichste übrig.

Er konnte sich nicht einmal damit trösten, zur Aufklärung des Mordes an Hartmut Gensch beigetragen zu haben. Er hatte die Polizeiarbeit als aufregendes Spiel angesehen, aber sie war eine todernste Sache, an deren Ende ein Leben verlöschen konnte. So also fühlte sich sein Bruder, wenn es ihm nicht gelang, einen Mörder zu fassen! So fühlte es sich an, versagt zu haben, wenn die Folge dieses Versagens nicht eine schlechte Vorlesung oder ein durchgefallener Student war, sondern ein toter Mensch!

Die Polizei fahndete fieberhaft nach den Attentätern. Sämtliche Beamte der Politischen Polizei waren aus dem Urlaub zurückgerufen und mit der Suche nach Hinweisen beauftragt worden. Man hatte das Mordauto gefunden, mit mehrfach gebrochener Ölleitung zum Manometer, notdürftig geflickt. Karl Tillessen und Kapitänleutnant Hoffmann waren als Drahtzieher verhaftet worden, die Mörder selbst weiterhin flüchtig. Es sah aus, als hielten sie sich immer noch in Berlin auf, spazierten in der Öffentlichkeit herum und warteten vergeblich auf den Linksputsch. Vielleicht nahmen sie sogar an der Trauerfeier teil, dem Ermordeten zum Hohn.

Aber was spielte das alles noch für eine Rolle? Weder Walther Rathenau noch Ludwig Sebald würden durch Fahndungserfolge wieder lebendig werden. *Du aber bist nicht Herr des morgigen Tages und schiebst dennoch das Erfreuliche auf. Das Leben geht unter Zaudern verloren, und jeder Einzelne von uns stirbt in seiner Unrast*, hieß es bei Epikur.

Wieder drehte Hendrik den Drachen in seiner Hand. Sah es nicht aus, als zwinkere er ihm zu? Als wolle er ihm etwas mitteilen? Dass Zeit kostbar war, zum Beispiel? Wir haben nur die paar Jahre, die uns bestimmt sind. Wir sollten pfleglich mit ihnen umgehen. Sie nutzen. Nicht zögern, nicht zagen, nicht ängstlich sein. Das Leben konnte vorbei sein, ehe man sich überhaupt darauf eingelassen hatte.

Hendrik blickte zu Boden. Wenn er Josephine gleich morgen aufsuchte, war es vielleicht noch nicht zu spät. Der schneidige Soldat hatte nicht den Eindruck gemacht, als sei sie ihm sicher. Und selbst, wenn Hendrik sich zum Narren machte – er wollte die kostbare Zeit seines Lebens nicht länger verplempern.

Hinter ihm raschelte es. Diana trat neben ihn. „Ich dachte mir schon, dass ich dich hier finde."

Eine Weile ließen sie Blicke und Gedanken auf dem Grabstein ruhen.

„Ist alles friedlich verlaufen?", wollte Hendrik wissen.

„Ja. Die Leute sind erregt, aber besonnen. Eine Million sollen es gewesen sein. Die Straßen waren schwarz von Menschen."

Beeindruckend. Durchaus geeignet, einem Hoffnung zu machen. Wenigstens denjenigen, deren Herz nicht so schwer war, als würde es von einem Bleigewicht nach unten gezogen.

Diana legte ihm die Hand auf den Arm. „Mach dir keine Vorwürfe!"

„Wäre ich doch nur bei Ludwig geblieben!"

„Dasselbe habe ich mir auch gesagt, aber es führt zu nichts. Wir alle tun unser Bestes, und dass das manchmal nicht genug ist, gehört zum Leben."

Sie hatte ja recht. Aber es half einem nicht, die Stimme im Kopf loszuwerden, die einen gnadenlos immer und immer wieder mit den Fakten konfrontierte. Eine halbe Stunde verschenkt. Sechzig Sekunden zu spät.

„Glaubst du … denkst du, wir sollten bei Gregor vorbeisehen?"

„Er wird sich irgendwo verkrochen haben. Ich kenne meinen Bruder. Heute will er niemanden sehen, nicht einmal uns. Irgendwann wird er in den Schlaf fallen und nachholen, was er die letzten Wochen versäumt hat. Danach könnte er Freunde gebrauchen."

Hendrik drehte die Schnitzerei in seinen Händen. Sie fühlte sich gut an. Glatt und fest. Als würde sie sich in seine Hand schmiegen.

„Was ist das?"

„Eine von Hartmut Genschs Figuren. Seine Mutter hat sie Gregor geschenkt, als er ihr die Nachricht vom Tod des Mörders ihres Sohnes brachte. Er hat sie mir gegeben."

„Sie ist schön."

„Ja." Hendrik sah Diana an. „Wirst du ihm sagen, was du für ihn fühlst?"

Sie beschäftigte sich mit ihren Fingern. „Wenn ich den Mut aufbringe ..."

„Ihr beide seid so ziemlich die verschiedensten Menschen, die ich kenne. Ihr habt nichts miteinander gemein. Es könnte gut gehen."

Sie lächelte. Kurz nur, aber immerhin.

„Ich würde es bedauern, wenn du nicht mehr bei mir wohnst. Gott, allein der Gedanke ist unerträglich! Das Einzige, was mich möglicherweise darüber hinwegtrösten könnte, wäre eine Frau mit falschen Wimpern." Ah, endlich lachte Diana!

„Ist es ernst?"

„Ich weiß nicht. Ich kenne sie ja überhaupt nicht. Aber eins habe ich heute begriffen: Das Leben ist so kurz, man darf es nicht verschwenden."

Er hielt die Schnitzarbeit von Hartmut Gensch in die Höhe. Bei aller Grobheit war sie doch ein echtes Kunstwerk. „Warum werfen Menschen ihr Talent weg? Der Mann konnte Figuren schnitzen, die einen berühren, und hat es vorgezogen, sich an Anschlägen zu beteiligen. Das ist so, als ... als würdest du ein kostbares Geschenk zurückweisen." *Ist denn eine andere Welt möglich? Eine Welt, in der jeder das macht, was er am besten kann?*

Hendrik atmete schwer, drehte den Kopf und sah Diana an. „Schön, dass es dich gibt!", sagte er.

Sie schlang ihre Arme um ihn und schluchzte leise an seiner Brust. Seine malträtierten Rippen protestierten, aber er sagte nichts, weil er nicht wollte, dass dieser Augenblick aufhörte.

Überdeutlich fühlte er die Skulptur in seiner Hand. Sie schien ihm tatsächlich zuzuzwinkern. Als fordere sie ihn auf, keine Zeit mehr zu vergeuden. Die Finsternis mit einem Licht zu erhellen. Eine andere Welt möglich zu machen.

Jetzt und hier.

Nachwort

Die Qualität eines historischen Romans bemisst sich meiner Ansicht nach u.a. daran, wie eng Fiktion und Wirklichkeit miteinander verzahnt sind, ob Tatsachen und Erfundenes lediglich nebeneinander herlaufen oder das eine geradezu als Folge des anderen erscheint. Um so mehr ist es ein Gebot der Redlichkeit, dieses Geflecht am Ende für die Leser zu entwirren:

Eigenschöpfungen in „Organisation C." sind neben den Protagonisten, ihren Helfern und dem schon aus „Dunkle Tage" bekannten Ludwig Sebald vor allem der Tote im Grunewald und sein Umfeld, weshalb man die Schießerei am Bahnhof Gleisdreieck in den Tageszeitungen der Zwanzigerjahre vergeblich suchen würde.

Authentisch dagegen sind neben den Politikern, den Wissenschaftlern, den Justizbeamten und den Verschwörern auch Kaplan Lampe und der Spitzel Theodor Brüdigam (nicht jedoch dessen Freund Einar Gerecke).

Das geplante Schülerattentat, der Verrat der Kasseler Reichswehrstelle, der „überarbeitete" Staatsanwalt, die Beichte des Fahrers des Attentatswagens – nichts davon habe ich mir ausgedacht.

Musikabende im Hause Planck haben tatsächlich in der beschriebenen Form stattgefunden; ob Walther Rathenau je zu den Gästen gehörte, ist freilich eine andere Frage. Im Juni 1922 hatte er vermutlich Besseres zu tun, andererseits hätte er möglicherweise ein wenig Entspannung zu schätzen gewusst.

Die Betrügereien von Hartmut Gensch in der Wechselstube gehen auf biografisches Material des OC-Mannes Ernst von Salomon zurück.

Cord Gebhardt stellt in seinem Buch über Heinrich Tillessen klar, dass der zweite Anschlag auf Erzbergers Leben nicht ihm galt, sondern dem gegenüberliegenden Ministerium. Fünf Attentate hätten wahrlich ausgereicht, um den mörderischen Hass zu verdeutlichen, mit dem die

Rechten den Zentrumspolitiker verfolgten, doch da Erzberger selber die Querschläger als Angriff auf sich wertete, habe ich seine Sichtweise übernommen und seinem Freund Carl Diez in den Mund gelegt.

Recherche kann pures Vergnügen sein, langweilige Routine, frustrierend oder ein Geschenk des Himmels. Als ich herausfand, dass Theodor Brüdigam den hessischen Behörden misstraute und deshalb darauf bestand, einen Berliner Kriminalkommissar zu seiner Vernehmung hinzuzuziehen, ließ ich mir eine solche Gelegenheit zur Verzahnung von Geschichte und Phantasie nicht entgehen und machte aus jenem Kommissar Maslak oder Mazlak kurzerhand Gregor Lilienthal.

Was den „Vormieter" aus der Baker Street 221B betrifft, so heißt es bei Conan Doyle zwar, dass Sherlock Holmes bereits 1903 ein Landhaus in den Downs erwarb, doch bedeutet das nicht zwingend, dass er damit seine Londoner Wohnung aufgab. Nick Rennison, Autor der „unautorisierten" Holmes-Biografie, vertritt den Standpunkt, dass der Detektiv diese als Stützpunkt für weitere Fälle bis in die Zwanzigerjahre hinein behielt.

Was ich im Nachwort von „Dunkle Tage" über die Charaktere der Figuren sagte, gilt ebenso für deren Sprache: Zu jeder Zeit gibt es Menschen, die sich modern verhalten, und solche, die dies nicht tun. Man darf beim Studium von Quellen nicht das verklausulierte Deutsch amtlicher Schriftstücke oder den zuweilen weihevollen Ton von Memoiren mit der Alltagssprache der Menschen auf der Straße verwechseln. Auch unsere Großeltern sind kein Gegenargument; Sprache verändert sich im Laufe des Lebens, und so, wie wir nicht mehr den Jugendjargon unserer Schulzeit sprechen, ist die Sprache, die wir von unseren Großeltern kennen, nicht die Sprache, die sie auf der Höhe ihres Lebens gesprochen haben. Wer einen Eindruck von der Modernität der Sprache in den Zwanzigerjahren erhalten möchte, dem empfehle ich die Lektüre von Texten aus jener Zeit, in denen dem Volk aufs Maul geschaut wird. Eine auch nach heutigen Maßstäben moderne Satzstruktur findet man beispielsweise in zahlreichen Briefen (Ernst Toller: „Briefe aus dem Gefängnis"), in Theaterstücken (Bertolt Brecht: „Dreigroschenoper", Friedrich Wolf:

„Cyankali") und in Romanen mit hohem Dialoganteil (Erich Maria Remarque: „Im Westen nichts Neues"). Auch Leserbriefe in Zeitungen und Magazinen geben einen unverfälschten Eindruck von der Sprache der Zwanzigerjahre wieder. Und von der Modernität vieler Ausdrücke kann man sich in damals erschienenen Büchern über das Berlinerische überzeugen („nicht die Bohne", „Bockmist").

Wieder einmal haben Fachleute meine z.T. abenteuerlichen Fragen beantwortet (Wie lang ist der Bremsweg einer U-Bahn? Gab es 1922 schon falsche Wimpern?), und ich möchte mich auf diesem Wege bei ihnen bedanken. An erster Stelle sei hier Prof. Dr. Martin Sabrow vom Zentrum für Zeithistorische Forschung (Potsdam) genannt, der mir überaus hilfsbereit, freundlich und kompetent eine Fülle von Informationen zur Verfügung stellte, des weiteren Isabell Koch vom Museum für Kommunikation (Frankfurt), die sich viel Mühe machte, um mich über die Einzelheiten damaliger Telefonverbindungen aufzuklären, Frau Dr. Fest von der Polizeihistorischen Sammlung (Berlin), Herr Rabach von der Außenstelle Lankwitz für das Gefühl, in einem Stoewer 3T1 Gefangenentransportwagen zu sitzen, Prof. Dr. Helmut Maxeiner von der Charité (Berlin) für Hilfe bei den unendlich komplizierten Details, die der Zustand einer neun Monate alten Leiche mit sich bringt, Frau Werner von der katholischen Kirchengemeinde St. Matthias in Berlin-Schöneberg, Herr Gorell und seine Kollegen von der BVG, Prof. Dr. Ingrid Loschek (München), die eine lange Rechercheodyssee bezüglich der Wimpernfrage zu einem glücklichen Ende brachte, Frau Liebau vom Museum Schöneberg und Frau Götz vom Museum Charlottenburg-Wilmersdorf. All die anderen, die ich hier aus Platzgründen nicht nennen kann, insbesondere die vielen Menschen, die mir bei der Klärung zahntechnischer Fragen behilflich waren, bitte ich um Nachsicht – ich weiß Ihre Hilfe zu schätzen! Etwaige Fehler und Irrtümer, die mir bei der schriftstellerischen Umsetzung der Informationen unterlaufen sein mögen, gehen selbstverständlich zu meinen Lasten.

Vielen Dank auch an Wolf und Steffi, die eine Rohfassung des Romans lasen und hilfreiche Kommentare dazu abgaben.

Empfehlenswerte Literatur zum Thema

Zusätzlich zu den in „Dunkle Tage“ genannten Büchern kann ich für die politischen Begebenheiten in diesem Band vor allem MARTIN SABROW: *Die verdrängte Verschwörung* (Fischer Taschenbuch Verlag, Frankfurt am Main, 1999) empfehlen, daneben HARRY GRAF KESSLER: *Walther Rathenau. Sein Leben und sein Werk* (Rheinische Verlagsanstalt Wiesbaden, 1962), KLAUS EPSTEIN: *Matthias Erzberger und das Dilemma der deutschen Demokratie* (Verlag Annedore Leber, Berlin und Frankfurt am Main, 1962) und CORD GEBHARDT: *Der Fall des Erzberger-Mörders Heinrich Tillessen* (J.C.B. Mohr (Paul Siebeck), Tübingen, 1995). Einen drastischen Einblick in die Mentalität der Mitglieder der Wehrverbände gibt CARL MERTENS: *Verschwörer und Feme* (Verlag der Weltbühne, Charlottenburg, 1926). Bücher über den Kommunismus sind naturgemäß tendenziös, aber WERNER T. ANGRESS: *Die Kampfzeit der KPD* (Droste Verlag, Düsseldorf, 1973) ist ein differenziert und darüber hinaus spannend geschriebenes Buch.

Wer die damalige Zeit und ihre Menschen verstehen will, kommt um die Werke von Freikorpsmitgliedern und anderen Republikgegnern nicht herum. Bei aller Kritiklosigkeit gegenüber den eigenen Handlungen, die für gewöhnlich aus jenen Büchern spricht, machen gerade die anspruchsvolleren Texte etwa von Ernst Jünger oder Ernst von Salomon deutlich, dass es sich bei ihren Autoren nicht einfach nur um Reaktionäre handelte und eine simple links/rechts-Bewertung der Wirklichkeit nicht gerecht werden würde. Heutzutage wird gern vergessen, dass sich große Teile der nationalen Bewegung als revolutionär verstanden und keineswegs als restaurativ.

Über die soziale Lage in Berlin zur beschriebenen Zeit gibt eine Schrift des damaligen Oberbürgermeisters Aufschluss: GUSTAV BÖSS: *Die Not in Berlin* (Zentralverlag GmbH, Berlin, 1923).

Für das kleinbürgerliche Milieu interessieren sich anscheinend nicht viele Sachbuchautoren, jedenfalls gibt es kaum Literatur zum Mittelstand, die über trockene Abhandlungen zu dessen Wahlverhalten hinausgeht. Daher verzichte ich an dieser Stelle auf eine entsprechende Literaturempfehlung.

Gerichtsmedizin ist derzeit „in", doch beschränkt sich die Mehrzahl populärwissenschaftlicher Bücher auf Effekthascherei und Anekdotisches. Dass auch eine auf ein breites Publikum zielende Darstellung informativ und detailreich sein kann, beweist Brian Innes: *Leichen sagen aus* (Pabel-Moewig Verlag, Rastatt, 2001).

Bitte beachten Sie auch die folgenden Buchhinweise.

Buchhinweise

Dunkle Tage

Ein Kriminalroman aus dem Berlin der Weimarer Zeit

Gunnar Kunz

ISBN 978-3-86680-072-4

9,90 € [D]

Buchhinweise

Berlin-Ost
Das letzte Jahrzehnt

Thomas Uhlemann

ISBN 978-3-86680-074-8
19,90 € [D]

Buchhinweis

Inflation!

Ein Kriminalroman aus dem Berlin der Weimarer Zeit

Gunnar Kunz

ISBN 978-3-86680-747-1

12,00 € [D]

SUTTON VERLAG

Weitere Bücher finden Sie unter:

www.sutton-belletristik.de